"望海潮"原创长篇系列

坊巷谍影

海峡出版发行集团
海峡文艺出版社

导　　读

世界竞争的实质是科技竞争。

美国华裔科学家王家栋和他的孙女莘迪发现了人类神经代码，而中国上海华梅高科技集团科学家完善了人类脑图谱——春申脑图谱。每一方都想单独掌握对方的核心机密，美方想依此发明反恐怖分子仪器，中方想依此发明反腐倡廉仪器。因为，神经代码和春申脑图谱的结合，可以读取人类的思维。神经代码和春申脑图谱核心机密的争夺背后掩盖着美方想获取中方尖端武器中微子探测仪的秘密企图。一场波谲云诡的科技谍战在一群科技人员中展开。

莘迪得到爷爷的同意，到上海参加学术交流，她巧妙地避开中央情报局的监视，把神经代码核心机密暗中带到中国。在短短的3个月学术交流以及她回故乡福州寻访她爷爷初恋情人茉莉奶奶的过程中，她爱上了她的导师、上海复旦大学教授刘般若，发生了忘年的"师生恋"，并怀上刘般若的孩子。作为情感的回馈，她把神经代码的核心机密拷贝给了刘般若。但敌中有我，我中有敌，春申脑图谱和神经代码以及中微子探测仪的机密又被打入华梅集团内部的美国中央情报局雇员所窃取。面对这一事实，出于对人类科技成果的尊重，中美双方最终抛弃了冷战思维，采取了释然的态度，化解了一场国家利益的冲突。

小说的几个主人公都是从福州三坊七巷中走出去的坊巷贵裔，带着"福州腔"和"虾油味"，故事围绕莘迪寻找爷爷赠给初恋情人茉莉的爱情信物——一块价值连城的寿山田黄石展开。

一群非侦探专业的科技人员业余地侦破真假田黄石案件是这本小说的看点；记忆脑海中的田黄石从而发明记忆器、追踪田黄石下落、测试中微子探测仪的科技创新幻想是这本小说的亮点；十年后，上海和福州地区五光十色的环境，光怪陆离的习俗，世俗宗教的追求，物我异化的转移，未来现实的统一，创造了一种新的历史时空的穿越，展现了浓郁的海派特点和福建风格，表达了作者的理想主义和浪漫情怀，是这部小说的特点。

目 录

一、波士顿中国城/1

二、寿山田黄石/23

三、华梅高科/45

四、星空酒吧/72

五、春申脑图谱/86

六、夕阳红协定/110

七、坊巷贵裔/134

八、黄巷传奇/160

九、弥勒献瑞/189

十、热风那个吹/219

十一、心灵图像/253

十二、尾声/279

一、波士顿中国城

1

一个夏夜，吹着热风。波士顿大名鼎鼎的塔夫脱医学院神经科学中心的一个实验室灯火通明，计算神经专家莘迪正坐在一台电脑前，聚精会神地编辑着反锁和自毁程序。当然，她没有忘记那蓄谋已久的用最新的特殊材料石墨稀纳米盘给拷贝了一份，然后再安上反锁和自毁程序，这里存贮着她和爷爷王家栋呕心沥血研究了十多年的人类第一次发现的神经代码……

莘迪关好电脑，熄灭室内灯光，下楼开车回到中国城爷爷的寓所，已是凌晨2点钟了。

这是一栋28层高、从高速公路进入波士顿城市时必看到的地标式建筑的顶楼的一套房间。王家栋原先住在波士顿郊外一个农场，那是他父亲从台湾移民美国后购置的产业。王家栋85岁时因车祸瘫了双腿，坐上了轮椅，在郊区饮食起居医疗不便，在中国城这项大型发展计划获批时就预订了这一套公寓。这里配有社区服务中心、购物中心等设施，更重要的是中国人的社区。王家栋孤身一人，莘迪就搬过来居住，一边研究，一边照顾爷爷。

莘迪打开房门时，客厅里弥漫着茉莉花的淡淡清香。落地窗门敞开着，爷爷穿着白色丝绸睡衣，坐在轮椅上，闻着那盆种养在白色瓷钵里的茉莉花。波士顿的金色夜空映衬着爷爷俊朗伟岸的身躯，强劲的热风抚弄着爷爷的白色丝绸衣裤，轻捋他的白色胡须，仿佛一幅淡雅俊逸的油画。每每看到这幅情景，莘迪心头总会涌起激情的涟漪，从内心深处牵引出对故国家园的渴望。

10年前，王家栋偶尔在福州市三坊七巷管委会的网站上看到一则新闻资讯，一位不愿意透露身份与姓名的先生向福州市三坊七巷管委会捐赠了4幅老画像。这位神秘的藏家说，这些画像来自早年间三坊七巷里的老宅古厝，据推测，画上的人物都是从三坊七巷走出的名人，他可以辨认出几成，但不能百分之百地得出结论。为了保护好这些老画像，他把它们捐给了三坊七巷管委会。

这4幅画像，除因纸张腐蚀缺损部分外，大多着色仍然鲜艳，人物面部精准细腻。三坊七巷管委会表示，目前正找人鉴定这些老画像上画的到底是谁，但俗话说"众人拾柴火焰高"，为了节省时间精力，因此想向市民求助，看看有谁能尽快辨认出这些人到底是谁。半年过去了，有三位比较近代的人物经专家和市民鉴定取得比较一致肯定的意见而得以确认，而且也有较为充分的文史依据。只有其中一个头戴着碗帽，着对襟便装，留白色短须的老者，只有几分推测与回忆，没有任何文史依据肯定是谁。三坊七巷管委会再次在网上发帖征集辨认，引起王家栋的注意。他苦思冥想后回帖指认那个戴碗帽、着对襟便装的老人是他的爷爷。他记得很清楚，认得他，特别是那双眉毛和那对招风大耳朵，与他小时候见过的爷爷一模一样。

王家栋从小在三坊七巷长大，后来在上海学习，新中国成立前夕全家去了台湾，后又赴美留学，晚年定居波士顿。虽然与老家音讯阻隔，但童年的印象尤为深刻。他说他们王家曾是福州富绅，三坊七巷名门。之前两岸交恶，没有回家寻宗认祖，两岸交好后他又忙于科研，后来年事已高又受伤致残，只能从报上、网上关注海峡两岸一举一动。他回了帖，并给三坊七巷管委会发了邮件，除指认出爷爷外，还提出王家在三坊七巷衣锦坊曾有过老宅故居，希望得以落实归还。三坊七巷管委会不久就回了邮件，说感谢辨认，感谢关心桑梓，关于老宅故居已派员调查核实，老宅故居已倒塌，剩下一块空荒地，但是否属于王家老宅，目前正取证，希望他抽空回国，寻宗认祖，寻觅故地，提供人证物证。

无独有偶，就在同时，福州市市长也收到一条不愿透露身份和姓名的邮件说，衣锦坊那块标注 A6 的至今找不到宅主的空地块，原是王姓人家的旧宅，虽然荒废多年无人指认，但实有厝主。听说当今上海巨富，福州市郊区岭上村人氏梅金，提出高价竞拍 A6 地块建设豪宅，他请政府三思谨慎行事。写邮件的人说，发了大财又想衣锦还乡，固然可以理解，但对于作为福州名片的三坊七巷的修复，政府切不可利令智昏，为区区几百万钱去买个历史的遗憾。

市长立即把这邮件批转给三坊七巷管委会。管委会立即发邮件向王家栋介绍市长批示。王家栋得知后，十分感动，他觉得现在的政府真的和过去的政府不一样，真是为民想、为民谋，特公平。他立即给三坊七巷管委会发了邮件，表示衷心感谢，并说由于自己行动不便，他会委派自己孙女莘迪回去商洽这件事。当然，他不知道那位市长也是三坊七巷的后裔。

从那以后，王家栋没有一天不上网看福州，看家乡，看三坊七巷，回想自己的童年、少年、青年，回想自己的初恋……

"爷爷，又在想茉莉奶奶了……"

爷爷转过轮椅，红润的脸庞显得有些苍白。

"是啊，没有一天不想，越老越想，何时能梦圆啊！"

"这次回去，我一定要把寻找茉莉奶奶作为最重要的事来办。"

"可能已不在人世了，但寻无妨……我送给她的那块田黄石，不知道现在还在不在？那是我给她的定情信物……"

"一定会在，一定会在……"

茉莉是福州郊区一户乡下人家的女儿，从小家境贫困，被王家收养当丫头，在王家大院长大。她从小出落得白白净净，苗苗条条，风姿绰约，招摇得像一朵茉莉花。王家大院的人，从爷爷的爷爷，到看家护院的，没有一个人不喜欢。爷爷比茉莉大两岁，从小一起生活，耳鬓厮磨，嬉戏娇嗔，暗恋生情。佳节喜庆，花前月下，两人学闽剧戏中的人物，对天发誓，在天愿为比翼鸟，在地愿为连理枝。爷爷18岁去上海读大学的前夜，茉莉在那间他们经常玩耍的小西厢房里，把自己少女的贞操献给了爷爷。

1949年上海解放前夕，在上海做生意的、读书的王家人去往台湾，就和茉莉生离了。

到台湾后爷爷无法寻找茉莉，到美国更无法寻找。后来爷爷结了婚，生儿育女了，更不能去寻找。几任妻子有的离世，有的离婚了，儿子女儿走的走，散的散，只留一个孙女在身边。现在可以想念，可以寻找，但爷爷走不动了，他把寻找作为梦来追忆……

"啊，我忘了，刚才珍妮来电话找你，说你手机不开，老关机，什么意思？"

莘迪这才记起自己手机还关着。她是为避免珍妮骚扰而关机。她连忙从提包里把手机拿出来，这是一款全新的折页手机，中国上海华梅集团的产品。华梅的折页，超薄，声控智能手机，引领当今世界潮流。它像翻书一样方便，小身份、多功能，大容量、可折叠，它终结了苹果 iphone 的强势。刚开机，音乐的铃声立即涌溢了出来，一个陌生的人头像出现在屏幕上。

"你好，莘迪·王，我是杰瑞·史密斯。"

屏幕上出现一个年轻俊朗的年轻人。

"我不认识你……"

"是的，现在我们还不认识，但是不久我们就会认识，我是你最好的朋友珍妮的最新男友……"

"珍妮？她没告诉我？"

"但是她告诉我你的电话。我现在是以另外一个身份给你打电话。我是CIA的。"

"CIA？"

手机屏幕上出现CIA的局徽，蓝色镶金边的圆形底盘中心，一面银色的盾牌，盾牌上面是一颗美国秃鹰的头，外圈写着美利坚合众国中央情报局字样。

"CIA和FBI一样令人讨厌！"爷爷说。

"你有什么事？"

"我们了解到你即将赴中国进行学术交流，我们提醒你注意，不能向中国人透露有关神经代码的任何实质性技术机密。"

"我弄不明白，什么是神经代码的实质性技术机密。"

"这只有你个人能掌握的。"

"如果只有我个人能掌握，那只好由我自己做主，谁也不能命令我！"

"我不是命令你，我只是提醒你。"

"我不需要任何人提醒。我想自由自在地生活。"

"小姐，你是美国公民。"

"哼，我正考虑还要不要做美国公民呢！"

"当然，你是纯正中国血统，你可以重新选择。但是，你现在是美国公民。"

"那我就得受你监控？"

"不是监控，是提醒。小姐，为了国家利益。"

"我有什么行为损害了国家利益？"

"目前没有，但是你脑子里有国家利益。你所研究发现的神经代码就是核心机密，就是国家利益。"

"但是，那还没有经过实验验证。"

"你马上就可能得到验证。我们了解到，中国上海华梅高科技集团已准备让你使用他们那张目前世界上唯一的以大量活体脑大样本为基础的脑图谱，就是春申脑图谱。你的神经代码马上就能等到实验的验证。你爷爷和你可能就会得到诺贝尔生物奖或者是物理奖了。但是，你要记住，你要遵守对塔夫脱学院的承诺，你不能泄露任何有关神经代码的核心机密。"

"那我怎么进行验证？"

"这不是我们管的事。告诉你，你的一举一动都将在我们关注之下。这点你可能没有体会，你问问你爷爷就知道。"

"包括大小便和上床做爱？"

"不，也许，也可能，哈哈哈……"

"无耻！"

"全世界都有我们CIA的身影，况且是中国，现在世界第二强国，它是我们唯一的强大对手。"

"美国人对中国看法太简单了，中国要超过美国起码还要几十年。"

"几十年是很快的。关键是他们选择了自己的特色道路，这是最可怕的。中国的存在使我们美国人很难受。你看，2012 年中国才一艘航母，现在有几艘了？两三年一艘，西太平洋全是他们控制了，他们处理钓鱼岛，处理南海事件是那么有力得体，我们被赶到太平洋边上了。你说到那时，我们美国人怎么跟先辈说，America，become NO.1，keep NO.1（美国成为第一，保持第一）？美国精神到哪里去了？啊，我说多了，我超出了我们的工作职责范围。对不起，小姐，你如果不同意，你可以问问你爷爷。对不起，晚安。"

"晚安……"

"God bless America.（上帝保佑美国）" 杰瑞画着十字架，在屏幕上消失。

"这就是新一代的美国青年？" 爷爷问。

"也不全是。但是，应该承认，美国人的教育做得还是很成功的。" 莘迪感叹。

2

凌晨 3 点了，莘迪和爷爷没有一点睡意。莘迪冲了澡，穿着飘逸的睡衣，给爷爷倒了一杯威士忌，也给自己倒了一杯，坐在客厅中，爷孙俩进行了一场很纠结很矛盾的谈话。

"我不反对你与中国的同行们进行学术交流，但是我反对神经代码向全世界公开，那样会像发现核裂变和核聚变一样，发明了原子弹，祸害了人类。所以我迟迟地不把你我的论文交出去。"

"那你当初为什么要研究它？"

"你知道，麻省理工是一个让想象飞翔的地方，那里有世界上最活跃的大脑，而我所在的媒体研究室，更是一个创意群生的地方。我们研究的范围已经远远超越了传统概念的媒体：智能车、人工腿、改造大脑、拓展记忆、情感机器人……这些五花八门的研究，都有一个共同的主题，那就是拓展人类。在那里，激情和兴趣决定你的研究方向。休·赫尔教授的激情是消灭残疾，他自己17岁的时候，失去了双腿；威廉·米切尔教授，他已经去世，他的激情是让城市和建筑变得更加智能化；雷斯尼克教授的激情是让每一个人的一生都保持孩子在幼儿园时代的好奇心，通过创造和建造事物方式来学习，从而创造一个有创造力的社会；托德·曼库弗教授的激情是让每个人都能创作音乐，从音乐中获得意义……"

"别老谈他们，说说你自己。"

"我，你还不了解？小时候我迷恋数学，后来又学物理、电子工程、计算机，我想了解宇宙，然后可以以一种精确的方式改变它。但是，数学物理学的问题在于，能够影响世界的大问题，要不已经解决了，要不就是必须和成百上千的人一起工作，你只是很小的一部分。我选择大脑，是因为我们对它的了解还那么少，很容易探索，并且产生影响力。"

这是一种很典型的MIT（麻省理工学院）思维。爷爷后来去了斯坦福大学，做了著名的脑神经学家卡尔·戴瑟罗斯的学生，他们发明一种新的控制大脑细胞的方式——用光控制大脑，科学家们得到一种神奇的开关：开蓝光，细胞打开，开黄光，细胞关闭。神经生物学一直在寻找这么一个工具。王家栋作为当时MIT记忆与学习研究室的博士，正是利用这种工具研究记忆分子机制。研究表明，对于低等生物，我们可以用温度调节神经；对于高等生物，可以用药物来调节神经，但速度都比较慢。用光来调节神经是速度最快的一种方式，可以精确到毫秒，这是神经细胞之间信号传递的实际速度。这个工具的强大之处在于，不仅时间上可以精准到毫秒，空间上也可以具体到某个单个细胞。王家栋就是靠这种可以研究各种行为的生物学基础的工具，打开了神经代码的奥秘。

后来的十年，神经科学界拥有了更多技术，以新的大脑扫描仪、新的大脑探测器、新的开关大脑工具来帮助分析大脑。使用最新的核磁共振成像（MRI）技术，科学家们已经找出了人在观察不同图像时大脑中发生变化的相应刺激部位。应用这一原理，通过记录大脑的反应，就可以倒推出眼睛所看到的图像是属于哪种类型。试验表示，即使接受试验者自己根本记不起来看过某一种图像，但只要这幅图像曾经在他面前闪现过，大脑中就会留下相应的痕迹。

科学家们已经成功地测出了与手指、嘴唇、躯干活动相对应的大脑神经细胞，触觉、听觉、视觉、味觉、嗅觉与大脑相关部位的联系。五感终于都在大脑中寻到自己的位置。于是，爷爷觉得发明人类的记忆器条件已经成熟，而记忆的翻译，就是大脑编程软件，也就是神经代码的破译成为关键的关键。就在这个时候，爷爷出了车祸，他的研究戛然而止。莘迪作为唯一留在他身边的亲人，除了担当照料爷爷的任务外，也自然地担当起攻克神经代码的艰巨任务。

车祸后的爷爷像变了个人，以前典型的MIT思维忽然消失了，代之的是终日沉浸在冥思苦想的记忆中。他变得谨小慎微，胆小怕事了。当莘迪攻关发现了神经代码后，他开始担心技术的进步并不会主要用于造福人类，而会成为催生新一代的测谎仪的原动力。他更担心神经代码的公开，会被利用开发成一种意识战争的武器，变成像原子弹那样摧毁力巨大的神经武器。那时，人类不是在战争中死亡，而是在战争时面临疯狂。

"神经技术可能处在颠覆人类自然本性的边缘。"

"我觉得这种担心是幼稚可笑的，现在的人们是超理性和明智的。"

"但是政治不是科学，政治家不是科学家，我们的担心一定不多余，美国的政客历来如此，中国的领导人呢？改革开放近40年了，他们并没有放弃共产主义理想……"

"中国现在已建成了小康社会，在向富裕社会发展。中国政治民主在逐步推进，中国式的社会主义道路在世界越来越显示出生命力。美国一向标榜政治民主，又是怎么样？大选沦为两党游戏，投票歧视仍然存在，选举机制难以统一，政党操纵选举进程，总统选举耗尽公众希望……中国不会学美国的。"

"如果中国人掌握了神经代码，制造出各种记忆器、测谎仪，那会给中华民族造成多大的灾难啊！"

"爷爷，你言重了，我听说他们研究记忆器，目的是反腐倡廉。"

"反腐倡廉靠的是制度，民主政治，不是靠一两种仪器……"

"爷爷，难道他们要研究什么还要我们批准？"

这样的谈话是不能再继续下去。莘迪推说天将黎明，赶紧休息，就推着爷爷进卧室，安顿好他，自己也就上床了。

莘迪怎么也睡不着，她爬了起来，打开电脑，重新检测了反锁和自毁程序……

人类要真正了解大脑，准确的意识读取是无法回避的挑战。大脑中飞速传递的电化学脉冲化为认识、记忆、情感和决定的句法规则堪比大脑的软件。世界上最优秀的神经科学家，世界上最先进的神经工程研究院、神经工程中心都在集中丰厚的资金，创造最优越的条件，攻克这个尖端难题。这个神经代码，也许应当叫作人类大脑软件，在一些科学家看来，与宇宙起源和生命起源两大科学课题相提并论并不过分。

《科学》杂志在等着这爷孙俩的论文，全世界的神经、生物、心理学界人士在翘首等待这对华裔爷孙俩的成果。然而，这成果、这神经代码、这人类大脑软件没有公布，理由是不成熟，缺乏实验的权威数据。

人类脑计划是继人类基因组计划之后又一国际性科研大计划。1997年"人类脑计划"在美国正式启动。2002年，微软公司共同创始人之一保罗·艾伦出资1亿美元成立了脑科学研究所，着手进行脑基因图谱的绘制工作。由于活人脑样本难以大量获取，而且几乎不可能取得鲜活完整的人脑，这个研究所的科学家们在艾伦的领导下，用老鼠的大脑作为替代。这显然有缺陷，但在研究的早期阶段并不重要。老鼠和人类的脑基因组织相似，尽管鼠脑比人脑要小，形状也不一样，但基本解剖构造是相同的。2006年，该研究所公布了实验鼠的脑基因图谱，该图谱除了显著标示人类基因图谱中的每一个基因在大脑的何处表达之外，还涵盖了大脑核磁共振成像（MRI）和磁共振弥散张量成像（DTI）提供的数据，在互联网上公布，供公众自由免费访问……

脑图谱是对人脑进行探索的一项重要工具，将脑科学与信息学结合起来，建立数据库，绘制相应的脑图谱是"人类脑计划"的一项重要内容。随着技术进步，数字化脑图谱层出不穷，其绝大部分脑图谱是建立在一个或者是数量极其有限的个体标本上。当前常用的标准脑模板是ICBM152，其数据来自152名23岁左右健康成年人的MR扫描，但这些脑图谱基本上来源于西方人数据，不具备东方人的特征。大量的研究表明，由于人种和生长环境的影响，东西方人会有比较显著的差别，在脑神经科学研究中，假如我们直接把上述的脑图谱作为标准脑样本的话，可能会出现一些误差。

上海华梅研究院通过研究大量的活体脑大样，产生了人类至今为止最完善的脑图谱——春申脑图谱。取名春申脑图谱，是为纪念上海的开拓缔造者，春秋战国时代的七君子之一黄歇，号春申君。春申脑图谱是目前世界上最新脑图谱成就。但是，华梅集团出于战略考虑，暂时没有公布它，更没有在互联网上公开免费使用。

莘迪觉得倦怠了，睡意袭来，她关机上床。

3

上午，莘迪还在睡梦中，手机铃声大作。莘迪开机，屏幕上出现珍妮的笑脸。

"Cindy，还在睡呀？"

"昨晚睡迟了，反正今天是周日。"

"周日就要早起，怎么样，今天到哪儿玩？"

"不玩了，睡觉最好玩……"

"谁在床上？"

"去你的，谁跟你似的，夜夜没空床。"

"真的被你猜中了，我最近认识了一个俊男，又帅又能干，床上功夫可好了！"

"我知道，叫杰瑞·史密斯。"

"喂，你怎么知道他呀，难道你跟他也有一腿？"

"跟他有一腿你生气了？"

"我当然生气，他对天赌咒说现在只爱我。"

"男人的赌咒你才第一次听过？告诉你，是他打电话给我，是你给他我的手机号码吧！"

"是的。"

"你不能轻易把我的手机号码给人，你以后再这样，我要生气的。"

"好了，好了，亲，别生气，不过我很喜欢你那生气的样子。"

"德行！你知道他是中央情报局的雇员吗？"

"他行为神秘，我怀疑过。后来他坦白了。他为什么给你打电话？"

"他提醒我去中国进行学术交流不能泄密，他们随时在监视我。"

"别理他，CIA什么都管。"

"所以，你以后要小心，不要把我们的事告诉他，但是，他们监视我的事你要随时告诉我。"

"啊，那我成了你的雇员了？"

"怎么，不高兴？"

"高兴，亲，我巴不得成了你的宠儿！杰瑞说最近要带我去度假，到原来的社会主义阵营走一走，先到迈阿密，后去古巴，古巴这几年可开放了，朝鲜也开放了，越南、俄罗斯更不用说了。对了，你最近怎样了？"

"太忙了，事太多了，光是去上海的学术交流，我准备了整整半个月。"

"怎么样，中午请我吃饭？"

"在哪儿？"

"中国城。"

"那儿的菜有什么好吃的？"

"我就好那口。"

"好吧，我问问爷爷他去不去，要去我带上他，行不行？"

"当然行，我也是好长时间没见爷爷了。"

"中午见。"

"拜拜。"

爷爷说他叫楼下的那家广东菜馆送外卖，今天不去了，让她俩自由轻松。

11点刚过，莘迪简单地修饰打扮后就下楼了。

4

中国城和波士顿中央公园仅隔几个街区,中央公园在各大城市都是最贵地段。中国城一侧面对中央公园一栋栋豪华高层公寓,另一侧则对着波士顿火车站,并且和波士顿的金融区遥遥相对。爷爷所在的这栋耗资1.3亿美元的28层高楼,足以和周围的豪华建筑比美,为中国城增添风采。但是,走到中国城街道,煞风景的地方还是处处可见。脏、乱、差不说,单是那一层层一道道防盗窗防盗门就让人毛骨悚然。可是,人家两道铁门把家锁得严严实实,政府再大的本事,一家也请不走。正相反,这么超密集的近乎违章的居住,无意中造成选举时的票源集中。每一次市一级的选举,政治家都到这里拜票,中国人的社区组织声音也越来越强大。拆迁想也别想,动这个念头的人,先要忖度一下自己还想不想接着干。也许,这就是民主的力量,民主的好处,中国人现在真正懂民主了!

中国城周围地盘的公寓动辄百万一套,莘迪这样的大学研究员想也别想,大概只有医生、银行家、CEO们可以享受。爷爷所在这栋大楼包括295套出租公寓,50套连体住宅,其中40个属于保障性住房,300多住户。两卧连体住宅平均售价仅17.5万美元,两卧的公寓租金一个月仅540美元,而市场租金价格则为1170美元。波士顿地区的家庭中等年收入为44151美元,以这个水平,9年的收入就能买套房了。如果每月540美元的租金,年收入3万美元的低收入家庭,靠每月2000多美元的工资也能过日子。这项发展计划主旨旗帜鲜明:加强城市多元性,欢迎各色阶层前来居住。以中国模式的思路,美国人似乎在冒傻气。但是,波士顿的做法正相反:不仅不对外地人限购,对外国人也无限制,更令人诧异的是,还拿出巨大的资源,鼓励底层外国劳工在这里安居乐业。

也许这就是政治平等的体现、民主的体现、人性化的体现。中国过去没有这些，现在也有了。据刘堂燕介绍，在上海、在福州，在全国各地，现在人们食住无忧，和谐相处，美国式生活方式在中国已不是什么新鲜的事物。想到此，莘迪有一种自豪感油然而生。

莘迪爱思考，也爱联想。她这样想着，来到那家她和爷爷经常光顾的广东人开的"喜相逢"饭馆。

"哈啰……"早已在饭馆等候的珍妮旋风般跑出来抱住莘迪。她金发碧眼，丰满性感，那形象就像玛丽·梦露，见过她的男人没有一个不晕的。

两人进馆子坐下，"喜相逢"老板上前把点的菜单给莘迪看。

"什么，你都点了，我请客你也没征求我意见，那今天AA制！"

"什么呀？中国人请客都是主人买单，这是优良传统，我们一定要发扬光大……"

"哎呀呀，最近中国话说得不错呀！"

"我在很努力地学中文。学中文，喝中国葡萄酒，买中国股票，为中国人打工，现在是世界潮流。"

"哈哈哈，好像我是中国人似的，我现在还是美国公民。"

"我问过杰瑞，他说他昨晚给你打了电话，这是奉上峰之命。"

"奉上峰之命，不是他自己的主意？是他吗？"莘迪掏出手机，调出杰瑞的照片。

"就是他，就是他，怎么样？"

"嗯，看样子不错。"

"莘迪·王，怎么样？"广东老板抖着菜单问。

"就它了。"莘迪抬眼看了看广东老板。

珍妮点的都是她自己喜欢吃的，不知道吃过几次的青瓜粉丝炒鸡蛋、番茄酸甜炸鱼块、笋干板栗红烧肉、蚝油蒜头广芥芯，外加一盆福州大鱼丸。莘迪这几样菜都吃怕了，她喜欢吃西班牙菜，但每次她都依着这个调皮任性只管自己不顾别人的珍妮。

莘迪和珍妮是在一次朋友的 Party 上认识的，金发碧眼、青春性感的珍妮，一眼看见身材修长、精武干练、一头黑发的莘迪，两人立即互生好感。珍妮什么都好，就是花钱无度。中国人挣 10 元花 1 元，美国人挣 100 元花 1000 元，挣 10 元的中国人成了"富裕"的穷人，而挣 100 元的美国人成了"贫穷"的富人。珍妮就是这样的"贫穷"的富人，莘迪则是"富裕"的穷人。所以，珍妮常常来莘迪处蹭饭吃，莘迪也乐得为她付账。

5

莘迪昨夜睡迟了，今天没什么胃口，只挑了几片青瓜和广芥吃，啤酒一口也没动。珍妮则左右开弓，横扫千军，一口啤酒，一块鱼块，一勺炒鸡蛋，一粒大鱼丸。珍妮问莘迪，你今天好像不开心，莘迪说是不开心，不开心的原因是由杰瑞引起的。珍妮说，我实在不知道他还担负着监视你的任务。如果我早知道，我也不会跟他来往，我只认为他很帅，又甜言蜜语的，我和他就上床了。

莘迪吃了一粒福州鱼丸，这鱼和肉天衣无缝的结构给她带来好胃口。她突然想起结构问题，中国的饺子和鱼丸，还有元宵汤圆就是最好的结构例证。单吃鱼、单吃肉、单吃糖，只是一种单一的味道，如果把这些东西打碎，再用和得的面粉包起来煮熟，就是重新结构，味道就不一样了。中国人自古就有大智慧，他们很早就知道了结构问题。现在中国在调整结构，产业结构的调整使这个国家的经济上了新层次，产生了新的动力，欧洲、美国、俄罗斯、日本都缺乏活力、动力，中国成了世界经济发展的引擎。

相反，过去的 30 年，是美国历史上经济危机最沉重的 30 年，华盛顿的一些政客和财团希望借军事力量在海外获得利益，这类似当年的"日不落帝国"。遏制中国和平崛起，成了美国这几年惶恐的心病。

莘迪想到这，不由产生了愤懑。

"珍妮，我想和你商量一件事。"

"你说吧，亲……"

珍妮还在一口啤酒一口菜地饕餮着。

"别生吞活剥，猛吃猛喝了……"

"不要紧，在床上会消耗掉的。你知道和杰瑞战斗一场要消耗多少卡路里啊！"

"不可救药！喂，这样你看行不行？杰瑞不是要监视我吗？你就装作不知道，装作傻乎乎地监视杰瑞，千万别让他看出你的蛛丝马迹，你要把他的行踪，随时告诉我，你做得到吗？"

"这有什么做不到的，我保证做得到。"

"我就怕你一上床就什么都忘了，到时一边呻吟一边就把真情透露。"

"亲，我谁都可以背叛，唯有你我不会背叛，更何况，我在床上是完全掌握主动权的。"

"真拿你没办法！那你先说说，杰瑞有什么打算？"

"打算？我电话里不是跟你说过了，他先带我到古巴，再到越南、朝鲜、俄罗斯，最后到中国天津、上海……"

"中国上海？什么时候去？这样吧，我让你带一件东西，到上海后你再交给我。"

"什么东西？"

"我不告诉你。对我来说是非常重要的，但对你来说不过是我们女性用品中的一件小玩意儿。"

"那还不容易，拿来！"

"有两个前提：一不许泄密，二不许丢失，安全带到上海再给我。"

"不会是毒品吧！"

"当然不是。"

"是核武器？"

"死鬼！"

莘迪手机铃响，美妙的音乐漫溢了出来，屏幕上出现一个年轻的中国女子形象。

"哈啰，堂燕……"

"你好，莘迪，上午好！"

"你在哪里？"

"上海。"

"啊，现在都什么时候了，还没休息？"

"陪客人呀，干我这一行，吃喝玩乐，三陪四醉，什么都得干。"

"啊，嘻嘻，要不要陪上床呀？"

"去你的，我才不干呢！喂，机票定了吗？"

"早就定了，下周日走。"

"好，我们在上海等你。告诉你，这次学术交流会来许多世界顶级专家，大家对你的期望特别高，很希望详细了解你的神经代码。"

"我不是告诉过你，那是很不成熟的东西？还没有验证，我只能介绍一个框架。"

"别遮遮掩掩了，全世界都知道你们到什么程度了。爷爷那儿还有障碍吗？"

"有，他还是不愿意公开的，他甚至想终止这项研究。你知道，这项成果是他几十年努力的结果，我不过是后期接手在软件编程方面帮了他，我得听他的。"

"我知道，我在斯坦福时见过他，听过他的报告。他是唯一一个没回过中国的华裔科学家，真是个怪人。"

"可能跟他埋头搞科研有关。"

"我想，也不尽是。你做做他的思想工作，只能靠你了。就这样，客人出来了，拜拜！"

"拜拜。"莘迪把手机收起来。

"谁呀？"

"上海浦东国际人才创新试验区管委会人才服务中心副主任刘堂燕……"

"哎哟哟，这么长的官衔，我都听糊涂了。她是干什么的？"

"专门管引进国际创新人才的。"

"那你也是她引进的对象？"

"这会儿你不糊涂了？我是她争取引进的对象。现在全世界的科技精英都往中国跑，都往上海跑。"

"为什么？"

"那里好呀，一句话，钱赚得多。"

"像我这样去得了吗？"

"你有什么一技之长？"

"嗯……吃喝玩乐。"

"那只能做'鸡'了。"

"好个莘迪……"珍妮离开座位，过去敲打莘迪，莘迪求饶，两人哈哈大笑。

6

晚上，莘迪回到家时，看见爷爷依然坐在轮椅上观赏那盆茉莉花，这是一个华人商人朋友送给他的。华人商人朋友知道爷爷疼爱茉莉，每年夏季都从福州带一盆茉莉到波士顿送给爷爷。当然，过关他是有办法的。

"爷爷……"

"今天玩得高兴吗？"

"高兴。珍妮跟疯了似的……"

"她的男朋友不在？"

"不在。没跟我们一起，好像有什么事。"

"对这类人要小心。他们会找茬，20多年前有个黄姓华人科学家就吃过他们的亏，给安上莫须有的偷盗科技情报的罪名。"

"我这趟中国之行他们会不会找茬？"

"我想有可能。都什么时候了？现在是21世纪20年代了，还有冷战思维。美国开始衰落，开始胆怯了……其实，中国没那么强大，美国还没那么衰败。"

"世纪初金融危机之后，许多人认为中国崛起了，美国衰退了。"

"中国的崛起并非'板上钉钉'。中国在军事、经济和软实力等方面赶上美国仍要走很长的路。错误的实力判断已经使一些中国人盲目自大，民族主义情结上升，使一些美国人对自身的衰落产生不必要的恐惧，敌对情绪又开始上升，这种认识上的变化误导了很多人。"

"也包括我吗？"

"包括你，也包括我。"

"我倒想听听你是怎么看的。"

"即使中国GDP在21世纪20年代某个时候超过了美国,两个经济体也不会平起平坐。中国仍然有着很大一片欠发达的农村,中国几乎可以肯定已经开始面临人口问题和经济发展减速的情况,所以中国还是要遵循邓小平先生提出的韬光养晦策略!"

"啊,爷爷,你现在成了经济学家了。爷爷,那我们总应该为我们国家,为我们中华民族复兴做点什么吧!"

"既然是纯正的中国人,我们当然希望中国强起来,富起来。好像记得在我们的三坊七巷住过的作家郁达夫先生,年轻时在他的小说《春风沉醉的晚上》里曾经说过这句话。如果华梅集团那么渴望了解你我的神经代码,你可以向他们透露点,给个方向,让他们自己去组织破译,中国现在这方面力量很强。我们就不背泄露国家科技机密的罪名了。"

"爷爷,怎么你的口气松动了?"

"我知道我不松动你会松动,你不会听我的。年轻人不会听老头子的,这也是世界潮流,我只能顺应。我知道你有埋伏,但是,我告诉你千万不能被抓住把柄。"

"怕什么,科学无国界。"

"话是这么说,有防备总比没防备好,好自为之。"

"爷爷,这么说你同意我和对方交流了……"莘迪吻了吻爷爷脸颊。

"嘘……"爷爷故作隔墙有耳姿势,"其实,我哪会那么顽固?你们青年人现在跟着时代步伐前进了,我还能那么固执己见,永远顽固下去?中美和好,东西方和好,这是天下大势,当今潮流。孙中山先生早年说过,世界潮流浩浩荡荡,顺之者昌,逆之者亡,我能老顽固下去?"

"爷爷,那我这次回去一定要把这三件事办好!"

"哪三件事?"

"一是学术交流，二是找茉莉奶奶，三是要回那块宅基地！"

"三件事？不，我还要给你加一件事。"

"什么事？"

"找个如意郎君，纯种中国人。"

"找丈夫？结婚？我才不干呢！不婚族，不育潮，也是当今世界潮流，浩浩荡荡，顺之者快乐，逆之者自寻烦恼……"

"谬论！"

"我不想结婚，我只想要个孩子，当个没有丈夫的妈妈，给你生个曾外孙，不管是男是女，怎么样？"

"要生出来，我只能接受。不过，一定要中国种，纯正中国种！"

"爷爷……"莘迪满脸红晕，娇羞地依偎着爷爷。

二、寿山田黄石

1

上海华梅高科技集团有个惯例，凡有极重大问题决定，要召集集团聘用的元老们广泛征求意见。所谓元老，必须是类似两弹一星、载人航天元勋那样级别的专家学者。元老们涉及的业务极为广泛，因为华梅资本运作牵涉面极广。元老们来自社会和自然科学各部门，聘金也高得惊人。按集团老板、董事长梅金女士的话来说，不能平时不烧香，临时抱佛脚。不给高薪不行，专家学者不出高明主意吃亏更大。但是梅金与专家学者们的关系不是纯粹的雇佣关系，她是真正做到礼贤下士，尊而敬之，出自肺腑，掏出心肝。专家学者们也因为人格受到尊重，意见受到重视而乐而听从，笑而纳之。外界称华梅元老会为元老院，真有古希腊罗马元老院的民主气氛。梅金对外界说，没有这些元老，华梅高科走不到今天，我梅金初中毕业，何能何德能掌握高科技集团？我还不是靠这些元老，靠他们的头脑，靠他们的智慧？一个学者评论梅金：世界上有气质的人很多很多，但成为佼佼者不多，世界上有智慧的人很多很多，但能把智慧变为财富的人不多；一个成功的人，除了具有普遍性的气质和智慧外，还必须具备特质，这些特质是决定他成功的关键。梅金是个具备成功特质的女人。人们认识梅金特质，是从她的三砸故事开始的。

梅金第一砸是她吃一餐饭砸了20万元零钱，用两辆皮卡装的。这故事发生在山西，且不说在什么地方。梅金请3个客人吃饭，点了4只单价8000元的豪门六头老品鲍，4份单价为13888元的白松露炖至尊海虎翅，4份单价为9860元的野生蜂窝南非血燕盏，另外还点了1980年大拉菲、50年茅台等名酒，共18万元多。4人喝了不少酒，不知道何故与服务生发生了口角，梅老板不爽，故意为难店家，一个电话，手下开来两个皮卡，装了20万元1元纸币和硬币，轰动了山西网友。

梅金第二砸是在北京一家4S店，砸了1千万元现金买10辆悍马。那家4S店销售小姐看见梅金五大三粗的傻大姐模样，以为是刘姥姥进城，问她，你看什么呀你看，你买得起吗？梅金说你别狗眼看人低，我买不起来看什么？销售小姐撇了撇嘴不悦。梅金又问，这一辆多少钱？销售小姐说你才是狗眼看得低，抬头看，标价贴在车头上！梅金说我老花看不清，多少钱一辆？销售小姐说100万！梅金说才100万，我买10辆！销售小姐冷笑，梅金说，你不信？她拿起电话，不一会儿一辆卡车开来，从车上搬下10个大塑料袋，共1千万元人民币。害得附近银行营业部连夜赶来现场办公点钞。4S店老板喜出望外，说要马上开除那个销售小姐。梅金劝住老板，说难怪她，我也不相信自己有这么多钱，原谅她吧！

梅金第三砸是砸在福州市一块土地竞拍上。就是前面提到的三坊七巷的衣锦坊A6地块。梅老板是福州市郊区一个偏僻山村，叫岭上村人氏，在山西挖煤淘金，40岁不到，身价已经几十亿，叫家乡人做梦也不信。家乡人对她说，你发财致富，家乡人不知道，那叫锦衣夜行，固然华丽，但没人看得见。听说三坊七巷是福州名片，自古达官贵人富贾豪绅都居住那里。据说他们梅家前几代也住在三坊七巷,跟梅兰芳一个姓氏的。梅老板在家乡人撺掇下,想在三坊七巷建一处豪宅,以便衣锦还乡光宗耀祖当三坊七巷的贵裔。A6 地块拍卖时有多家房地产公司竞拍出价,梅金委托代理人放出话,不管哪家举牌,她都要高出 1 亿元,志在必得。查遍中外拍卖史,没有这样竞标的,那次拍卖会就流拍了。当然深层原因是有人给市长写信,对 A6 地块归属权提出质疑,市政府就决定暂停拍卖。

梅金"三砸",在网络上风生云起,媒体趁热炒作,梅金成了中国史上最牛老板。她不但引起普通百姓、生意场人注意,也引起评论界、学术界专家学者注意,许多人开始收集资料研究梅金现象。

列宁说过,历史总爱跟人开玩笑,你要走进这个房间,它偏偏让你走进另一房间。梅金做梦也没想过,她居然从挖煤淘金,走进高科技风险投资行业。

2

2012 年夏天,福州人、复旦大学生物学院教授刘般若回福州参加海西学术论坛,在一次老同学聚会的酒席上,中学老同学葛怀庆跟刘般若他们戏说起梅金"三砸"故事,刘般若这位复旦大学生物学院脑神经研究中心的主任大叫道:"哎呀,要砸一两亿给我们研究脑图谱多好呀!"

"一两亿对这个梅老板是洒洒水。谁叫你当教授?越教越瘦。当初,你这个三坊七巷出来的生意人子弟,要去挖煤淘金,没准现在比梅老板更发达。"

"嘿嘿,怀庆,我哪有那个命啊!不过,我真想不到,我们福州郊区的穷山村,居然出了这么一个传奇的女富豪,有机会带我去看看她的出生地,看看她得了什么风水!"

"听说祖上也是住三坊七巷的，后来败落了。"

"啊，那也是坊巷贵裔了？"

"嘻嘻，村姑而已，还不是小姐。嗬，我明天刚好要去寿山乡打听一件事，你要没事，我顺便带你去看看。"

葛怀庆在玩寿山石，这几年疯炒，这寿山石价格不是几倍，而是几十倍、成百倍地疯涨。寿山乡是寿山石发源地。

"明天我刚好没安排，自由活动，说去就去。"

第二天一早，葛怀庆就开着他那辆刚出厂的福建奔驰商务车到香格里拉酒店接刘般若。

车出北门，开上北岭直奔寿山乡。一路峰回路转，云绕雾罩，热风扑脸，花香袭人，让久居上海高楼大厦水泥森林中的刘般若足足吸了一个多钟头氧吧。

"啊，老弟，我真不想回上海了。在这里随便找个地方，盖几间小木屋，了此一生也不冤。"

"嗨，让你住三天可以，长了怕也不习惯。再说你还有漂亮的老婆，可爱的女儿，你能让她们住山里的小木屋？你们这些教授呀，讲话从来不客观，不实际。我呀，我明说不习惯乡下生活，我要玩石、玩古董、玩买卖，我还要桑拿足按，有时还要弄个小姐泡泡，叫我住乡下一天都待不下。"

"难得你今天这么表里一致。"

"怎么，难道我给你的印象一直是表里不一？"

"好像有点。"

"你是听董玉照说我坏话吧？"

董玉照也是他俩中学同学，现任市长助理。

"也不全是。喂，你前妻结婚了吗？"

"没有。"

"我看还是复婚,她不错吧?"

"不,既然离了,就彻底分手。再说,这对我是一个机会,这回,我要找一个能让我怦然心动的。一旦碰上,我要不惜财力、物力、精力追求!"

"碰到了吗?"

"还没有。"

"快50岁了吧?"

"现在五六十岁才中年……"

刘般若、葛怀庆以及他们的同学都是1965年后出生的快奔50的人。

"那看来你还可以再浪漫一回?"

"满头乌发,目光炯炯,年富力强,风流倜傥,虽不是青春偶像,却也是师奶杀手……"

"哈哈哈……"

两人朗声大笑。笑声中车到寿山村口,葛怀庆叫刘般若稍等,他到一户人家问个消息。葛怀庆下车后,刘般若也下车,他环视整个寿山村。

寿山村是福州市北郊崇山峻岭中的一个小盆地,溪流蜿蜒,景色宜人。它四周突兀的岩壑里、溪涧下、水田中产有湿润如玉、斑斓晶莹的宝石,传说是女娲补天所遗天脂。它无与伦比的天生丽质堪比和田玉。寿山石早在1500多年就被开采利用,南宋人梁克家编纂的《三山志》记载:"寿山石,洁净如玉,大者可一二尺,柔而易攻,盖珉类也。"是至今关于寿山石最早的文字记录。南宋著名文人黄翰《寿山》诗中"石为文多招斧凿",指的就是寿山石开采。元、明两代,寿山寺院的僧侣已在寿山各山峰凿洞采石。当年僧人开凿的"和尚洞""大洞"等遗迹至今尚存。

从清朝到民国,寿山石开采时断时续。20世纪30年代,曾有一段兴盛时期，不少石种均有开采，但规模不大。20世纪50年代，寿山石开采业复兴。70年代后是寿山石开采的鼎盛时期，有大量流世好石出产。80年代的最后8年，时逢盛世，寿山出现艳丽无比的新石种"荔枝洞石""鸡母窝石"以及月洋山芙蓉石。90年代又发现了可比芙蓉的反洋石与山秀图石。清康熙年间，高兆写了一篇寿山石论著《观石录》，明确指出："石有水坑、山坑。水坑悬绠下凿，质润姿温；山坑发之山蹊……"毛奇龄著的《后观石录》对寿山石的品种做出评定，提出"以田坑石为第一，水坑次之，山坑又次之"的论断，对近代寿山石的分类、评价具有指导意义。[①]

寿山石中以田黄石为极品，其代表作品就是著名的乾隆三链章，那是巧夺天工无与伦比的天然和人工的浑成品。地质研究表明，数千万年前的中生代，当时福建地质出现过重大的变革，在寿山村一带山峦中火山爆发，火山的热液多期次、多阶段地沿着山体构造的裂隙聚集，并与周围围岩交融、凝结、晶化形成了寿山彩石矿。以后又因地壳运动和自然的风化，寿山溪上方高山山脉的部分矿石滚入溪涧，长期经受溪水的冲刷，磨圆了棱角，洗净了杂质，形成了卵形的田黄石胚胎，又被地表的虚土掩埋在寿山溪谷沙石泥土底层。又经过几万年，这些得到大地母亲哺育的田石，本身所含的物理成分受周围酸性土壤、水分及温度的浸渍，色泽就瑰丽无比，肌里现萝卜丝纹，表面多生成美丽的石皮，质地特别温润迷人，成了大自然神奇的尤物。人们惊叹大自然留下的天遣瑰宝的同时，也向大自然展开疯狂的掠夺。经过几代人的淘取，稍有价值的寿山石尤其是田黄石已绝迹罕见了。

刘般若正钩沉记忆中有关寿山石的传说和资料时，一支车队风驰电掣

[①] 本书所涉寿山石资料，引自《寿山石投资收藏入门》一书，黄宝庆、黄键琳编著，上海科技出版社出版。

从村口掠过，直奔深山。看那几辆车，都是奔驰、宝马、路虎、悍马。不一会儿葛怀庆急匆匆地跑了过来，说了声"走，我们上岭上村"，就爬上驾驶座，发动引擎。刘般若见他突然变得急迫，不好细问，就跟着他爬上车。车一路咆哮着冲上山。

3

葛怀庆边开车边告诉刘般若，刚才听寿山村人说，最近岭上村村民发现了一个寿山石矿洞，说里面肯定有好的寿山石，他们缺乏资金，要邀请梅金回来开发，因为梅金是岭上村人。我们抢先去看看，说不定发大财的机会来了。

"哎呀？这么巧，难道真是梅老板回来了？我这运气太好了，该不是今天能见到她？"

"什么？你说梅老板回来？你在哪儿见过？"

"刚才有一车队开过去了，就是你进那房子的时候，都是奔驰、宝马、路虎、悍马……"

"哎呀，准是她回来了，这里附近没有这么派头的车队。就是市委市政府，也没有这么派头的车队。快、快走！"

"你着什么急呀，快走也不是叫我呀，叫你自己！"

"对，怎么我开车叫你快走呢？我利令智昏了？"

"可不是，怀庆，我发现你近来把利看得太重了，你已经发了，你还要赚多少呀？够吃够用够花就行了！"

"是够吃够用够花就行了，可是心里不平衡，看看人家怎么发，不是几十万，不是几百万，不是几千万，而是几个亿、几十亿地赚，我心里能平衡吗？"

"难道你想开矿发财?"

"现在要大发,就只能走开矿这条路。金矿、煤矿、稀有金属矿我们不敢想,这寿山石矿,我们懂行,只要找到矿脉,弄它几个亿、几十亿,板上钉钉。"

"我看你还是悠着点,别一兴奋把我翻到山底下,财轻命重啊!再说,就是天上掉馅饼,恐怕也轮不到你,黄金赠富不赠穷,梅老板要是捷足先登,你还弄得到?"

"哎呀老哥,所以要快呀!"葛怀庆猛踩油门。

"你慢点开,我这教授,虽然越教越瘦,命总是宝贵的。"

"哎……"葛怀庆长叹一声,不情愿地把车速缓下来。

"老弟,你把梅老板家史给我讲一讲,说不定我今天跟她有缘分。"

"好……"葛怀庆到底心平气和下来,开始讲述梅老板故事,"啊,只能说是故事,是传奇,现在社会上有关梅老板的发财史,版本实在太多了。"

梅老板叫梅金,从小丧母,跟着父亲长大,父女恩深情重。梅金小学毕业后,父亲外出打工,把梅金寄在他姐家,他姐夫是个乡村医生,梅金就在小药店里抓药,一来一去还真学了中医知识三五七。突然有一天,接到山西一个电话,说父亲在山西一个煤矿发生矿难时被压死了,等到梅金和姑父赶到时,矿主已把父亲埋了,给了他们10万元补偿费。姑父喜出望外,说人死了也死了,有这10万元钱以后也好过生活了,就拉梅金回去。没想到才十几岁的梅金,愣是要留下来跟矿主讨个说法。矿主是温州人,从浙江来山西开矿,正处事业如日中天时候。他看到梅金有一股倔劲,又有一股灵气,就说这孩子有个性,说不定有前途,就决定收留她,培养她。经过三番五次谈话商量,梅金决定留下。她说10万钱不拿,拿了一花就没了，她要把钱留在老板处做本入股。温州老板一听，越觉得这是个人才，答应给她一点股份，梅金就在山西煤矿留下来了。温州老板另给了5万元钱把梅金姑父打发回去了。

一个女孩子当然不能下井干活，温州老板也没把她留在矿上，而是叫她外出跑公关。攻什么呢？攻车皮，攻铁路局，攻铁路上大大小小头头脑脑，最后攻到北京铁道部。梅金果然不负老板希望，一路过关斩将，别人搞不到车皮，她能搞到，她的神奇神秘，她的艰辛劳苦，只有她和温州老板知道。温州老板这时不是把她当作下属，而是把她当作亲妹妹，给了她很大的股份。那年头，是山西煤老板最牛的年头，梅金慢慢地也成了最牛的女煤老板之一。梅金真正的发迹史，可能只有她自己最清楚。

"知道了，知道了，你不用说了。"刘般若打断葛怀庆的叙述，"这后来的历史，我们只能靠想象了，就是采访梅老板她也不会跟你说真的。"

"但我就是想象不出，她为什么发得那么快，发得那么多？我在福州玩石、玩古董，按说也是不错的行当，田黄石我就有好几块，可跟梅老板一比，简直是小巫见大巫。我翻了不少名人传记，老的上海的哈同、美国的洛克菲勒，也没有她发得这么快，这么多。现在的默克多，比尔·盖茨，她也有得比，她是实体经济，老默老比还是媒体，软件……"

"因为梅老板是你认识的熟悉的了解的，所以你觉得特别不平衡。上海也有好多富豪，我随便举例子，也是玩古董的，叫刘益谦，卖过皮包，当过出租司机，后来炒股发了财，现在身价几十个亿。近年来国内各大拍卖公司推出的珍品几乎都被他搜刮至家中。清宫廷皇家收藏著录《石梁宝笈》中记载的珍品，刘益谦就有30多幅。清初'四王'的作品，刘益谦藏有'三王'。他一直遗憾于这么多年没在拍卖场看见王时敏的珍品，否则就齐全了。今年接受美国《纽约时报》采访时，他承认在上海拥有数百套公寓，甚至多到他也记不清楚的数字。其中包括他在2008年买下的一套汤臣一品的公寓，花费1150万美元。这次成功拍出天价的齐白石的《松柏高立图·篆书四言联》就是他的藏品。他透露，当年购买这件作品只花了不到2000万元，此次拍出他净赚超3.5亿元。"

"我的天呐……"

"老弟，你不要不平衡。你知道吗？这就是资本的力量。什么叫市场经济？有资本有市场就能玩转一切。当然，我们不能去追究资本是怎么积累的，不能去追究资本的原罪。就拿梅老板来说，她的第一桶金是她父亲用生命换来的。我倒是为这些富人考虑了两个原因：一是机遇，二是见识，两者必须兼得。机遇是基础，见识是关键。机遇是我们国家改革开放造成的，见识是每个人的自身条件。"

"教授还是教授，理论一套套，哈哈哈……"

4

岭上村是一个自然村，行政归属寿山村，坐落在高高的山岭上，只有十多户人家。那几辆奔驰、宝马、路虎、悍马只好停在山下路口，一行人沿着一条之字形小路蜿蜒上山。葛怀庆和刘般若到达时，这一行人正聚集在一幢歪斜快倒下的木头房前，其中一女二男坐在一张小石桌旁的三个石凳上。旁边站立五六个戴黑色墨镜、西装革履的保镖。周围十多个村民稀松地围观着。

当葛怀庆、刘般若气喘吁吁地走到木屋前，一个精壮洒脱的保镖走上前摘下墨镜，用精准的北京话问："请问两位先生是这里的领导吗？"

葛怀庆和刘般若相觑，没有回答。

只见那个女的低声问一个年轻村民："奇发，你认识他们吗？"

"不认识。"那个叫奇发的年轻村民回答。

"何方朋友，请坐……"女人豪爽地挥手。立即有两个保镖从木屋里搬出两张木凳让葛怀庆、刘般若坐下。

葛怀庆和刘般若有些拘谨地看那女人，她近40岁，五短身材，貌不惊人。一身名牌休闲装十分得体。她目光炯炯，显得干练且有气度。

"坐吧。"那女人柔声说。

"老板，是来看矿洞吗？"葛怀庆开口问。

"是的。"女人回答，"你们也是来看矿洞吗？"

"是的。"葛怀庆点头。

"啊，看来也是专家了。"女人说。

"不，我不是专家，这位……"刘般若指葛怀庆，"这位才是专家。"

"敢问尊姓大名？"女人问葛怀庆和刘般若。她看葛怀庆时目光有点挑剔，看刘般若时目光亲切。

"免贵姓葛，名怀庆，号随安居士。"

"啊，我知道，著名的寿山石收藏大师，你出过一本书，叫《中国寿山石集锦》，你是主编，对吗？"女人说。

"啊……"葛怀庆目瞪口呆，久久才说，"你是大名鼎鼎的梅老板吧……"

"我叫梅金，就是这个村的人，出去将近20年了，很多人不认识我。"

"老板真是奇人，传奇人物……"

"有什么好传奇的……"梅金口气淡淡。

"你事业有成，如日中天，居然看过在下出的小小书籍，真乃三生有幸。"

"最近有人让我投资玉石开采，我翻了一些书，学点知识而已。实在有附庸风雅的嫌疑，请勿见笑。怎么样，先生对这里的矿洞有兴趣？"

"我由于收藏寿山石，对寿山一带还是比较熟悉的，听说发现了新矿洞，确实感到意外。"

"我也有些意外，现在哪里还会再找到寿山石？不过乡里乡亲的感情我也不好推托，前期给他们投资了点，今日抽空回来看看。啊，我还忘了给你们介绍，这位是邝教授，这位是吕教授，北京地质大学著名专家。"

"幸会，幸会……"邝教授、吕教授亲切地和葛怀庆、刘般若握手。

"我也忘了介绍。"葛怀庆说，"这位是我的中学同学，老朋友，复旦大学教授，叫刘般若。"

"邝教授、吕教授、梅老板，我是纯粹来凑热闹的，我是学生物的，跟矿产资源一点也不搭界。"

"哈哈哈……"见到刘般若扭捏状，大家一阵哄笑。

"奇发，你就带大家去看看吧！"梅金吩咐，一行人向新发现的矿洞走去。

新矿洞在村后边，一座小天主堂边，是新近开挖的，不过二三十米长，洞口和矿道中堆着石头泥土。王奇发带头，打着一盏矿灯引道，梅金、邝教授、吕教授、葛怀庆随后，刘般若断后，村民们没有进去，在洞口交头接耳窃窃私语。

这一看不要紧，所有人都垂头丧气。

邝教授、吕教授摇头……

葛怀庆摇头……

梅金不置可否地引着众人出来。

王奇发哭丧着脸。众人情绪不快。

只有刘般若无忧无虑，逍遥自在，步履轻盈。矿脉贫富，玉石有无，投资多少，亏本怎么办，与他一点无涉。下山路上，梅金问他有什么看法，他说他是专门研究脑的，这矿脉的事他是一窍不通。

"你研究脑的？人脑还是猪脑？"

"当然是人脑了，猪脑研究它干吗？"

"那是不是我们这些人脑子进水了？"

"好像有点。"

"为什么？"

"犯了一个起码的逻辑错误。"

"你说说……"

两个教授也凑上来聆听。

"书上说寿山石形成是火山爆发，火山的热液多期次、多阶段地沿着山体构造的裂隙充填聚集，并与周围围岩交融、凝结、晶化形成了寿山彩石矿。以后又因地壳运动和自然的风化，大水冲刷，部分矿石滚入溪涧，长期经受溪水冲刷，又被地表的虚土掩埋在寿山溪谷沙石泥土层中……"

刘般若努力钩沉自己记忆中的知识，他知道只要多次反复刺激，记忆会重现。

"这里有两个概念很重要，一、熔岩的爆发流动；二、大水雨水的冲刷。这两个运动在地球的引力作用下，肯定是自上往下，不会自下往上。所以找寿山石，找田黄石，必须向下，不能向上。我一听到岭上村找石，就怀疑有没有。如果是到岭下村找石，那还有点道理。"

"可是，这里只有岭上村，没有岭下村呀？"梅金说。

"所以，你此行冤枉了。"

"我明白了。"梅金信服地说。

"哈哈哈……"众人哄笑。

"有道理，有道理……"两位教授频频点头。

"不是你们犯错误，是他们这些人，"刘般若指岭上村村民，"穷怕了，想发财想疯了。所以我说梅老板，你出去这几十年发了大财，家乡建设，老乡的脱贫不能忘记。投点资，把这小山村建设建设，也不虚你此行回乡了。"

"刘教授，你说的句句中听，件件在理。我听你的，这小村建设我搞定了！"

"真的？"

"真的，一言为定。骗谁我不会骗你刘教授，你这人很实在，我喜欢。"

"刘教授，梅老板可是待嫁闺中，你有家小了吗？"邝教授开玩笑说。

"上有老婆，下有女儿……"

"可惜可惜，一个百亿富婆失之交臂啊……"吕教授开玩笑说。

"嘻嘻，说实在，我就喜欢有知识的人，就喜欢讨个教授丈夫，可惜没这个命！"梅金说。

"这怎么叫命？缘分没到呗！我们三个教授负责介绍，三个臭皮匠，抵个诸葛亮，对不对，两位贤弟？"邝教授说。

"对，对……"吕教授、刘般若附和着。

村民们、保镖们热烈鼓掌。

"这样吧。"梅金也很兴奋，她吩咐保镖，"找个地方，中午我请客，叫几部车来，把全村人，男的女的，老的少的，全请到大酒楼，就算我今天回来请全村父老乡亲吃团圆饭！"

真没过多久，三部中巴车就迅即开到山脚下，村民中长者出面招呼组织，村里几十号人，男的女的，老的少的，走的走，扶的扶，牵的牵，抱的抱，都上了车。村民长者最后跑来说，全村人都上车，唯有一个老"姿娘"不上车。"姿娘"就是福州话的女人。梅金问为什么,村民长者说那老姿娘脾气很怪,听说新中国成立初期还是一个远近出名的妇女干部,现在老了,越老越怪,谁都不敢惹她。梅金一听说谁都不敢惹,即站起来说我要见见她。村民长者说,梅老板,你不要见,见了你会生气,那人说话可难听呢。现在她孙子王奇发正动员她。梅老板问她说什么难听的话,村民长者支吾不敢说,梅老板叫他说,他说,我说了梅老板你别生气,她说你挖煤发财有什么了不起,她当年的东家住三坊七巷,在上海办厂开店,那才叫发财。山西那穷地方挖点煤还叫发财?上海是洋人的地方,在那地方做生意那才叫发财呢。山西那是发土财,土财主,上海是发洋财,洋财主。她说她见不得土财主,她要见,就见洋财主……梅金越听越想见,她这辈子还真没见过看不起她的人。梅金招呼邝教授、吕教授、刘般若、葛怀庆一起去见识见识那个老姿娘。

那是一幢古旧的四扇木质房,土墙包裹,瓦破柱斜,窗裂板松。房檐下的石板条苔藓斑驳,石头缝中杂草丛生。老人住在东边厅边房,房中暗黑霉涩,一行人进去,地板松动得"吱吱嘎嘎"地响。老女人清瘦白净,看得出年轻时的花容月貌。床上是一床薄棉被,一个布包的油污斑斑的小枕头,约二尺长。床头的茶几上,简单地放着碗、箸和茶杯,但是整整齐齐码着两叠《福州晚报》、《海峡都市报》,引人注目。老女人看见这么多人涌进来,闭上眼,合上嘴,怀着敌意地坐在床沿上。王奇发站在旁边,为难地手脚也不知往哪儿放。

"依婆,你认得我吗?"梅金上前用福州话问老女人。

"不认得,小时候认得。"老女人并没睁眼。

"依婆,你说在山西发财是土财主,在上海发财是洋财主,你是听谁说的?"

"我是听我少东家说的，我的情哥哥说的。"

"啊，你还有情哥哥呀？"众人交口惊叹。

"奶奶，你乱说什么呀！"王奇发不好意思地打断她的话。

听的人又惊又诧又奇又怪。

"谁没有情人呀，我们村里哪个不偷鸡摸狗……"

"哈哈哈……"大家哄堂大笑。

"依婆，那你的情哥哥现在在哪儿呀？"

老女人这回睁开眼。

"在哪儿？在台湾，兴许在美国，兴许在南非……没良心的，说是会回来，我一辈子想他，一辈子骂他。聪明人啊……我是快死的人，说出来也不怕你笑，能见他一面，死也瞑目……"

老女人说着流下眼泪，所有的人再也不敢揶揄窃笑。

"依婆，他叫什么名字？我会帮你找，哪怕天涯海角，我也要帮你找到。"梅金说。

"过去我不敢说，海外关系，通匪通敌，现在改革开放了，我敢说了。"她指着茶几上那两叠《福州晚报》和《海峡都市报》，说明她的信息来源，"没用啊，我说了也没用，他是个有情有义有良心的人，他要在世，一定会回来找我。开放这么多年了，他怎么会不回呢？他肯定不在人世间了，呜呜呜……"

看着老依婆伤心恸哭，梅金也动了恻隐之心。她悄悄让下属放一沓人民币在茶几上，默默无声地走了。

那晚，梅金约刘般若喝咖啡，这一约彻底改变了刘般若后半生的命运，也使梅金的事业出现了新的辉煌。

梅金给刘般若住的房间打电话，他们同住在福州香格里拉酒店。

"刘教授，我是梅金。晚上有其他安排吗？"

"啊，梅老板，我晚上没有其他安排，今晚是自由活动。"

"我约你喝咖啡，怎么样？"

"可以呀。"

"那晚上8点，我们在酒店咖啡厅见。"

两人如约来到咖啡厅。梅老板的保镖远远地站在咖啡厅门口。

"能不能叫他们走，这里没事。"

梅金看了刘般若一眼，愣了愣，然后示意保镖们离开。刘般若是赶走她的保镖的第一人。

"在这样场所，不宜让他们跟来。"刘般若说。

梅金善意地轻笑："我很少碰到你这样的人。"

"我，是不是有点迂腐，在学校待久了，世事不洞明，人情不练达？"

"不是。敢于直言，阳光磊落。一般的人见我不是阿谀，就是奉承，包括你上午见的邝教授和吕教授。"

"也许你们之间有业务往来，所以谨慎些。"

"不，这是人的性格决定的，我见过很多人，没有像见你这样，几眼就喜欢上的，很少很少。"

"梅老板，我这要诚惶诚恐了，你一个亿万富婆，我一个穷教授，哎呀，我真得阿谀奉承几句……"

"现在晚了，哈哈哈……小妹，上最好的咖啡。"

"是。"女服务员尊敬地点头走开。

"刘教授，不瞒你说，我最近上了一趟福清石竹山，找了余大师，为我卜了一卦，你猜他怎么说？"

"怎么说？"

"梅金梅金，一煤一金，时运到此，不转掉金。我是挖煤发了财，这人人知道。我在搞车皮跑铁路过程中，暗地投资山西朔州地区一个金矿，发了大财。现在我想投资翡翠玉石开采，新疆、东北、山东都去过了，云南昆明腾冲也去过了，今天岭上村也去了，始终没找到好矿，都是空欢喜一场，你说这余大师的话不是很应验？"

"看命算卦我不懂，江湖术士我不信。不过话说回来，他们常常'蒙'对了，这叫人不得不信。他们常说自己是易经大师，几千年前的一本易经能预知世界未来，这当然不可能，但是它里面的哲学智慧常被人用来认识事物，作为方法论又是对的。所以对余大师的判断，我蛮说（福州话，指无根据地说），可信又不可信。"

"可信在哪儿？"

"可信在于他的说法符合了大形势。2011年是我们国家'十二五'计划头一年，'十二五'计划强调经济结构调整，要改变过去粗放式、高能耗、没质量的经济增长方式，所以他说不转掉金，也就是说不改变经济增长方式以后肯定效益不好，所以掉金。这人还是蛮懂国家政策的。"

"听说是北大东语系毕业，是个专门研究佛学的。"

"怪不得，北大尽出怪才。"

"那不可信呢？"

"不可信，也在于煤、金，煤、金都是不可再生资源，资源性的行业股票是猛涨的，怎么会掉金呢？"

"这你就不懂，国家要整治，一个文件下来，把你收回去，特别是那些小型矿，达不到产能要求，粗放开采的，不是一个文件就决定了你的命运？"

"你搞的都是小矿？"

"个人还能搞出个神华煤矿，山东金矿！"

"那余大师又对了……"

"今天上午我们遇到的那个老依婆，她居然说我在山西发财是土财主，要在上海发财才是洋财主，我就是怕人家说我是暴发户、土财主。刘教授，这是冥冥之中有人叫我要另辟发财途径到上海去闯荡去发展。你是上海的教授，我今晚约你，就是想听听你这个上海人的意见。"

"哎呀，梅老板，我说到底是福州人，讨的老婆也是福州人，不过，我在上海上学、工作，上海的情况懂一些，但也不全懂。倒是高等学校、教育界、科技界的事熟悉。"

"那你说说高等学校、教育界、科技界的情况。"

"要说高等学校、教育界、科技界嘛，就是两个字……"

"哪两个字？"

"缺钱。"

"缺钱？怎么讲？"

"有人才，有知识，有技术，有项目，就是缺钱，缺经费，缺资本。就拿我们复旦大学生物学院来说，我们在研究人脑，全世界没几家……"

刘般若简要介绍：随着1997年"人类脑计划"在美国正式启动，人们对大脑的探索进入了一个新的高度，将脑科学与信息学结合起来，建立数据库，绘制相应的脑图谱是该计划的一项重要内容。

2002年，微软公司的共同创造人保罗·艾伦出资1亿美元成立脑科学研究所，2006年公布了实验鼠的大脑基因图谱。就像高性能、多功能的全球定位系统（GPS）一样，艾伦人脑图谱确定了人脑中的1000个解剖点，指明了基因表达和基本的生物化学特性。

"艾伦投1亿美元算什么？我一个煤矿一年就赚10亿人民币。"梅金插话。

"脑图谱是对人脑进行探索的一项重要内容，随着技术的进步，数字化脑图谱层出不穷，其中绝大部分脑图谱是建立在一个或者是数量极其有限的标本上，而我们中国人口多情况复杂特殊，我们有得天独厚的条件，可以研究出兼具东西方人种特点的标准脑图谱，这样会对科技界做出独特的贡献，可惜，我们人才有，也不缺少志愿者贡献的脑活体，一句话，就是缺钱。"

"研究人脑有什么用？"

"当年科学家研究核裂变、核聚变，你说有什么用？"

"做原子弹。"

"研究人脑大的说是战略需要，苏联和美国曾经有过思维控制的秘密计划，现在他们在担心我们中国研发意识武器；从小的方面说，可以治病救人，比如老年痴呆症、帕金森症，可以帮助肢体残疾人，让他们站起来，不能动的就让他们用思维点击鼠标使用电脑……"

"啊，真能做得到？"

"在未来 5 到 10 年，我们将会有更多的技术，新的大脑扫描仪，新的大脑探测器；然后，未来 20 年，我们能看到科学家们利用这些仪器来解说智慧、恐惧、幸福、记忆……还可以做梦境连接机、意识共享设备……"

"还能知道我在想些什么吗？"

"当然能，要真正了解大脑，准确的意识读取是无法回避的挑战。大脑中飞速传递的电化学的脉冲化为认知、记忆、情感和决定的句法规则堪比大脑的软件，美国人在开发，我们也要开发。"

"能反腐败吗？"

"什么意思？"

"比如，把你发明的仪器往贪官头上一戴，就能知道他拿过人家的钱物，包过二奶、三奶什么的……"

"啊，这可是个新课题。你是怎么想的？"

"我的一个朋友，也是领导，在国家反腐研究中心当主任，他说过，我们反腐，除了要有好制度外，最好还要靠些先进技术，美国都有了什么测谎器，我们能不能搞个记忆器？"

"哇，梅老板，真有你的，你的思路太超前了！"

"超前是你们的事，我不会超前，你们能做到吗？"

"这个，我得考虑清楚才能回答你。"

"如果能做到，这脑研究我投资了。"

"什么，你投资研究脑？"

"我投资你们研究，最后发明个记忆器就行了，我就可以向老领导交差，他可是我人生大恩人。能做到吗？"

"哎呀，梅老板，这可不是挖煤淘金，一时半会儿是见不到效益的。"

刘般若故意含糊，此时含糊是最好对策。他的意思是先把投资搞到手。这是他的狡猾和另面，也是他的成功。

"原子弹研究的时候不是也没有效益吗？造成了原子弹，效益就来了。我说你这个教授，只会掐不会算。"

"哎哟哟，我这是在做梦吧……"

女服务员送上两杯咖啡。

"你问一问服务员小姐，你是不是在做梦，嘻嘻嘻……"

梅金喝咖啡，并给刘般若加糖加奶，刘般若如坠云里雾里。

"先生，您不是在做梦，你的咖啡，请……"

梅金手机响，她接电话。

"我是梅金,啊,你是葛先生……"梅金朝刘般若努了努嘴继续说,"怎么,你要那个矿洞,那是一个死矿……你要就给你……我嘛,投了几十万,不多……我收回来干吗?这样,你替岭上村修修路,把那路拓宽拓宽就行,以后我好为村里做点事……好,那就一言为定。什么,怕我说话不算数?呵呵,那这样,你的老朋友、老同学刘般若在这里,让他接电话。"

梅金把手机递给刘般若。刘般若听了一会儿葛怀庆的讲述后说:"怀庆,你脑袋进水了,要那个矿洞干吗?"

"老哥,这事你别管,你只要给我证明一下刚才梅老板的话。"

"梅老板你比我了解更多,我了解不多,不过,就你要收购她投资的那个矿洞,我想后悔的不是她,恐怕是你。"

"老哥,那是我的事。今晚你就做个旁证……"

葛怀庆不幸被刘般若言中。他收购那个矿洞用来欺诈温州人,后来事发,被判了欺诈罪,坐了3年牢。至于他如何欺诈、如何不能避免牢狱之灾,又如何与老同学董玉照产生仇隙,以致一辈子结怨,这是后话,暂且不表。

那晚,是刘般若最快乐的一个夜晚,天上掉馅饼,亿万富婆梅金决定投资脑研究,成了刘般若的战略合作伙伴。

三、华梅高科

1

这是一个充满现代感又连接一片农村的地方；

这是一个科研机构、跨国公司、央企巨霸办公大楼林立又紧挨着鳞次栉比的豪华酒店、时尚俱乐部、私家会所的地方；

这是一个充满激情、幻想又产生着怀疑、狂热、偏激的地方；

这是一个有明确理想、奋斗目标，不断产生着富豪新贵又屡屡举步维艰出现失败者、失意者的地方；

这是一个新事物、新思想、新观念蓬勃产生又充满着潜规则的地方；

这是一个产生了众多政治精英、思想精英、学术精英、科技精英又产生了许多思想另类者、学术异端者的地方；

这是一个使命意识、责任意识、振兴意识空前高涨又迷漫着金钱至上、利润为先、讲究实惠气息的地方……

浦东，人们还可以用查尔斯·狄更斯式的语言来继续描绘你。10年、20年、30年的发展，你超越了浦西老城区，成了世界金融、贸易、高科技的最有活力的热土，成了上海这个国际大都市的皇冠，而那座远看像火箭升空，近看像一座大型空间站的新地标性建筑华梅大厦，则是这顶皇冠上的明珠。

这离梅金投资上海仅仅十年。

2

梅金在华梅大厦108层她的办公室等刘般若，他们约好下午3点见。

这是一间豪华的办公室，透过环形的玻璃窗，浦东景致一览无余。

自那次和刘般若在福州香格里拉酒店咖啡厅见面之后，十年过去了。十年，弹指一挥间，梅金做梦也没想到命运发生了这么大变化，事业发展如此辉煌壮丽，她拥有55％股份的上海华梅高科技集团，已进入世界500强企业。华梅的横空出世，令世人瞠目结舌。

自第一笔投资2亿元研发人脑图谱后，她又陆续投资生命研究、新材料研究、新能源研究、人工智能研究，取得一项又一项注目成就。华梅折页超薄智能声控手机Hold住世界不说，单人脑图谱与全国制药业合作，生产几种治疗脑病药物，就给华梅集团带来超额利润。刘般若和元老院的元老们捣鼓起来的跨行业技术革命，已经在上海和全国掀起高潮。这首先得益于上海的优势，这里有国际人才创新试验区，它把全世界的科技精英紧紧地吸引住，为华梅输送来大批的科学技术创新型复合型人才；其次得益于华梅的机制，刘般若和元老们力主科技人员持股、投股或以知识和知识产权入股，享受公司的股份利润，这最大限度地调动了科技人员的积极性，焕发了朝气蓬勃的生机，使一项又一项的创新成果转化为创新产品，获取超额利润。几年后华梅高科技集团顺利上市，成了高科技行业的佼佼者，股票行情一路疯涨，华梅大厦也在股市的高涨中，在浦东悄然地耸立了起来。

这一切，得力于刘般若的谋划。但是令人奇怪的是，刘般若不但不要华梅股份，而且也不担任华梅集团行政职务，他只当顾问、首席科学家，领取华梅的薪酬。他至今还是复旦大学终身教授。这是一个谜，谁也说不清，道不明。有人说，他是现代高科技时代的"士"，也许现在只能这样解释。莘迪来后，这个谜底才渐次揭晓。这是后话，先按下不表。

成立元老院也是刘般若建议的。这个看来有点多余、累赘的机构，却使华梅集团占尽天时地利人和。平时颐指气使，争强好胜，从不妥协的梅金，在元老们面前则是言听计从，俯首称臣，这也成了华梅集团的一道另类风景。

但是这道另类风景有时也使梅金不顺心，对于是否利用春申脑图谱研发反腐的记忆器，或者叫什么思维阅读器等，梅金和元老们产生了巨大分歧。这是以前从未有过的现象。而在这分歧和对峙面前，一贯支持梅金的刘般若，却采取两面不讨好也不得罪的立场。

"真是奇了怪了！"梅金重重地拍了一下桌子。她平时除了骂人外一般不拍桌子，拍桌子在她看来是男人的行为。但是，她现在拍了，这说明不是一般地愤懑，谁也猜不透她此时的感受。女秘书应声进来。

"老板，什么事？"

"问问老刘到哪里了！"

"接刘教授……"女秘书对智能声控手机说，手机立即出现了刘般若的画面，"到哪里了？"

"快到了。"

"叫他们飞……"梅金迫不及待地说。

"老板说启动飞行程序。"

"是……"

手机屏幕上，麒麟汽车飞了起来。

麒麟飞过黄浦江，飞过浦东上空，在华梅大厦上空盘旋了一会儿，停在屋顶的停机坪上，刘般若拎着一个公文包从汽车上下来，走进顶楼电梯下降。

看到刘般若进来，梅金情绪和缓，温柔了起来。

"辛苦了，教授……"她亲自给刘般若倒茶。第一次见面时他才40多岁，头发还是乌黑发亮。现在，十年后，他的头发已经开始灰白了，当年那个身强力壮、声音朗朗、充满魅力的中年人开始呈现老态的神情。

"昨晚从洛杉矶回来，时差还没倒过来。"

"怎么样，那人愿意回来合作吗？"

"没同意，他在那边混得不错，加州大学待他不薄，他不想挪窝。目前在神经代码研究上，他是唯一一个可以和王家栋教授叫板的人。据他说，他在加州理工时听过王家栋教授的讲座，他对王教授的成果没有表示任何的怀疑，他说，应当说王家栋教授是当今世界这方面的最高水平。他现在公司研发脑波监测器，据说是为了反恐需要。"

"是嘛，人家都在干，我们为什么不干？人家反恐，我们反腐，异曲同工嘛。你看元老的视频会议还开不开？我已通知了。"

"开吧，我们哪一项决策没有他们的意见呢？"

"通知元老们，3点准时开始。"梅金吩咐女秘书。

"是。"女秘书对手机喊，"通知元老们3点准时开始……"

环形屏幕从玻璃窗上徐徐落下。视频开始调试，一家一家的书房画面从环形屏幕上掠过。屏幕上分别出现元老们的形象，他们年龄不同，男女都有，都在古稀以上，个个精神矍铄，神采奕奕。

"要不要请刘堂燕和阿坤来？"梅金问刘般若。

"我看没有必要……你为什么突然想起请阿坤呢？"

"过去他为集团调查了几件事很成功，现在又和刘堂燕谈朋友，我想请他不是珠联璧合吗？"

"争取、动员莘迪，又不是商业调查，请他何用？"

"让他当你助手。"

"看来，你还真当一回事。"

"我是很重视的，我在北京老领导老首长面前吹过牛，我们华梅一定要把反腐的记忆器弄出来，北京老领导老首长对这主意很感兴趣，明天还要请我去北京，据说有更大的领导要接见我。"

"啊，这么重视呀！"

"那可不是。现在我们国家反腐走向深入，除了制度严密外，还要引进高科技手段，各方面都在研发，我们华梅一定要抢在前头。"

"为什么一定要抢在前头？"

"这你就不懂了，弄了半天，教授还是教授！我要科技成就，我要政治资本，我要竞选上海市市长！"

"算了吧，这些元老人大代表们，不一定投你的票，他们可不是你能随意忽悠的选民。"

"难道他们不支持我？"

"支持归支持，选得上选不上还是个问题。"

"你觉得呢？"

"胜数不大。"

"不见得！浦东新区没问题，高科技界会支持我，反腐的记忆器一出来，对腐败深恶痛绝的人又会投我的票。"

"可是那些有问题的官员就不投你了。"

"他们是少数。"

"少数能量大，既得利益多，对反腐最反感！"

"难怪你这么不积极！你也反对？"

"这辈子我是最反感政治的。老板你现在功成名就，如日中天了，还咋呼那些事干吗？赶紧找个人嫁了，相夫教子，你这辈子就完整了。"

"我是要嫁你这样的人，你不娶我，我是嫁不出的。既然嫁不出，我就要在政治上玩一把，乐一乐，怎么样？"

"拿你没办法。"刘般若摇头。

"我倒是为堂燕担心，快30岁了，还没个主，不要再像我，快50岁还嫁不出去。"

"笑话！她怎么能跟你比，你是没人能配得上的。"

"你配得上！"

"嘘——"刘般若指屏幕，"视频已打开了。"

"打开又怎么样，大家都知道我对你是情有独钟。"

"别离谱！"

屏幕上传来喧闹声。元老们一一出现在画面上……

3

华梅元老院不仅在华梅集团举足轻重，在上海市也出了名。它除了给华梅的业务做顾问外，还常常向上海市政府建言献策，比如"将产业布局重新调整，通过产业带动，将人口从市区疏散到郊区，实现上海由单核到多核的转变"，"学习现在的波士顿，把上海高架桥全部拆除"，"疏浚上海所有河道，恢复上海海上水城风貌，建设东方的威尼斯"，"将外滩沿江第一排23座建筑顶升6米，与防洪堤成同一水平面"等等，振聋发聩，使人瞠目结舌，以至于上海市领导不但洗耳恭听，还常常通过私下渠道、探听元老们的发言记录。

屏幕上元老们在互相招呼、调侃，兴高采烈地喧闹着，都老头子老太太了，还像一群天真孩子那样活泼可爱。梅金一一和他们打招呼。

"各位老爷子们、阿姨们，大家下午好！"梅金首先发言，"今天会议主题想必集团办公室已给大家事先通报了，刘教授昨晚也从美国赶回来！咱们老将出马、锣鼓直打，看看哪位先说？"

"我先说，"梅金话没说完，一个元老就举手说话，"我习惯在半岛酒店开会，那儿有地道的英式下午茶，今天改为开视频会议，没有茶喝，没有咖啡，我发不了言！"

"哈哈哈……"大家哄堂大笑。

"他是留学英国的……"梅金笑着对刘般若说。

"没茶喝、没有咖啡发不了言，你不是首先发言了？"

"可见没茶喝、没有咖啡也能开会。"

"不打自招，真是……"

"哈哈哈……"第一个发言的元老也自嘲地大笑。

"今天有点特殊性，这个会是有点机密，不让外人知道，下回我们一定改在半岛酒店开会。"梅金说。

元老们开始你争我抢地发言。

"关于邀请莘迪联合开发，我看胜算不大。莘迪这个小姑娘我见过，也听过她的学术报告，这孩子行，有爱国心，中国情结很深。问题是她背后的爷爷，王家栋教授，以前我在麻省媒体研究室研修时，得到过他的指导，是一个很古板的人。新中国成立这么多年没回过一次大陆。据说他们王家是富商，在上海、福州的资产过去全被没收了。他是从台湾到美国上学，在美国一直待到现在。"

"最近几年因车祸瘫痪了，更没有离开过美国。"

"谁现在跟王教授还有联系？"梅金问。

元老们面面相觑、摇头。

"美国政府的研究思维控制计划，冷战时期就存在，苏联也有，美俄情报机构的秘密计划，他们始终没放弃。"

"什么事跟政治军事联系起来就不好办了。"

"但是科技从来都是和政治、经济、军事相联系的。美国国土安全部从2008年开始就一直在研究一种叫FAST的，也就是未来行为监控技术，希望能够对每个人的大脑进行安检，能够提前发现谁可能是恐怖分子，据说快成功了。"

"我们也把研究神经代码和反腐联系起来，记忆器一发明出来，往腐败分子头上一戴，他就马上进反贪局自首了，哈哈哈……"

"喂，我说，反腐靠制度，不是靠什么仪器，仪器是人管，制度才管人。"

"我赞同这种说法，但是既有制度，又有先进的科技，何乐而不为？"

"不行、不行，记忆器出来后，如果往梅老板头上一戴，她会坦白吗？"

"哈哈哈……"又是哄堂大笑。

"就看你的记忆器灵不灵，灵的话，不坦白也要坦白，我就等着进班房。到时大家别忘了给我送半岛酒店的点心啊！"

梅金说得众人开怀大笑。

"思维若被监视和控制，神经技术就可能处在颠覆人类自然本性的边缘，可悲呀！"

"根据神经输出，也许可以确定我们正想什么，但可以想象，不可能精确到能识别感知所引起的所有记忆、情感和意义，因为神经代码做不到与个人经验的连接。"

"使我们不容易被控制的正是每个人的独特性，即使根据类似人类的神经编码方法，成功开发出有真正智能的机器，我们也没法读到它的思维，我们，甚至我们的机器人后代都将无法超越主宰，这正是我庆幸之处。"

"梅老板，科学不能凭空想象呀！"

"科学怎么不能想象呀？"梅金情不自禁地反驳说，"牛顿不是因苹果往地上掉想象地球有引力？爱因斯坦不是在梦中滑雪冲下山才感觉速度和时空有关系？门捷列夫不是因为听音乐而想到元素周期表？植入体能使人用思维触发 Google 搜索，刘教授的老婆正主动要求在她身上做试验，不是快成功了？还有电子视网膜成功，这都是想象的结果。我这大老粗别的不会，想象还是会的。我觉得记忆器能否成功，关键是我们能否摆平这个莘迪。就差一步，就看这一步怎么走。刘教授，你是这个课题的首席顾问，而且刚从美国回来，你为什么徐庶进曹营一言不发？说说……"

"你这里又不是曹营，人家曹操襟怀也比你大。刚有点不同意见你就反驳，你这像大老板吗？"刘般若故意反唇相讥，"不过话说回来，老板，我这次是实在没有把握，面对一个美国女孩子，要人家把研究成果拿出来，凭什么呀？"

"凭她是一个中国人！"梅金扔下一句狠话。

女秘书进来递给梅金手机，梅金走出办公室接电话。

元老们的议论声沸沸扬扬。

刘般若无奈地摇头晃脑。

"我看办法还是有的。首先我们要主动提供春申脑图谱让人家使用验证，这样在使用验证过程中再获取她的机密，也许会自然一些，避免窃取的嫌疑。"

"春申脑图谱早就该公开了，要放到互联网上供全世界共用。当年人家艾伦，脑图谱一研究成功就放到互联网上……"

"那是什么图谱啊，那是老鼠脑活体试验，跟我们怎么能比？"

"主动让人使用春申脑图谱容易，但要人家给你神经代码谈何容易。莘迪又不是小女孩！"

"难道我们华梅集团就拿一个美国女孩子没办法？"

"就看老刘了。老刘，你的老男人魅力使出来吧！"

"什么老男人？才50多岁！"

"快奔六了！"刘般若说。

元老们谈论纷纷。

"怎么样，有办法了吗？"梅金走进办公室问。

刘般若苦涩地摇头。

"各位，这样吧，今天这个会就先开到这儿，市领导临时找我有事，散会。"

元老们个个惊诧，满脸狐疑。

女秘书关上视频。

"怎么回事？"

"市领导批评了，这么重要的会在华梅视频系统开，说我们是不是还想上中央台。据说CIA对我们感兴趣了。"

"啊，难道是对神经代码在春申图谱上试验感兴趣？"

"神经代码是他们的人发现的，不过是个华人，他们是对中微子探测仪感兴趣。还好我们不是谈这个。"

"中微子探测仪进展怎样了？"

"我正找黄永泉，他一会儿就来。"

正说着，女秘书进来说黄教授来了。

黄永泉，消瘦身材，精明灵活，头发灰白，步履十分轻盈，他也是复旦大学教授。他一进来，看见刘般若，抢先上前握手。

"老哥，好久没见面了。"

"怎么，躲进坑道不见天日？"

"梅老板逼的，碰到这样的人没办法，她以为搞科研也像她挖煤淘金这么容易。"

"没有我这样的逼，你们能有这么快的进度？做什么事，道理都一样，快马就是要加鞭！"

"哇，我们都变成她的马了……"

"哈哈哈……"

"老黄，你坐下，你们都坐下。刚才市政府安全部门领导提醒我们了，猫儿闻到我们的腥味了。美国老觉得有人盯他们，他们用任何的电磁手段都无法测出目标的来源，已派人进来了，领导要求我们的试验休整一段时间。"

"那还不好，我们可以出洞放松一下。"

"老鼠出洞，天下大乱。"刘般若说。

"老黄的婚姻大事，确实也要解决了。般若，这个任务就交给你。"

"老板，咱这是心有灵犀一点通，我正想这次让老黄认识认识莘迪。她未婚，据说她爷爷要她非中国男人不嫁。"

"你们别拿我这只刚出洞的老鼠开心！"

三人放声大笑。

"我明天要去北京开会，回来再约你们谈。"

"好。"刘般若、黄永泉同声说。

4

两天后，梅金从北京回来。她约刘般若、刘堂燕、阿坤来半岛酒店喝下午茶。

梅老板习惯选择在靠窗座位。双层楼高的大堂，营造宽敞巨大的空间感，乳白色和青瓷色调的典雅设计，配以黑色大理石地板、石灰岩墙壁、艺术装饰风格的背光雕刻玻璃吊灯、演奏阳台和两层高的壁画，给人辉煌高尚的感觉。在这样的地方喝茶最容易出思想，出点子。

当三人由侍者导引到梅金所选的座位时，他们发现她的身边坐着一个消瘦的中年男子，和阿坤年纪差不多。他相貌一般，没有任何突出特点，不帅也不丑。

"坐，"梅金招呼三人坐下，"首先介绍一位同志，或者说朋友吧，他叫范永青……永青，你自己介绍介绍，你那个单位很特别。"

"是。"年轻男子稍有点羞涩，"我是北京永诚安全顾问有限公司的职工，我干的这个行当就是俗话说的'私人保镖'。我们永诚是私人企业，这次梅老板签合同把我雇来的。今后要和大家一起工作，请多关照。"

范永青刷地站起来，鞠躬致礼，十分干练，显示出是受过特殊的训练。

"啊，私人保镖。"阿坤伸手同范永青握手，自我介绍："我叫朱坤，大家都叫我阿坤，我是上海嘉理咨询公司商业秘密调查师，也是私人企业，梅老板签合同雇的，看来我们俩的企业性质、工作性质都有点相似。"

"请多指教。今后大家也叫我阿青得了，索性跟阿坤叫法一样。"

众人微笑，钦佩阿青的机灵。

"够机灵的吧！"梅老板夸阿青，"我压根没想过要雇什么私人保镖，但北京老领导介绍的，不好推辞。阿青，秦书记介绍业务，有没有拿你们公司的回扣？"

"这个……"阿青搔首思索，"我还不认识秦书记是谁呢。"

侍者送上红茶和点心时，刘般若悄声问梅金："怎么没叫黄永泉？"梅金看了一眼阿坤，朝他示意免谈。

半岛的传统在于持之以恒的款客之道，在于无数细节的日积月累。比如说那活动餐桌，看似普通的乳白色盒子，原来是仿照半岛侍童白色的帽子的样子，而巧克力盒则描绘了半岛酒店的新古典主义装饰细节——半岛著名的大堂吊顶上的雕刻面孔以及被遗忘已久的天使和仙女饰带。

梅金要的就是这种情调，她对巧克力情有独钟，没喝茶先含了一块巧克力。

"老板，你前天在元老们面前说的，你进班房让大家给你送点心，肯定是半岛酒店的巧克力。"刘般若解嘲地说。

"知我者，刘般若也，他是我肚子里的蛔虫，哈哈哈……"

"太恶心了。"刘般若说。

气氛一下子活跃起来，众人喝茶吃点心。

"啊，阿青，这位是浦东国际人才创新试验区人才服务中心刘副主任，这位是她爸爸，就是我给你介绍的刘般若教授。说他是我肚子里的蛔虫，是因为我们感情太亲密，太不一般了，互相之间可以随便乱说。要说正经的，他是我们的灵魂，起码是这十年的灵魂，没有他我走不到今天，走不到中国、世界的前沿，走不到这么辉煌灿烂……"

"哎，哎，哎，你是不是喝醉了？"刘般若说。

"我醉了？我才没醉。这十年我对他是言听计从，他出的主意、点子也都是正确的，真是符合了科学发展。但是，最近，搞这记忆器，他跟我是猴吃麻花满拧。不过，刘教授，也许还是你对……"

"为什么？"

"到北京，秦书记批评我，说我脑袋里只长一根筋，他还让我见了一位中央领导，中央领导既肯定了我，又批评了我，肯定不说了，批评嘛，说我操之过急，没有大局观念。我们国家花了多大的精力、物力，也作了妥协，才有了今天中、美、俄、日、欧共体、东盟、阿盟等世界多种力量的和平共处多元发展的局面。在具体的科技领域，在互相学习交流上一定要讲究方式方法。科学虽然无国界，但还是有专利的。个别国家一些政治家还有冷战思维，这不奇怪。在吸取先进技术时，一定要注意方式方法。你们听懂了吗？"

"没懂。"刘般若摇头。

"真笨！"梅金说。

"你弯来绕去，我真没听懂。你说的是不是神经代码的事？"

"还有什么事？"

"那你直说不得了。"

"中央领导哪有我们这样五大三粗的，要理解讲话精神。你盯着人家的核心机密，人家就不盯着你？不从大局出发，走火擦枪怎么办？阿青你说呢？"

"老板，我不懂你说什么。首长就要我当好你的保镖，负责你的安全。"

"啊，那这么说，只有我一个能理解中央领导的讲话精神了。唉，跟你们讲话太累了。堂燕，怎么样？光喝下午茶没劲，点几个菜，准备吃晚饭，你点的菜最对我胃口，我们边吃边谈……"

"呃……"

这一声"呃"，有如夜莺婉转，把周围喝茶喝咖啡的老外们的目光都吸引过来。娇媚柔和亭亭玉立的刘堂燕既有上海女性的精明和优雅，又有福州女性的学养和张扬，她是刘般若最得意的杰作。

5

半岛酒店这几年入乡随俗，也会做各种的上海老味道，不过做老味道的厨师都是从绿波廊、绮藻堂等各酒店聘请的。这一餐刘堂燕点了鸡鸭血汤、鳖鱼虾子大乌参、雪里蕻冬笋、香干拌马兰头、宁波汤团，外加一瓶蒙罗红酒。梅老板看着菜单啧啧称道，说刘堂燕才是我肚子里的蛔虫，知道爱吃清淡奇异的。刘堂燕说，清淡是清淡，奇异说不上，但有几道菜是有典故的，不知道梅老板听说过没有。梅金说，没听过，趁着菜没上，你讲讲，也好让我们的脑筋休息休息。

刘堂燕说，这几道菜中除了雪里蕻冬笋、马兰头拌香干外，鸡鸭血汤、鳖鱼虾子大乌参、宁波汤团都有故事。

"你说，你说，我洗耳恭听……"梅金说。

鸡鸭血汤有西哈努克亲王的故事。1973年，西哈努克到上海访问，他之前在南京游玩夫子庙时，吃了那里的12道点心，到上海他说要去城隍庙玩。为了胜过南京夫子庙，上海接待方面精心设计了14道点心。这14道点心中就有一道鸡鸭血汤。这原是下里巴人的俗食，用它来招待亲王就得精工细作。师傅们三下南翔，寻找最正宗的上海本地草鸡，杀了108只鸡才找到所需的鸡卵——真叫杀鸡取卵了。这个鸡卵并非成形的鸡蛋，而是附着在肠子里没出生的卵，才黄豆那么大小。黄澄澄的、规格一样的卵，配玉白色的鸡肠和深红色的鸭血汤，相当悦目。当这道汤上桌时，亲王一吃，赞不绝口，一碗不过瘾，又来一碗。据说，他说明天再上这碗汤时，接待人员听懵了，天呀，明天又得杀108只鸡了！

梅金和阿青、阿坤大笑，只有刘般若还在默然思考，他听过多次了，所以没有笑。

鲚鱼，就是刀鱼，名称在《山海经》就出现了，就叫鲚鱼。刀鱼、竹笋、樱桃自古是"初夏三鲜"。苏东坡爱吃刀鱼，"知有江南风物否，桃花流水鲚鱼肥。"有一次吃刀鱼面，店堂里有一群旅游者模样的老人，吃着吃着就哭起来。跑堂上前一问，得知是当年驻防江阴要塞的台湾老兵。如今食之，历历往事顿时涌上心头，一起走南闯北的弟兄们死的死，老的老，知味刀鱼，老兵们怎不老泪纵横。他们说，要不是老蒋腐败无能，何至于一条刀鱼，40年暌违！

"什么叫暌违？"梅金问。

"就是长时间没见面。"刘堂燕说。

虾子大乌参。1937年淞沪会战历时3个月之久，后来中国军队南撤，市内公共租界和法租界沦为孤岛。其时，小东门外法租界洋行街，今天的阳朔路，一批经营海味的商号生意清淡，对外贸易中断，原来销往香港、澳门及东南亚的一批大乌参积压仓库。此事被德兴馆的著名厨师杨和生获悉，便以低价采购了一批，然后在店里以本帮菜的原理进行试制。从选料、涨发到烹调，一次又一次试验，终于创制出具有本帮菜风味的"虾子大乌参"，一炮打响，不少社会名流尝后广为传播。后来上海浦东人李伯荣来城里学生意，拜杨和先为师，成为名菜虾子大乌参的衣钵传人。

"我知道，你说的意思是要创新。我是个爱创新的人。记忆器是我想象的产物，多好的东西，现在又不让做了……"梅金有点沮丧摇头。

"谁说不让做了？"刘般若问。

"市里、北京老领导？"

"你理解错了。"

"我错了，又是我错了？"

"领导的意思是要眼观大局，讲究方式方法。"

"你不是也想打退堂鼓？"

"我什么时候打退堂鼓？我是在想能用什么办法和方式，让莘迪和我们合作。"

"那你说用什么方式方法？"

"元老们提出公开春申脑图谱，供她无偿使用。"

"这个容易，你让她用呗。"梅金问，"用了她不传授呢？"

"只要她用了，我就能把她的程序记下来。"阿坤说。

"你有这本事？"刘般若摇头，"我不信。"

"不信？可以试试。我有非凡的记忆力，就因为这个，嘉理咨询招聘了我。"阿坤说。

"我还是不信。堂燕，你以为呢？"

"阿坤是梅老板雇的，又不是我雇的，我还没试过他。"

"我试过，"梅金说，"阿坤，我让你看的我收藏的那10件艺术品，你说一说。"

阿坤介绍说，这几年梅老板已经把中国艺术品拍卖成交价格前10位的作品全部拍下来，接下来，她还要把刘益谦收藏的东西拍过来。这10件作品是：

清乾隆"吉庆有余"转心瓶，英国Bainbridges公司拍卖，以5.5亿人民币成交；

黄庭坚《砥柱铭》，北京保利公司拍卖，以4.3亿元人民币成交；

王羲之草书《平安帖》，中国嘉德公司拍卖，以3.08亿元人民币成交；

元青花鬼谷下山图罐，伦敦佳士德公司拍卖，以2.26亿元人民币成交；

乾隆"万寿连延"长颈葫芦瓶，香港苏富比拍卖，以 2.5 亿港元成交；

徐悲鸿《巴人汲水图》，北京翰海公司拍卖，以 1.71 亿元人民币成交；

明代吴彬《十八应真图卷》，北京保利公司拍卖，以 1.69 亿元人民币成交；

宋代佚名《汉宫秋图》，北京保利公司拍卖，以 1.68 亿元人民币成交；

元代王蒙《秋山萧寺图》，北京保利公司拍卖，以 1.3664 亿元人民币成交；

宋徽宗御制乾隆御铭"松石间意"琴，北京保利公司拍卖，以 1.36 亿元人民币成交。

"没错，他一看就能记住，我是记不住的。"梅金说。

众人瞠目结舌。

"梅老板，你收藏的那几幅弗洛伊德画的丑女人要说吗？"

"别说了，人家以为我好丑。其实丑也是美，我丑吗？"

梅金问刘般若，刘般若摇头。

"那都是你给我讲了结构要调整以后，我把金矿、煤矿卖了，钱太多，不知道怎么花的情况下买的。我想放几年，它们还会升值的。"

众人由衷地钦佩地点头。

"还是说说莘迪的事，怎么办？堂燕，你先说，你跟莘迪经常联系。"梅金说。

"我还没见过莘迪，只网上聊天，不过，我知道莘迪这次来华有三个目的，一是学术交流，二是回老家找一个亲戚，三是要回福州老宅的宅地……"

菜上来了，梅金说，大家边吃边谈。

刘般若认为，记数理的东西与记人文的东西是不一样的，要记住软件编程谈何容易？还是要做好莘迪的工作，让她自然地愉快地与我们合作。她这次回国，除学术交流处还有两个目的，我们帮助她完成任务，达到这两个目的，她不会不感动。具体工作他按各人特点作了分工，他自己牵头，阿青、阿坤配合，堂燕协助。只要把莘迪接待好，让她愉快，一定有胜算。

梅金同意刘般若的安排，说等成功了，再请大家吃饭。晚餐在"干杯"声中结束。

6

晚餐结束后，梅老板让刘般若留下，其他人先走。她从挎包里拿出一张照片。

她这次离京时，秦书记给她看一张照片，照片上是一块田黄石雕刻的"弥勒献瑞"的作品，秦书记说这是一个"雅贿"的案件，这张照片是他从中纪委借到的，中纪委领导指示国家反腐倡廉中心好好地研究研究，帮助解开这个"雅贿"的谜底。

"雅贿"的事发生在福州，一个村主任从他老祖母那里偷出她保存多年的一块田黄石献给区长，区长又把这块石献给市长助理，市长助理又把这块石雕成"弥勒献瑞"送给一个领导，领导又把这"弥勒献瑞"送给央企一位老总，央企这位老总贪污受贿出事了，交出这件"弥勒献瑞"作品。如果按真田黄石评估，这件作品价值几亿，那这些行贿、受贿的人可要吃大苦头了。可是请故宫专家鉴定，这是一块用连江黄冻石冒充的田黄石。而福州方面的个别人，一口咬定他们经手的是真田黄。问题出在哪里？是冒名顶替，还是记忆错误？这就成了这个"雅贿"案的关键。秦书记开玩笑地说："梅金，我就想起你曾经想象过的记忆器，如果有记忆器，这次只要把每个人的记忆调出来，就能大体确定这是记忆错误，还是被冒名顶替了。"

刘般若对着灯光反复端倪照片，那是一块黄色石头雕刻的薄意弥勒佛，栩栩如生，是全国著名的工艺美术大师猛玛的作品。刘般若在福州时曾参观过他的作品展，是葛怀庆带他去看的，可惜猛玛大师在访问菲律宾时因心肌梗死去世了。

"这事问一问葛怀庆就知道。他是寿山石艺术品的门槛精。"

"此案也涉及他，他见过那块石。涉及的人你可能都认识，村主任就是我的老家岭上村的王奇发，老祖母就是当初我们见过的那个老依婆，我请吃饭她不去的那个，区长邰广元不认识，市长助理是你的同学董玉照，领导、央企老总我不熟悉。秦书记因为我是福州人，所以对我讲了这件事，希望我们能从中帮些什么忙。"

"真是奇了怪了，天下真有这等奇怪的事。"

"秦书记说，这从一个侧面看出反腐倡廉对科学技术的要求，从这个需求看，研究记忆器不是没有意义。"

"这是一个很有超前见地的领导，你是怎么认识他的？"

"说来话长，我是在跑铁路搞车皮的时候认识他，他叫秦晋。他看到我是一个农村小姑娘，好像很可怜我，对我特别关照。我按行情给他送钱，他坚决拒绝。我给他送贵重礼品，也被他拒绝。共产党有好干部，他就是一个。后来，我过意不去，就请他吃一顿饭，好说歹说他才同意了。这就是媒体所津津乐道的'梅金三砸'中的第一砸。那一砸说是请他的，没想到出事了，上级纪检开始审查他，没想到审查查出了一个廉洁奉公的好官。好官一路得到提拔，一路高升，从地方升到中央。后来年龄大了，中央就叫他组建国家反腐倡廉研究中心，叫他当书记，正部级，你看像传奇故事吧！"

"是吗？什么时候你带我拜见他。"

"我想，你见他最好有一个见面礼。"

"什么礼？"

"记忆器呀。老人家很希望既有严密的反腐制度，又有一个精密的反腐仪器，这才叫作新世纪，新时代，新反腐，呵呵……"

"梅老板，佩服你们，想象力比年轻人还丰富。"

"这几年跟你们这些科技界精英学的，怎么样，还不错吧！"

"不错，不错……"

"那这回你要不辱使命。"

"什么使命？"

"把莘迪的神经代码弄出来，把记忆器搞出来！"

"哇噻，梅老板，你这是图穷匕首现？"

"这叫项庄舞剑，意在沛公，哈哈哈……"

"永泉他们的项目呢？"

"首长交代暂停一段时间，这事知道的人越少越好，所以我今天没讲，也没请黄永泉。"

"我们之中有外人吗？"

"阿坤有美资背景。"

"那你还把他介绍给堂燕。"

"我又没确定，仅是预防。中微子探测仪项目太引人注意了。"

"我们要保护好。"

"是的。山姆大叔大概还不知道我们的中微子还可以穿透地球看见他们在床上搞什么动作呢。"

"下流！"

"嘻嘻……"

7

浦东机场候机大厅，透过宽敞的落地玻璃窗，可见各式各样的国际航班繁忙地上下起降轰鸣作响，不时震颤着金属框架顶篷和人们的耳膜。

坐在舒适的坐椅上的刘般若一会儿眯着眼，一会儿睁开眼，这样的环境，使他无法闭目养神。

对面的座位上坐着刘堂燕和阿坤。阿坤神情讨好，生怕堂燕生气的样子。刘般若对梅金给刘堂燕介绍的这个男朋友，好像不是特别喜欢。小伙子35岁，江西人，清华大学研究生毕业后到美国斯坦福读博士，参加开发过南美雨林作战的军用智能机器人。后来被美资背景的嘉理咨询公司招聘，任秘密商业调查师。虽然他为华梅成功调查过几个案件，但刘般若还是不喜欢他从事这种秘密职业。他这个人一贯光明磊落，容不下阴谋诡计，但是新时期新时代，新职业层出不穷，这也无可非议。在他心灵深处，真正的障碍在于门户，他总觉得门户不对。刘家是福州三坊七巷贵族之后，小伙子出生在江西山沟里一户农民家庭，真是门不当，户不对。他不忍心让自己心爱的女儿下嫁给庄户人家为媳。当然这不快只能放在心底里，不能一吐为快。要说庄户人家，刘般若爷爷、爷爷的爷爷不也是庄户人家？好在阿坤是清华大学毕业，斯坦福博士，这弥补了他的遗憾。

刘堂燕复旦大学生物学院毕业后，刘般若让她读美国斯坦福工商管理硕士，她和阿坤同在斯坦福大学学习，但不认识。刘般若让她回来报考浦东国际创新试验区人才服务中心公务员，她考取了。他不让女儿再继续他的终生科研生活。对于女人，那是很累、很烦、很闷、很耗心力的生活。刘堂燕从小活泼灵气，乖巧合群，很适合做人才服务工作。不到3年，她即被提升为人才服务中心副主任，在浦东成了出名的"老娘舅"。但是，刘般若不知道刘堂燕现在真实的身份。

浦东的人才密度一度是每万人中有1000人，与深圳相当，但是高层次人才不足。美国硅谷有40名诺贝尔奖得主，6000多名博士，33万高层次人才；日本筑波集中了日本全国40%的科研人员，3000多名博士；北京有近500名"两院"院士，培养的博士占全国三分之一；上海现有137名"两院"院士，享受政府特殊津贴的专家近9000人，而在浦东，享受政府特殊津贴的专家1000人不到。试验区建设提出"努力形成符合国际惯例，满足国际人才需要的体制机制和发展环境"，刘堂燕和她的同事们一个日常性的工作就是落实引进"千人计划"，为特聘专家提供服务。莘迪就属于这类引进对象。这些服务看起来相当烦琐，比如申报各类材料，询问专家们的各种需要并向涉及的政府部门转达。一旦得以引进，就能获得上海市科委的浦江人才计划与科技部创新基金的资助，给他们回国创业的第一桶金。服务内容包括为专家们租公寓、陪同体检这类具体而细微的工作。上海方言称为"老娘舅"，用来形容不分巨细的关心和照顾。引进的专家们称他们在浦东享受了国宝熊猫的待遇和服务。浦东由于重视人才而成为具有国际竞争力的高科技之区。

刘堂燕和莘迪没见过面。十几年前莘迪来参观世博会时，刘堂燕还在复旦读书。但是她们在网上联系密切，成了无所不谈、无所不涉的知心朋友，彼此已十分熟悉、友好、融洽。

大厅里响起播音员的吴侬软语："各位旅客请注意，从波士顿飞往上海的上航9776航班已经到达浦东机场，从波士顿飞往上海的上航9776航班已经到达浦东机场……"

迎接亲友的等候人群开始涌向国际到达口。

刘堂燕、阿坤和刘般若一起向国际到达口走去。

"爸，看你挺倦怠的，是不是有点累？"

"累倒不是，是心里没底。"

"什么叫没底呀？哪一件事在办之前有底？都是从没底到有底。"

"十足的乐观主义者。我是说无论是做哪个项目、哪个策划之前，我心里大体都有些成数，唯有这次接待莘迪，我的确心里没底……"

"又不是叫你去谈恋爱？你那么怕莘迪？"

"你这说什么话？"

"刘叔叔，我们大家齐用劲，不怕摆不平莘迪的。"

"齐用劲？用什么劲，用在那儿？"

"刚才我和阿坤商量了，我们要各自发挥优势，说什么也要把莘迪摆平，让她乖乖地交出神经代码。"

"我们公司自成立以来办的案子还没失手过，莘迪是三头六臂我们也有办法。"阿坤说。

"你可是美资背景的公司，说不好听，你们是一伙的。"

"不会的刘叔叔，我们是受雇于华梅的，再说我还是中国人。"

"中国人……谈何容易。莘迪又不是十七八岁姑娘，她30岁了，是一个成熟的研发人员，又在美国那样的社会混，我看你们还嫩，摆不平她。"

"那就得看你这位老将啰？老将出马，锣鼓直打，怪不得梅老板非得拉你上马！"刘堂燕朝老爸挤眉弄眼。

"去、去、去……"

说话间，随着人流溢出，莘迪拎一个坤包出现在到达处出口。

"嗨，莘迪……"

"嗨，堂燕……"

刘堂燕跳起来招手，莘迪朝外挥手，两人冲开人流，跑着迎向对方热烈拥抱。

"介绍一下，我爸，刘般若……"

"哈啰，帅爸！"莘迪上前与刘般若拥抱，她盯着刘般若看，双臂久久不肯放松，"堂燕，我怎么一看就爱上你爸了？"

"色鬼，往后，你有的时间爱。这是我的那位……"

"知道，朱坤，也叫阿坤。"

"欢迎，欢迎。"

莘迪和朱坤握手。

"累了吧？"刘般若问。

"不累，你们上航设计的鲲鹏超波音797和空客380，很宽敞，很舒服。不像鱼，不像鸟，好像有一个典故？"

"是的。"阿坤抢先回答，"庄子《逍遥游》说，北冥有鱼，其名为鲲。鲲之大，不知其几千里也。化而为鸟，其名为鹏。鹏之背，不知其几千里也；怒而飞，其翼若垂天之云……"

莘迪对阿坤刮目相看。

"丢人现眼。"刘堂燕瞋了阿坤一眼。

"有行李吗？"刘般若问莘迪。

"行李的没有。来中国，回自己家，何必带行李。堂燕你说呢？"

"真觉悟，好像是一个中共党员。"

"民主党、共和党我都没入，这回要回来申请加入中国共产党啰。"

"哈哈哈……"

莘迪的幽默逗得大家大笑。

这是一个NB族。刘般若上下打量莘迪，心想。我们可以称之为"新布尔乔亚女",正是近来被时尚媒体打包推销的社会新族群。她们的着装标志是及膝裙、浅红皮鞋和开司米毛衫。生活中恪守自己的价值标准,拥有无可挑剔的优雅品位和良好行为。她们是新时代新生活的新范本。

阿坤领着众人出了等候大厅,刚到门口,阿青开着的"麒麟"正徐徐地驶来。

车门自动开启,众人上车,车门徐徐关上。

阿青戴着一副奇异墨镜,硕大、鲜亮。镜架上部如鲨鱼鳍一般扬起,且为半框,看起来难以驯服,绝非人人可以上得了身。这是华梅集团生产的智能墨镜,叫"猫的眼",亮时能暗,暗时能亮。

"你好,莘迪·王。"阿青说。

"忘了介绍,他叫范永青,可以叫他阿青,今后就专为我们开车。"刘堂燕对莘迪说。

"你好,谢谢!"莘迪说,"这是什么车?样子怪怪的。"

"是麒麟牌会飞的汽车,上海汽车厂制造的。"阿坤介绍说,"麒麟是古代传说中的一种动物,形状像鹿,头上有角,全身有鳞甲,有尾巴。古人拿它象征祥瑞。"

"啊,会飞汽车在美国出现十年了,我还没坐过。"

"因为空中管制,在上海拥有会飞汽车的人也不多。只有梅老板这样身份的人才会有。"

"麒麟"驶出机场,奔上浦东大道。田野、湖泊、高楼、绿树从车窗前飞掠而过。莘迪依窗远眺,心旷神怡。

"浦东,浦东……"莘迪轻轻地念叨着,自2010年世博会后,她有十多年没来中国,这十多年她一边读博,一边栽进了爷爷的神经代码的研发中。

"麒麟"驶近黄浦江，刘堂燕指令起飞。阿青呼喊："01，01，我是081，我要起飞……"

"081，081，我是01，升空条件很好，可以起飞。"

"麒麟"呼啸着从高速公路上起飞，冲上高空。

黄浦江宛若一条五彩飘带缠绕着上海这位东方贵妇的腰身。莘迪激情洋溢地喊："上海，上海，我又来了……"

四、星空酒吧

1

"麒麟"飞过黄浦江后,在半岛酒店江边停车场上降落,停车场早已为"麒麟"准备好车位。

"这是黄浦江和苏州河交汇处,是西风东渐的第一个地方。半岛酒店的特殊人文位置,也给它带来额外的生意。"阿坤介绍。

莘迪对刘堂燕说她从来没住过半岛酒店,太奢侈了。

"不住白不住,反正是梅老板掏腰包。"

"梅老板怎么那么有钱,我能见见她吗?"

"怎么不能,她还要宴请你。今天真不巧,她另有安排,本来要给你接风,今晚只好由我爸代替了。"

"我知道中国官员、老板、明星有很多很多的'本来',我知道这都是推托之词。既然日程不能安排就不要安排,为什么还要装模作样呢?"

刘般若向来也反感这种做法。他听了莘迪的话,仿佛嗓子眼被塞了一把草。

"刘教授,你同意我的看法吗?"莘迪问。

"我完全同意你的看法，我向来也反对这种假模假样的造作。不过没办法，莘迪，本来梅老板今晚要亲自为你接风的，因为有其他重要的安排不能来，对不起……"

"刘教授，你真幽默。"

"我从来没见过我爸有这么好的表演天才。是不是看见了漂亮女孩子，多巴胺就分泌得特别多了？"

"哎呀呀，哪有女儿这样逗父亲的。"莘迪说。

"我们家呀是最讲民主的。"

"对，美国政治家老说中国没民主，你看，你一踏上上海，就看到民主了。"刘般若说。

"哈哈哈，堂燕，你爸真逗。"

"你高兴吗？"

"高兴，高兴，宴会没开始我就高兴，中国原来还有这么有趣的男人。嗯，可惜年龄大了点，哈哈哈……"

"年龄大，才老道。"阿坤幽默了一句。

"喂，没说你就不平衡了？你怎么能跟我老爸比。"

阿坤伸了伸舌头。

"哎哟，我怎么一到上海就遇上一个'气管炎'，据说上海男人很多是'妻管严'。上海女人都这么厉害？"莘迪说。

"我不是上海女人，我是福建姑娘。"

"我知道，在中国，女人和姑娘是不一样的。看你们这两个人这种德行，唉，你是姑娘才怪呢！"

"莘迪，你这么坏……"

刘堂燕捶打莘迪，莘迪哈哈大笑地往前跑。刘堂燕精通英语，莘迪精通中文，她们两个早已是神交已久的朋友。

酒店大门，侍者过来帮助提行礼，门童已经站立在大门两侧，以一个标准的开门姿势为4人打开门。

"啊，这姿势真美！"莘迪啧啧说道。

"这只能说你是第一次住半岛酒店。这是半岛酒店特色，全世界都一样。"

"啊，我怎么都不知道？"

"等下让阿坤给你介绍半岛酒店。"

趁刘堂燕到柜台办理登记手续，3人在侍者指引下在大厅的沙发上坐下。阿坤开始介绍。

从1928年12月11日香港半岛酒店开业那天起，半岛门童就已经站在大门两侧了。他们以一个统一标准的开门姿势，每人每天要这样为客人拉门大约4000次。门童统一的制服和帽子，看上去有点古板，但这款式已经成了半岛传统的一部分。同时成为传统的还有标准的"半岛微笑"。

"啊，真神……"莘迪慨叹。

"小姐、先生跟我来……"一位大堂小姐带着半岛式微笑，出现在他们面前，带着他们乘电梯上了楼。打开门房后，又是一个半岛式微笑，鞠躬着退下。

进入莘迪入住的房间后阿坤又介绍：1846年，这里是外滩第一块成为英租界的土地。20世纪20年代，成为租界最体面的街道、博物馆、洋行、教会、领事馆、商学院、银行和剧场的聚集地。

"堂燕，你以后跟这么博闻强记的人在一起生活，烦不烦？"

"我不同意，他一个屁也不敢放。"

"呵呵，恕我直言。"

"阿坤，别卖弄了，留着点吃饭时讲。"刘般若说。

"您不是说多给莘迪介绍点中国情况？"

"看来莘迪知道很多了，她的普通话比阿拉上海人还地道。"

"我在家都是讲中文，在家爷爷不让我们讲英语。我还会讲几句福州话。留学生们还教我好多好多北方方言。"

"那我们晚上到会馆再聊。莘迪，你洗漱一下，我们在大堂等你……"刘堂燕他们离开莘迪的房间。

2

华灯初上万家灯火时，阿青开着"麒麟"送4人来到上海国际精英会馆。当领班小姐带他们穿过装饰豪华的通道，来到预定的包间时，阿坤又开始介绍：

据业内人士估计，10年后，上海大大小小叫会所、会馆的，加起来有1万家左右，绝大部分是行业性会所，比如美容、洗浴、健身行业等。而真正顶级的交游会所也就那么几家，除国际精英会馆外，还有鸿艺会、雍福会、证券总会和银行俱乐部。在商与官的交游中，高端会所无疑提供了得天独厚的场所。中国是一个精英主义盛行的国度，同时又有着将高端庸俗化的本领，一旦会所被"有心者"发现有利用价值，高端会所就以包揽上流阶层的闲暇时光，迅速过渡到充斥着浓重商业气息的交际场所。民间和各界对"富二代"与"官二代"的结盟保持时刻警惕，防止他们"联手抢占政治制高点"。

莘迪听着如坠云里雾里。

"阿坤，你别提政治那些事。"刘般若说，他最烦凡事与政治联系。

"是。今晚我们不谈政治，只谈吃喝。"

"喂，喂，还有玩乐。"莘迪说。

"玩乐？"三人面面相觑。

"我已定了，吃过饭，我们去星空酒吧。主随客便，呵呵！"莘迪说。

"星空酒吧？"三人大眼瞪小眼。

"你们不知道星空酒吧吗？亏你们还是上海人，土老鳖！外国人都知道！"

"那是homosexual（同性恋）酒吧。"阿坤说。

"不尽是，也有异性恋，homosexual又怎么啦？你们都没去过？我带你们去，我请客。"莘迪做个鬼脸。

"不，不，不，他们没去过，我可没少去。吃完饭我带你去，大家都去，见识见识。反正梅老板买单……"刘堂燕说。

"不去白不去！"莘迪紧接一句，引得大家大笑。

接风晚宴梅老板已交代会所安排好了，那晚吃饭，话题没离开私人会所的主题和故事。阿坤说，印象中的私人会所，始终弥漫着低调华丽的气息。而在政商名流和演艺明星会聚最为密集的北京，私人会所已有400余家。私人会所的故事也有了更值得玩味的想象空间。它们所打造的第三类社交圈，还不断撰写着这个城市中最为奢华的传奇。阿坤倒背如流地介绍京城四大所，美洲俱乐部、长安俱乐部、京城俱乐部、中国会的情况。说美洲俱乐部最年轻，张朝阳最爱；长安俱乐部是政要天堂；京城俱乐部是中国第一富人俱乐部；中国会是所有外资银行高管人士最忠实的拥趸……莘迪没有注意听阿坤介绍的内容，只注意观察他的举手投足，对他的博闻强记，她觉得不可思议。

晚餐后，阿青开着"麒麟"送4人去星空酒吧。

星空酒吧在浦东，是由上海著名的搞钢铁贸易发家的华鑫创投为首的一批上海富二代、富三代精英投资兴建的。其背后推手是这批富二代、富三代发起组织的星空探月队。Google赞助的X大奖组委会登月大赛报告筛选了10支队伍，却没有一支是中国队，上海富二代、富三代精英们决心为中国争气，发誓要在他们手里把民间登月探测器送上月球。

星空酒吧是一个苍穹形钢结构建筑，分为空中和地面两个部分。空中部分是高耸入云的会旋转的空中缆车，每个缆车构架成星际飞船模样，旋转起来，恍若在星空飞行，让人体验宇宙飞行生活。地面部分，是一个通体透明的巨大的倒扣碗形空间，使人恍若置身在灿烂星河之间，供客人在银河星星下喝酒、跳舞，欣赏各种技艺表演。

由于在晚间装饰为环形状彩带，和同性恋的彩虹标志相似，星空酒吧就以讹传讹被说成是同性恋酒吧，吸引了许多外国人前往参观消费，久而久之，也成了上海同性恋者的麇集之地。但是，上海本地人很少光顾，来的多是好奇的外国、外地游客，就像到巴黎必到红磨坊，到上海必到迪斯尼乐园一样，也必到星空酒吧看一看。

门票一张800元，莘迪拿着票伸了伸舌头，但慕名而来，再贵也得光顾。当他们进去时，巨大的碗形的玻璃星空下已人影幢幢，摩肩接踵。背景音乐是约瑟夫·施特劳斯的《天体乐声圆舞曲》。所有的吧座都已被人占满，所有的吧台都围满人。有喝酒的，有相拥的，有跳贴面舞的。不久，《天体乐声圆舞曲》停止，充满宇宙蛮荒气息的音乐从天而降，像飓风一般吹过，传来深沉浑厚的断续的男音："宇宙源自一粒豌豆……宇宙最难让人不可理解的地方就是，它居然是可以被理解的……50年过去了，尽管在寻找地外传来的讯号这一点上一无所获，但是SETI（寻找地外文明）已经成为一门科学……人类第一次星际航行至少在两个世纪内不能成为现实……我们得到的新信息显示，我们很可能是宇宙中唯一的生命形式……在宇宙中不存在智慧生命的最清楚证据就是没人试图与我们联系……"

"这哪像酒吧，这好像是科普讲坛。"莘迪说。

"等下你就知道，表演马上开始了，这不过是噱头。"刘堂燕说着，朝莘迪诡异一笑，就消失在人群中。

莘迪傻傻地愣着，阿坤窃笑。

"但是，"深沉浑厚的男声继续叙述，"来了，遥远的宇宙客人来了……"

灯光渐暗，从灿烂星空飞来一队不明飞行物。这一队不明飞行物先是呈现灰色，接着呈现蓝色，忽又变成红色，飞行物由小到大，由点到圆，逐渐呈现出碟形结构，变成一队旋转的飞碟，在星空盘旋，最后一一降落在中间的圆形舞台上。一声裂帛似的巨响，所有的灯光骤暗，冷气喷发，人们毛骨悚然。接着舞台灯光骤明，一队头戴盔帽、浑身披鳞戴甲、袒胸露臂、玉腿修长、赤脚的女性出现在舞台上。

"星空魔女来了，星空魔女来了，她们将为我们地球观众带来我们从未听过的音乐，从未看过的舞蹈……"

激烈而又优雅，振荡而又舒缓，强劲而又平和的音乐响起；

怪异而又妩媚，激荡而又节制，性感而又收敛的舞步迈起；

所有的人都屏息观看，目随足移，人随舞动。

星空魔女舞步婀娜地走下舞台，走入人群寻找女性舞伴，翩翩起舞。

"阴阳相生，男女相随，是宇宙的规律……"

灯光又一次骤然熄灭，一队不明飞行物又从遥远星际出现，盘旋降落在舞台上。又一声裂帛巨响，红色雾气中，一队头戴盔帽、赤身露体赤足、下身用金属三角裤遮掩的男性出现在舞台上。

"星空妖男来了，星空妖男来了，他们将为我们地球带来宇宙健美操……"

在半似爵士乐半似摇滚乐的伴奏下，星空妖男跳起怪异荒诞的舞蹈。几曲过后，星空妖男走下舞台，在人群中寻找男性舞伴。男男女女和着舞曲翩翩起舞。人们发现，很少有异性舞伴成双成对。

刘般若、阿坤、阿青没有参与跳舞，他们极不自然地退到人去座空的吧台上。

莘迪在音乐中转着身子，她不知道跳还是退。跳，她没找到舞伴；退，她又不愿意成为像刘般若、阿坤、阿青那样不合群的无聊的人。

一个星空魔女，摇着像桑巴那样浑身跳动着肉感的舞步向她走来，莘迪盯着那魔女看，她从她头盔掩盖下的两只眼睛认出是刘堂燕，兴奋地扑上前抱着刘堂燕，一转眼就转入劲歌狂舞的舞池中。

"我晕了……"刘般若摇头坐下，拧开一瓶饮料喝了起来。

"我也不适应，我是异性恋。阿青，你呢？"阿坤问阿青。

"我只在北京听说过，今晚是第一次见习。我也是异性恋，这同性的搂搂抱抱没劲！"阿青说。

"哈哈哈……"三人大笑。

"上飞行舱的票我订了，要不我们上飞行舱体验体验？"阿青说。

"好！"三人离开座位，穿过跳舞人群，登上升空电梯。

"让她们两个乐去吧！"阿坤指着舞池中的莘迪和刘堂燕说。

舞池中星空魔女、星空妖男和男男女女舞伴随着起伏的音乐，像波浪汹涌一样跳着舞。

"这实际上是一场化装舞会，我以为是什么呢？"刘般若对阿青说。

"刘老师，你也没来过？"

"跟你一样，只听说过，没来过。"

"我以为上海人都来过。"

"啥人稀奇这种物事。"刘般若说了一句上海话。

3

电梯到达高空缆车平台,飞速旋转的飞行舱正降低速度慢慢停了下来。人们有序地下来,有序地上去。

飞行舱是按宇宙飞船的飞行舱设计,有4个座位,透过圆形的瞭望孔,船外是浩瀚无垠的星空。舱壁上是密密麻麻闪光的仪表。仪表旁边,用中英文写着操作程序,分别掌控着发动机的点火、发动、升空、飞行、变轨、返回、降落等动作要领。会开汽车、飞机、坦克、快艇的阿青一看就会,在他看来,这是儿童玩具。

这的确是玩具,但不是儿童玩具,是成人玩具。飞行舱明白写着儿童不宜,因为这是情侣体验太空生活的地方。墙壁上有食品酒柜,在这里消费太空水、太空酒、太空食品的价格是陆地上的几十倍。哈哈,好在这三位不是情侣,不会大量消费。

阿青坐上驾驶座,阿坤坐上助手座,刘般若关上舱门,坐上后排的舒适座。舒适座有一张单人床那么宽,刘般若一坐上去,就知道这舒适座是什么意思。

警铃响,意味飞行开始。

阿青"点火",飞行舱强烈地震动起来,刘般若和阿坤有点措手不及,有一种恐慌感。接着飞行舱呼啸而起,那轰鸣的怪响叫人心惊肉跳。有心脏病的人肯定不能适应。紧接着升空,浑身像突然浮肿一般。刘般若想,不但心脏病人不宜,稍有点肌肉关节毛病的人也不行。升空了,浮肿的身体好像被抛上天空,整个身体开始超重了,麻麻木木了,无法控制自己的手脚。啊!天呐!刘般若想,不但心脏病、肢体毛病的人不行,心理脆弱的人也不行。宇宙飞行员要百里挑一，千里挑一，万里挑一，如果长期在宇宙中孤独飞行，一般的人是要疯的。好在今晚是三个成年男人，没有发出尖叫，如果是一般游客，不但会发出尖叫，而且有的会发出歇斯底里的尖叫。这时，广播会传出安慰的声音，说这是模拟飞行游戏，不是真的，飞行舱也会马上平静下来，因为它从来没有离开过地面。呵呵，游客这时会松一口气。刘般若心想，这体验值得，虽然门票很贵，但星空飞行要的就是这样的效果，所以它的生意火爆。

广播提示飞行舱进入绕月轨道了，仪表上的灯光全部熄灭，只剩下脚下的地灯。透过圆形的瞭望孔，太空像被弄碎的乳酪，飘浮、迷漫着五彩缤纷的碎片。星球旋转，飞石横空，银河高悬，太阳系飞掠而过。一会儿看见灿烂辉煌、光焰无际的太阳；一会儿看见清幽蔚蓝、陆海分明的地球。不一会儿，犹如一个贵妇人的美丽的月亮迎面飞来。

阿青熟练地操动飞行舱问："教授，我们在月球上降落，还是绕月飞行？"

"降落吧，看看月亮是什么样子的。"

月球旋转着向飞行舱撞来。一声巨响，刘般若、阿坤不由地失声惊叫，他们以为撞上月球，浑身破碎了。雾蒙蒙、灰扑扑、千疮百孔的月球风化层上积着厚厚的粉状尘土，三人闻到强烈的令人窒息的火药气味，呛得泪水横流。

"妈的，就像真的！"阿青说。

"真是的，呛得我透不过气来。"阿坤说。

"哎呀，真还有点像。"刘般若说。

"刘教授，你去过月球？"阿青问。

"没有。"

"那你怎么知道'真还有点像'？"

"书上说的。"

"这回你的理性不灵了，人的理性也有失灵的地方。"

"这也是我们脑研究的一个课题。"

"脑研究真神秘，我是这次才知道还有这么一班子人在研究人脑。"

"吃饱撑的吧。"

"有点。不过，要能研究出什么记忆器，那真是了不得。这玩意儿对破案最好。你承不承认？不承认？你自己脑子都承认了！"

"阿青，哪有那么简单的。他要不回忆呢？他跟你拧着怎么办？"

"那你也跟他拧着，你就说你什么都没干，你没偷，你没抢，你没拿，你没贪。你说的时候，他就会想起我偷的，我抢的，我拿的，我贪的，你还不知道，你还没掌握，他就会偷着乐……"

"哎呀，阿青，这时我记下他的兴奋点，我就知道他偷没偷，抢没抢，拿没拿，贪没贪，他就不打自招了。"

"对呀，对呀，这不就出来了！"

"哎呀，阿青，我们研究了好几年了，怎么没想到这一点呀，你这一点拨，就替我们解决了一个难题，阿青，你真神，你真伟大……"刘般若几乎是惊叫起来。

"刘教授，你是夸我还是损我？"

"不，我要庆贺你，你获得一项专利了。阿坤，拿酒，再贵也要喝，喝！"

"什么专利？"阿青问。

"什么专利，以后再说，等我们研究出来再说。起码你运用了逆反原理，可以叫作阿青逆反诱导法，哈哈哈……"

"要什么？"阿坤打开酒柜问。

"香槟。"阿青说。

"在太空喝香槟不刺激，我要威士忌。"刘般若说。

阿坤分别给刘般若、阿青开了小瓶的威士忌和香槟，自己开了一瓶蓝带啤酒。

三人开怀畅饮。一会儿，刘般若惦记着什么似的说："我们走吧，这不是正常人待的地方。"

"好。"

阿青启动回程程序，飞行舱在一派灰蒙蒙的沙尘暴中起飞返航。不一会儿，飞行舱绕着一会儿明一会儿暗的月球在飞行。

"阿青，悠着点，我们在太空好好地看一看。"

"是……"

飞行舱在幽蓝无垠、星河灿烂的太空盘旋。

"教授，我听说有一个叫霍金的教授说，人类要迁往其他星球，要不然保不了人类这个种。"阿青问。

"那是很久以后的事，人的思维现在是无法理解宇宙……"

突然，广播里传来堂燕的呼喊声："哎，你们在哪里呀？"

"我们在绕月飞行……"阿坤回答。

"下来吧，我们要回去了，莘迪要回去了……"

"太空飞行她不体验了？"

"不体验了，她有重要的事，以后再来。"

4

莘迪之所以嚷着要回去，是因为她和珍妮约好要通话。她现在把珍妮和杰瑞放在心上,她知道她此次中国的学术交流之行已引起美国当局的关注,她不可掉以轻心。

回到酒店已是凌晨1点了,还没见珍妮来电,她知道这小妞又是通宵未眠,睡到午时。她拨通珍妮的电话,果然听到她的呓语。

"什么呀,我还没睡够呢……"

"昨晚干什么了?又是通宵?"

"杰瑞带我参加一个派对。"

"高兴了,就把我交代的正事忘了?"

"没忘,我们明天去古巴,待几天再飞亚洲。越南、朝鲜、俄罗斯,最后到中国天津、上海。"

"这么一大圈,没说做什么?"

"做什么?看看这些原来的社会主义阵营,现在又活络起来了,都改革开放了。"

"没什么特殊任务?"

"就是吃喝玩乐。"

"真是奇了怪了,拿纳税人的钱胡乱花?"

"那又怎么样?胡乱花就是工作呗!你呢,你开始交流了吗?"

"还没呢。一来就吃就玩,刚从星空酒吧回来。"

"我在网上知道的,有趣吗?"

"当然有趣,彩虹之地,要不是为了跟你通电话,我也可以通宵达旦。"

"都有谁?"

"谁都有。"

"哇噻,快介绍,怎样的?"

"小妞美极了,帅哥帅极了!老男人真有魅力。"

"这么说,这回学术交流你会把什么本都捞回来。"

"学术交流明天开始,他们答应先让我全盘了解春申脑图谱,之后我再开学术讲座,我想我这次肯定不会亏本,而且会赚一笔。"

"瞧你这得意劲儿,光小妞和帅哥你就赚了。"

"还有一个帅爸。"

"我的天呐,真有老男人?"

"刘堂燕的父亲。今后我要在这4个人的重重包围之中活动。"

"馋死我了!我要叫杰瑞早点到上海,我真恨不得飞到你身边。"

"别忘了我交办的任务。"

"不会忘的。"

"睡吧,我也累了,宝贝……"

五、春申脑图谱

1

清晨，刘堂燕早早地来到半岛酒店，当她按莘迪门铃时，莘迪还在睡。她知道不猛揿她是不会醒的。一会儿莘迪边抱怨边起来开门，门刚开一道缝，就转身跑进卫生间。

"我来巡查巡查……"

"你巡查吧，宝贝，昨晚就我一人……"莘迪在卫生间里说。

"快点，今天院里开欢迎大会，我们不能迟到。"

"好了，马上就好了……"

她们在楼下餐厅匆匆地用了早餐。当她们走出酒店大门时，门童给了她们一个半岛微笑，莘迪感到特别惬意。刘堂燕拉着她向江边走去。

"燕子，你走错了吧？"

"没错，我们在江边上直升机。"

"哦，上直升机？"

"梅老板为了表示隆重，用她的私人直升机'白鸽'接你。"

江边的停机坪上停着一架白色小型直升机，机身上清晰地喷漆着蓝色的字号：白鸽。在清晨的阳光下，白鸽包金镶银，像一只金色的鸽子。

黄浦江上，鸥鹭欢飞，百舸争流。江边大道上，无数市民，不分男女老少，穿着简洁，赤胳膊裸大腿，沿着绿树成荫的大道小路，穿梭往来，或奔跑、或快步、或做操踢腿、或旋转跳舞。不时还有一两队自行车队，骑手们有力蹬踏，你争我抢，竞相超越，阳光下像一条条金蛇在狂舞。

莘迪看陶醉了。

"燕子，这是怎么了，上海人都不睡懒觉了？"

"这叫上海晨练，全民健身的一道靓丽风景，上海独有。上海除了不能动的人以外，差不多所有市民都参加晨练，这是上海人这几年追求的时尚。晚上早睡，减少夜生活，减少碳排放，早上早起，吸氧健身，绿色环保。"

"上海人真聪明，不，应该说真精明。"

"聪明又精明，这是上海人一贯的性格。"

"你喜欢这种性格吗？"

"我好像不太喜欢。聪明谁都喜欢，精明嘛，有点不太喜欢。"

"为什么？"

"说不出来。"

"你举个例子？"

"例子嘛，比如，当你第一次和男朋友喝咖啡，当然男朋友会埋单，但是他问侍者，有打折吗？这时候，他的精明你就不一定会欣赏。"

"小气鬼！"

"哈哈哈……还是我们福州人大气。"

"阿坤没有这个毛病吧。你喜欢阿坤那样平时少言寡语，说起来时又头头是道，记忆力过人的劲头吗？"

"不大喜欢。说实在的，我回国后至今还没碰到能使我怦然心动的男人。"

"怦然心动，那还不容易？"

"你碰到了？"

"碰到了。"

"谁？"

"你爸！"

"你这个女流氓……"

刘堂燕敲打着莘迪。莘迪朝"白鸽"跑去。她们戏谑的欢笑声，惊得树丛中的鸟儿扑棱棱呼啦啦飞起来。

"白鸽"上，阿青伸手向她们打招呼。

直升机舱门徐徐地开启。莘迪、刘堂燕奔跑着上飞机，待她们坐下后，"白鸽"就轰鸣起飞，像鸟儿一样在黄浦江上飞翔。

高楼鳞次栉比，河流纵横交错，车如流，人如蚁，绿树成荫，湖泊如镜。

"莘迪，你有十多年没来上海了，你觉得这十多年，上海变化最大的是什么？"

"从外表看，上海市区人少了，高架桥少了，河流多了，湖泊多了，绿树成荫，鸟语花香……"

"呵，真不简单，中文水平够高的。"

"那可不是，不是够高，而是精通。"

"你说的对，上海实施一城九镇，密集的人流往郊区散去了，形成了多核的格局。河流疏浚了，湖泊多了，上海要恢复过去河湖港汊遍布的水城。上海为了应对因世界气候变暖而造成的海平面上升的威胁，准备朝东方威尼斯方向发展。你看，延安东路，过去底下就是一条河，叫作洋泾浜河。

自从英国人1846年第一次租了上海外滩这块地，这条河就开始被填埋，好多河湖港汊都被填埋了，好几代人都忘记了。现在，上海要恢复水城风貌，一个新的威尼斯将在世界东方出现，那会吸引多少人啊……"

"燕子，你好像就是设计师。"

"上海人人都是设计师，现在大家都在呵护着这个城市，就是为了它以后会成为世界的明珠，东方威尼斯……"

"真的太有想象力了，世界明珠，东方威尼斯……"

"不过，我们老家福州变化更大，它现在不但是沿河，滨江，而且是临海城市，不比上海差！"

"啊……"

"白鸽"欢唱着跃上蓝天。

莘迪、刘堂燕沉浸在遐想中。

"白鸽"盘旋了几圈，机头开始朝下。一片如茵的绿地，一条笔直的大道出现在眼前。白鸽开始下降，朝那条笔直的大道飞去。不一会儿，大道尽头出现了一座如火箭升空待发模样的白色的100多层高的大楼，那就是华梅大厦。大厦前的空地上，华梅脑研究院的员工在列队欢迎客人到来。

"白鸽"稳稳地停在空地上，舱门打开，莘迪和刘堂燕下飞机。

锣鼓喧天，彩旗飞舞，人们不停地齐声喊道："欢迎、欢迎……欢迎、欢迎……"

梅金、刘般若率领着一大群科技人员向莘迪走来。

莘迪紧紧地和梅金握手，她像端详一个星外来客那样端详着这位她慕名已久的人物，而忘了和其他科技人员握手。

莘迪发现刘般若已站在她身后。她一转身热烈地和刘般若握手，那亲热劲，似乎要投入刘般若的怀抱。

梅金有点嫉妒地转开身。

舞狮队过来，狮子围着莘迪和刘般若起舞。莘迪从各种电影电视片中看过这种场面，她倒能轻松自如地应付。她抚摩着狮子、彩球，朝欢迎的人群招手，频频地飞吻表示谢意。她觉得她今天享受到贵宾待遇，激动得热泪盈眶……

2

在大楼门厅，举行简短的欢迎仪式。刘般若主持，梅金致欢迎词，莘迪讲了感谢的话。她一会儿用英语，一会儿用中文，激动得脸儿涨得红红的，人群不时发出善意笑声。莘迪记不清自己讲了什么，反正大家报以阵阵的热烈掌声。当欢迎仪式结束，当她坐在华梅脑研究院会议室时，她才发现梅金已经离去了。会议桌周围坐着的都是脑研究院的专家学者、工程技术人员。当她听着主持人介绍与会人士时，她好像都很熟悉，因为在网络上，在书籍上，这些人都是成就卓著、声望显赫的学者。

"天呐，我要冷静，现在是他们要探究获取我的神经代码的时候……"她一下子冷静了下来，开始认真地听取刘般若的介绍。她日思夜想获取的春申脑谱图，今日就在眼前。

在记忆的研究方面，华梅脑研究院是站在世界前列的。刘般若和他的同事们认为，突然失去大部分记忆的病人是探索记忆奥秘的最好的研究对象。华梅脑研究院优势在于他们拥有丰厚的资金和能够找到众多的失忆的志愿者。病人大脑中的缺陷常常提供了观察极其复杂的记忆结构的窗口。华梅脑研究有丰富的脑活体资源。这当然有赖于梅金的关系和交际。这是美国乃至许多国家的科研机构所不能做到的。

大脑记忆的信息是贮存在哪些区域，这些信息是怎样并且在何处再被记起，它们又是怎样进入有序状态，或隐藏起来，对照一系列问题，用春申脑图谱都能给予有效的回答。这也是世界上其他脑图谱所不能回答的问题。在一个彩色监视器上，当接受检查者在学习某种事物或从记忆中回忆某种事物时，人们能够看到大脑的活动情况。刘般若介绍，至少有4个明显的记忆系统，每一个工作的系统分别负责不同种类的信息。

所有的这4个记忆系统是一个难以想象的巨大的数据库。它们并非是彼此隔开的，而是以非常复杂的方式协同工作。例如，为了说话，程序记忆分流控制喉咙部位的肌肉，而认识系统提供词汇、语法和专门知识。如果所说事物是个人方面的，那么，自传式的记忆系统会提供详细情况。4个系统中各自控制专门的负责贮存和回忆信息的大脑组织。例如，一般的信息是贮存在大脑的左半球，而个人方面的记忆则是在右半球。能进入大脑的信息首先都要经过大脑的边缘系统，这是控制情感的大脑部分。所有进入大脑的信息就此分类，然后送到合适的大脑部分中去。

在信息贮存途中，也包括回忆以往的信息的过程中，这个分类系统通过几个狭窄的入口发送记忆的信息。刘般若把这个入口叫作"瓶颈口"，如果"瓶颈口"遭受损害，就会在记忆中引起一个巨大的洞。[①]

莘迪注意到，华梅的专家们已把记忆的结构弄清楚了。

记忆存在哪里？纽约州立大学的托德·萨克特教授发现了一种叫白激酶的蛋白质，是人脑存贮记忆的关键元素。动物实验已经证明，通过酶抑制剂抑制这种蛋白质，可以永久性删除老鼠大脑中对于某种特定的感觉的回忆。华梅专家经患者自愿同意，也删除了患者的一些恐怖记忆……更神奇的是，这似乎是一种普遍的记忆存储机制，适用于不同的大脑区域。比

---

① 以上资料引自《三联生活周刊》1997年第14期蔡曙光编译的《失去自我的人》一文。

如存储空间信息的海马区，存储情绪信息的杏仁核，或者存储运动信息的区域，都是利用白激酶来存储记忆的。

记忆一直是人类自我探索过程中最神秘的一个领域。我们的经历以某种方式在大脑中留下烙印，这种想法最早可以追溯到柏拉图在《泰阿泰德篇》中有关蜡上印记的隐喻。1904年，德国学者理查德·塞蒙把这种神秘痕迹命名为"记忆印迹"（Engram）。

传统的神经学认为，长期记忆是随着新的突触的成长而形成的。随着突触的成长，神经网络变得更粗更强，就像树枝慢慢变厚变粗，这就是记忆。但是，萨克特教授认为，记忆的形成取决于单个分子白激酶在某个突触上的堆积。每当你学会一些东西，白激酶就会出现在某个特定的突触上，然后，它们就像"生物哨兵"一样，无限期地驻扎在那里，不断强化细胞之间的连接。正是在这种动力支持下，记忆才能持续数年甚至数十年。没有白激酶，记忆就会消失。

就记忆科学而言，这是一个革命性的发现，彻底改变了人们对记忆的理解。记忆器的发明，其中关键的挑战在于，如何选择性开关这个分子，从而只影响某个特定的记忆，而不是干预所有的记忆。以上资料引自《三联生活周刊》2010年第25期陈赛的《记忆诊所》一文。

"这就是我们设想要从我们大脑深处调出一段记忆的关键所在。这个开关现在掌握在我们华梅脑研究院手里。"刘般若自信地说，"但是，当我们能调出这段记忆，取得它的各种物理、生化数据后，得把这些数据翻译成图像或形象或声音。这个翻译软件，也就是我们所说的神经代码，掌握在莘迪和她爷爷的手里。这就是我们今天邀请莘迪教授给我们指导的本意，华梅脑研究院希望莘迪教授给我们实质性指导并展示她的才华。"

刘般若带头鼓掌。大厅里响起热烈的掌声。

莘迪频频点头，挥手致意。她的感觉从来没像今天这么好过。她觉得现在她是这个领域的女皇，高高在上，所有的人都心悦诚服地拜倒在她的石榴裙下，以至于刘般若的最后一句话是谁说的，是什么意思，都来不及追究。

"这里就是罗得岛，就在这里跳吧！"

3

接下来3天，由刘般若单独给莘迪授课，讲解春申脑图谱的精密结构。因为刘般若住在浦西，就由刘般若每天去半岛酒店接莘迪，下午下班把她送回去。华梅集团为她提供一辆卡迪拉克作为接送用车，因为美国人坐惯了空间大、马力足的大车。

讲课在华梅脑研究院一间大型实验室里进行。白天，这里同时有几个工程师在上班，但讲课不影响他们工作，倒是有时需要他们，帮助调试一些仪器。刘般若讲得很用心，莘迪听得很用心。华梅脑研究院给莘迪留下深刻印象，她认为这是目前世界上最先进的脑研究院，有最优良的设备和脑活体样板。她为中国的科研条件感到意外的惊讶和羡慕。春申脑图谱更使她震撼，因为它似乎解决了她和爷爷过去探索研究脑神经代码中的疑点和难点。

通过对大脑的扫描发现，人在思考时，大脑前额叶皮质区域表现活跃，且不同的想法，如图像变化和数字化增减，会在大脑前额叶皮质区域表现出不同的活动模式。只要你知道应该监测哪个脑区，理论上就可以测出这个人曾经记过什么，就可以预测出此人在未来想做些什么。

莘迪知道，这曾是美国国土安全部十多年前就一直在研究的一种叫作FAST的反恐安保系统，当时爷爷也参与了这个课题。

华梅脑研究院在英国科学家安东尼·贝克尝试使用的经颅磁刺激技术的基础上，改进发明了一种新的经颅磁刺激仪，这种技术通过快速变换磁场而在脑内的特定区域引发微弱电流，从而激活或者抑制该部位的脑神经活动。这一技术属于"遥控"，对脑细胞功能不会造成永久性创伤。这种新的经颅磁刺激技术，目前只有华梅脑研究院掌握，所以刘般若说"开关掌握在我们手里"。如果没有这种特殊开关，神经代码的运用可能纷乱，如果可以翻译所有的记忆，而不是特定的记忆，那翻译的结果就是一场纷乱的梦。

莘迪深深地感到，春申脑图谱和神经代码的结合，是珠联璧合，是两项科研成果的最好融合，一项伟大的发明——人类思维阅读器，或者叫记忆器，马上就可以诞生。

她把这个想法告诉爷爷，爷爷说，人类思维阅读器或是记忆器的发明谈何容易，真要发明，还需经过无数试验证明，即使发明出来，对人类不是福而是祸，有可能被人利用制造神经武器，"那时，人类不是在一场战争中死去，而是在没有战争的情况下发疯。"

莘迪只好把这想法悄悄地咽下肚里。她也不敢对刘般若说，因为不想使她这位新导师失望。他之所以孜孜不倦地讲解，让她全盘掌握春申脑图谱，不漏过任何一个细节，还不就是想和她一起完成人类第一个记忆器的发明。

这是一个循循善诱、孜孜不倦的导师，他既能把课题的总体框架阐述明晰，又能把其中的细节和要害提炼出来，使你对整个事物的巨细全盘掌握。

这是一个多能的首席科学家，他不但精通脑科学的全部知识，而且触类旁通神经计算科学、生物化学、生物物理甚至社会学知识。在他的协调领导下，华梅脑研究院的各个攻关组你争我抢，百舸争流，取得一项又一项专利，获得一拨又一拨效益。

这是一个善解人意的朋友，他会用心揣摩你的需求、喜好和趋向，使他的服务总是符合你的心意。

这是一个虚心谦和的君子，他总是首先聆听你的诉说，然后再发表自己的意见。当你驳斥他的时候，他不立刻辩解，而是沉思了一阵后再跟你商量。他说，沉思是大脑训练的一种有效方法，它可以增加大脑中某些区域的厚度，这些区域与控制注意力和处理来自外部世界的感官信号有关。啊，他是多么机智，他居然把自己的习惯与自己的学识结合起来，说服起人来是多么自然，多么得体。

这还是一个闷骚的老男人。莘迪发现无论刘般若对她多么自然，多么放松，多么绅士，多么体贴，但还是无法掩饰他的目光，他的心灵窗口中对她的贪婪的渴求。

当她从半岛酒店出来，走向停车场时，他的双眼定定地看着她，仿佛旁边没有任何人任何事。

当她坐上副座，他殷勤地为她系上安全带。

当卡迪拉克奔驰在绿野上时，他不时地用眼睛余光斜睨她。

当她坐在计算机前，她感到他浓重的气息、怦然的心跳和体内的血液狂奔。

当他俯身向前指点屏幕上什么问题时，他的眼睛余光总是斜瞄她的胸部和那里的天然的山谷。当他蓦地感到羞涩脸红后，他就会后移座位，在背后尽情地用目光抚摩她全身，莘迪会感到那灼热的目光在她背部的盘缠。

当她对爷爷谈起对这个导师、终身教授、首席科学家的感受时，爷爷告诫她，要注意老男人是一口井，当心掉下去。

爷爷本身就是一口井，在他这口井中，也掉进不少女人。

爷爷说，他马上要寿终正寝了，不妨作为故事讲给莘迪听，也给莘迪作个参考，防范男人们的诱惑和陷阱。

茉莉奶奶是爷爷的初恋，她把自己的初夜给了爷爷，爷爷终生不会忘记她，也只有她才是爷爷终生记挂的女人。她是第一个落进爷爷这口井的女人。

爷爷到台湾上大学时认识了一个同样从大陆赴台的小家碧玉，她是第二个落井的女人。他们相恋仅一小段日子，她就去了美国，后来没有联系。

爷爷的原配夫人是他在美国大学毕业找到工作后经人介绍认识的一个商人家女孩，端庄、贤惠，因难产生下莘迪父亲后就死去。虽然后来会怀念，但终因生活时间太短，感情不深。爷爷虽然经常提起，但总欠点情感，只有怜悯和惋惜。

原配夫人死后，爷爷一头扎进麻省的媒体研究室，成了麻省的终身教授。虽然接触了许多女人，但他只和华裔女人交往，从不和洋女人交往，掉入他的老井的女人爷爷没有统计，只好忽略不计了。

莘迪觉得，爷爷这一生，最看重、最珍惜、最不能忘怀的是他的初恋。莘迪信誓旦旦，一定要利用这次学术交流和休长假机会，回老家福州寻找茉莉奶奶。如果茉莉奶奶能找到，那无疑是又一个记忆器似的发现。

呵呵，我想到哪里去了……

"爷爷，"莘迪每天都要向爷爷汇报一次，"我可以告诉你，我已经掌握了春申脑图谱的全部材料，刘教授还答应全部拷给我让我们免费使用。当然，他们希望以此和我们合作。我告诉他们，合作是可以的，但神经代码确实很不完整，很不全面，我们必须在使用春申脑图谱过程中逐一加以验证，等成型成熟后，我们再谈合作。刘教授答应了，他是一个很诚恳很善良的人……"

"刘教授答应了，他们的老板会答应吗?"

"嗯，我想他们老板会答应，他老板很信任他，好像也很在乎他。"

"信任是一回事。老板是讲效益，讲回报的，她是商人，不是科学家。至于他老板在乎他，那不是我们管的事，那是他们之间的事。"

"他们之间会有什么事?"

"说不定那个老板看上这个男人，要不然她怎么会全力支持他，掏出那么多钱供他花?"

"那是科研呀!"

"你懂什么，小宝贝，有钱人喜欢，他就舍得花，哈哈哈……"

莘迪发怵了，有钱人喜欢就会舍得花，难道花这么多钱攻克脑图谱，梅老板就是为了喜欢刘教授? 不，不会吧，刘教授是什么人，他那样纯正、诚实、善良……但是，他又是那样闷骚，这是自己的结论，难道会错吗?

"我也不想管太多，你自便吧。"爷爷说。

手机铃响，传来刘般若磁性的声音："莘迪，在做什么?"

"哦，哦，哦，我在和爷爷通话呢……"

"那你通话，我等你。"

"好，我马上就下来。"

4

莘迪上了卡迪拉克。

"今天功课结束了，我们休整一天，你想上哪儿玩，我陪你。堂燕没空，阿坤他公司有事叫他回去，阿青陪老板出去。"

"嗯，我想想。"

"好，你想吧……"

"上海，哪儿没去过呢？哪儿好玩呢？"

刘般若开着卡迪拉克离开半岛酒店。

"自 2010 年你来上海参观世博会之后，这十多年上海什么变化最大？"

"这个问题，那天堂燕接我时，已经考过我。她问我什么变化最大，我说河多了，湖多了，港汊多了，上海变成水之城，要建造一个东方威尼斯，是吗？"

"是的，上海人近来以此自豪。"

"上海要变成东方威尼斯，我就搬到上海住，那时，上海肯定比波士顿清爽。"

"上海拆高架桥，正是向波士顿学。"

"上海人的聪明就在这里。"

"上海市政府有预见性。"

"何以见得？"

"打造东方威尼斯，就是为应付气候变暖、海平面上升而设计的。"

国家海洋局监测，近 30 年，我国沿海海平面总体上升了 9 厘米。2013 年后，夏天的北极渐渐就没有冰了，格陵兰岛的阿拉斯加新航道的开通是地球悲剧的开幕。不知你坐过这趟海轮没有？莘迪说没坐过，这十多年一头扎进实验室。刘般若说他坐过。夏天的北冰洋，北极点附近是一片开阔的蔚蓝的没有冰面的海域，十分美丽，如果不怕冷，还可以下去游泳。不过，应当考虑身后的洪水滔天的灾难。格陵兰岛和南极洲的冰盖在快速融化，还有青藏高原、阿尔卑斯山脉等等全球的冰川都在消融。如果南极那块叫 B15A 的冰山全部融化，可供英国淡水 60 年，供尼罗河奔腾 80 年。未来像华盛顿特区这样的地方，海平面可能将升高 6.3 米之多，而加利福尼亚也有可能成为一片泽国。

"太耸人听闻了。"

"专家预测的。"

"跟你们的脑研究有什么关系？"

"没有关系，杞人忧天吧！"

"说得好！"

"海平面上升是由全球气候变暖造成的。人类的目标是把全球气温升高2℃的可能性控制在50％以内，人类每年只能向大气排放145亿吨的二氧化碳。但目前的排放量是这个数字的两倍，这是由于发达大国同球异梦，没有认真执行相关协定造成的。美国前副总统阿尔·戈尔很重视，写了一本书叫《难以忽视的真相》，可是后来的那个总统奥巴马就不重视了，拒绝承当减排责任。"

"那是美国一匹唯一不能骑的马。"

"嘿嘿，只有中国在承诺，在认真执行。"

上海境内除南部有少数丘陵山脉外，全为坦荡低平的平原，是长江三角洲冲积平原的一部分。平均海拔高度为4米左右，低的地方在海拔之下。大金山为上海最高点，海拔103.4米。上海陆地地势总体呈现由东向西低微倾斜，而不是自西向东向海洋倾斜，这是很危险的。

上海最危险的不是地势低，而是怕遇到风暴潮，风浪起来，加上地势低洼，像2005年那次风暴潮，黄浦江的水位就比上海市一些地区的地面还要高。风暴潮来临，长江口风起云涌，怒潮滚滚，黄浦江、苏州河水位上升，河水漫过风浪墙、防坡堤迅速向市区漫淹。外滩公园、滨江大道、外滩万国建筑群、世博会建筑群、浦东的金茂大厦、上海环球金融中心、上海市区中心及周边的高层建筑都成了水中巨人。

"世博会中国馆那个《清明上河图》还在吗?"莘迪突然问。

"还在呀,那是永久展览品。"

"我最喜欢那个《清明上河图》,爷爷也喜欢,我买了幅仿真画回去,他一看再看。"

"现在有高仿真复制品,不过很难弄到。"

"梅老板也弄不到?"

"那倒不见得。"

"喂喂,对不起,你再继续说,上海不能被水淹。"

"专家们建议:上海过去是个小渔村,有的人说是个小酒肆,我不能去考古论证,反正过去上海河湖港汊,纵横交错,本来就是水网之地。第一块英租界四周就是以河为界。1843年开埠以后,填埋了许多河,比如延安东路的洋泾浜河,肇嘉浜路的肇嘉浜河。把这些被填埋的河湖港汊重新开挖疏浚,把淀山湖的水引过来,让它们与黄浦江、苏州河、吴淞江、淀浦河、浦东的川杨河、大治河、奉贤的金江港等连起来,构成一张水网,潮涨可进可纳,潮退可泄可排,使上海变成一座活的水城……"

"啊,东方威尼斯出现了!"刘般若还没讲完,莘迪兴奋地拍着刘般若的胳膊喊叫起来。刘般若猛地一拧,车头向右一甩,差点没撞着旁边的车辆。

沉着的刘般若往回一打,避免了和旁边车辆刮擦。

"侬找死呀!"旁边车辆驾驶员开窗骂。

莘迪伸了伸舌头。

"不说了,再说要出车祸的。"

"不过,你的车技还不错。看来,你文的也会,武的也会。"

"什么叫文的也会,武的也会。你以为开车要学中国武功。在美国,你们开车是家常便饭，只不过在中国正在普及罢了。"

"你看，你真的很聪明，很有智慧。"

"你别把我当小孩，要知道，这3天我还是你的导师。"

"导师呀，我在想，你为什么名叫般若？"

"父亲起的。"

"这是佛经的一个用语，我找了找，梵语叫 Prajna。"

"我有一个小叔叔，我爷爷给他起名解脱，他是1956年生，我爷爷的小老婆生的。那时工商业对私改造，所有资产折股归公，我叔叔刚好生下来，我爷爷说，资产归公了，我开始当无产者了，解脱了，解脱了，我叔叔就叫解脱。"

"那你为什么叫般若？"

"我小叔叔从小聪明过人，我父亲很喜欢他。我父亲想让我也像小叔叔那样聪明，就把我取名般若。"

"你小叔叔现在在哪里？"

"就在上海，在静安寺当和尚。说也奇怪，静安寺外墙上就写着'解脱'、'般若'4个字，我叔叔当了静安寺和尚，说不定我以后也会去当和尚。"

"去你的，你现在是终身教授，还当什么和尚。"莘迪突然想起，"这样吧，静安寺这么著名，我没去过，今天我们去静安寺玩，顺便看看你叔叔，怎么样？"

"可以呀。他是一个怪才，北大哲学系毕业的，曾经对马克思主义哲学的外因内因理论有过专门研究。他赞同内因是根据，外因是条件，但是，他认为在一定条件下是外因起决定因素，他列举了许多科技实例，其中最有力的证据就是环境对物种变化的影响，对基因变化的影响，对人类进化的影响。因为他的观点不符合主流观点，而他又死命坚持，结果在哪儿都找不到工作。后来他看破红尘，就削发为僧，在北方一个很艰苦的地方苦修。一次，我到那个地方参加学术会议，实在看不下去，回来后对梅老板说了，由梅老板出面让他在静安寺安身下来。梅老板是静安寺大施主之一。结果他的哲学研究、观相预测成了静安寺一绝。多少善男信女是冲着他而去，拜佛扔钱。"

"太奇妙了……"

刘般若掏出华梅智能声控手机，对着手机喊："接静安寺解脱大师。"

不一会儿，手机出现解脱大师的形象，传出他的声音："般若，好久不见了。"

"叔叔，一忙就把你忘了，今天想起你，想到你那里坐坐，喝喝你的好茶。"

"我早上就预感有客人，而且不是一位，你怕是带有朋友吧？"

"对的，对的，带着一个朋友。"

"是女的吧？"

"怎么样？"刘般若问莘迪。

莘迪折服地慨叹："啊，我的天呐……"

"阿弥陀佛……"手机里传出解脱大师的声音。

5

车到静安寺，刘般若停好车，引莘迪到售票口买了票，先带莘迪看了前门两旁墙上镶刻的"解脱""般若"4个字，然后再检票进寺。莘迪边走边说，我知道了，先解脱一切，人才能聪明起来，是这个意思吗？刘般若说，大概是这样吧，我也说不清楚，等会儿我们问问大师。

静安寺最早创建于三国时期，当时称为"沪渎重玄寺"，唐朝一度更名为"永泰禅院"，南宋时才迁到现址；元、明以后，历经浩劫，屡建屡废。太平天国的时候甚至只剩下大佛殿。十年浩劫期间更为惨烈，佛像、文物、法器全被捣毁。1972年时大雄宝殿更遭祝融之灾，盛况一去不返。改革开放后静安寺获重生，陆续重修重建，成为海内外佛教界圣地，中国佛教协会总会会址。目前共有天王殿、大雄宝殿、三经殿，以及赤乌山门、功德堂、方丈堂、钟、鼓楼等。每年农历四月初八，静安寺会连续举行3天的庙会，热闹非凡，是年度一大盛事。

好在今日不是庙会，也不是周日，游客较少。刘般若带莘迪作简单游览，带她看了重点古物，宋光宗题词的石碑和洪武二年（1369年）的大钟后，就径直往方丈室找解脱大师。大师已谢客，在方丈室等候。莘迪和刘般若进来，他当即起身迎接，合掌参禅，口念阿弥陀佛。他身材矮小消瘦，不像刘般若那样近1.8米的高大壮实。两人肤色也不一样，大师灰暗，般若红润，两人神情形骸大不一样。大概是同爷爷不同奶奶的种，莘迪心里想。

小沙弥送上茶盏，揭开一看是上等龙井。刘般若和莘迪揭盖吹拂啜饮品尝，一股清香直冲鼻脑。莘迪啧啧称道。刘般若说大师无劣茶，好龙井、好龙井。

"大师，我听刘教授说，您研究哲学是静安寺一绝，您是研究什么哲学的？"莘迪放下茶杯，恭敬地问。

"什么哲学？"大师一直在闭目养神，莘迪一问，他睁开了眼，他的精神还是矍铄的，"哲学已死，世界没有哲学了。"

"哲学已死，世界没有哲学了？那还有什么呢？"莘迪惊愕地问。

"哲学已死，唯有科技。"大师说。

"您能给我详细解释解释吗？"莘迪问。大师摇头，闭目养神。

"别问，哲学就得神秘点，只可意会，不可言传。"刘般若悄悄说。

"般若，你跟这女子怕有一段孽缘……"

"叔，你这话怎么说？"

"只可意会，不可言传……"

"你指的是我们合作研究神经代码的事吗？"

大师摇头。

"孽缘，一段孽缘……"

"孽缘，什么是孽缘？"莘迪问。

"善哉，善哉，阿弥陀佛……"

一个小沙弥进来，悄声附耳对大师说："外宾到了。"

"佛缘到此，送客。"大师说，手指两人。

"是，我们先走。"刘般若对莘迪说。

"怎么，就这样把我们赶走？"

"大师不是说了，佛缘到此，我们只能待这么长时间。"

"真是奇怪了……"

"要不然什么叫大师，叫静安寺一绝，哈哈哈……"

两人从方丈室出来，看见大殿前空地上已经聚集了许多警卫和保安，还有匆匆来往的接待人员，真的有重要外宾来临。刘般若带莘迪简单转了转就出寺了。

"本来想请你今天中午在这里吃素菜，看来吃不成了，这里有个素菜馆很出名。"

"我才不吃素菜呢，我最喜欢吃西班牙菜。"

"啊，在上海，要吃地道的西班牙菜还真不容易呢！"

"难道梅老板也没有办法？"

刘般若的手机响，他一看屏幕，愣了。

"说曹操曹操到……是我，我们在静安寺参观。"

"静安寺？怎么跑到静安寺去？又是去找你叔叔算命卜卦吧？那人阴不阴，阳不阳的，根本不像你们刘家的人。这样，下午你到我这里来一下，我有事跟你谈，你让堂燕陪莘迪。"

"好。"刘般若收线对莘迪说，"我只能陪你一上午了，下午堂燕陪你，梅老板找我有事。"

"梅老板不喜欢你小叔？"

"你听得出来？"

"她不是说你的小叔阴不阴，阳不阳的？"

"是啊，他给她看相，说她是当修女的相。"

"梅老板要当修女？"

"可不能乱讲！"

"你不是跟我讲了？"

"我把你当自己人。"

"自己人，什么意思？"

"只可意会，不可言传。"

"啊，我的天呐，今天怎么尽是只可意会，不可言传啊！"

6

下午3点，刘般若来到华梅大厦108层梅老板办公室，阿青正坐在沙发上。见刘般若进来，梅金从办公室桌上电脑后起立，绕过桌子，走到沙发前，叫刘般若一起坐下。

女秘书进来给三人斟茶。

"听说，你把春申脑图谱核心秘密全盘教给莘迪了？"梅金声调冷冷地说。

"是呀，我是让她全盘掌握了。"

"全盘掌握，还了得！你不觉得你有点过头了？"

"过头？什么意思？"

"你一点保留都没有？猫就教老虎上树了？"

"这图谱，有一点没弄懂，这老虎就上不了树的。"

"那她教你什么了，她教你上树了吗？"

"没有。我们的策略是以真诚感动人，先让人家掌握上树，然后我们再上树。"

"我看现在不是上树的问题，而是上床问题。你以为给你卡迪拉克就是做那档子事？"

阿青扑哧一笑。

"什么意思？"刘般若莫名其妙。

"什么意思？人家把你的德行都告诉我了，一个30岁的女人，时尚、聪明、成熟、性感，哪个男人见了不流口水？"

"呃，梅老板，我可是奔六的人，我是搞科研的，我可没有那个爱好。"

"搞科研的就没那个爱好？科学家大多是情种。"

"嘿，这个我可没研究过。"

"没研究过？要不要我给你辅导辅导？"

"不妨……"

"有宇宙之王美誉的霍金，跟我同名，说他想得最多的是女人，女人是个彻底的谜。还有那个薛定谔，妈的，什么概率波动力学创始人，怎么也姓中国姓，他的浪漫风流一直持续到年逾花甲，同时娶了两个老婆，并且不止一个非婚生的孩子。美国的费曼，需要女人助兴来思考科学问题，他有众所周知的怪癖——到脱衣舞场去思考。费米最著名的习惯是每到一个城市，先去访问红灯区。爱因斯坦风流成性，居里夫人有惊世之恋，科学家这些事不比文艺家干净！"

阿青又笑。

"你别糟蹋人家。"

"糟蹋，问你们这些狗男人，你们糟蹋了多少……"梅金自己打住，也不由自主地笑了，"我没说你糟蹋，我说你会情不自禁。"

"梅老板，你这一顿狗血喷头的，我到底犯了什么错，得罪你什么了？"

"你犯的错是主攻目标不明确，3天还不能把神经代码拿下。至于得罪了我什么，你自己心里清楚，不说了。下午找你，就是跟你俩商量一下，我怎么见莘迪？"

"哎呀，我的妈，把我吓的……"

"怎么了，做贼心虚了吧？哈哈哈……"梅金得意地大笑，"阿青，你看出些问题了吧？"

"看出一些。"

"什么问题？"刘般若问。

"梅老板操之过急。"

"你们这些男人是一伙的。"

"哈哈哈……"三人大笑。

"我急？是北京老领导急，秦书记三天两头问我记忆器进展怎样，我能不急？你们知道吗？秦书记的工作中央领导很重视，我们要大力支持。反腐倡廉是我们共产党的命根子。"

"你又不是共产党。"

"我跟共产党是同舟共济,肝胆相照。"

"你马上加入得了。"

"都入了还怎么是多党制?我还怎么竞选?共产党领导我拥护,我们民主党要帮共产党执好政,反腐倡廉搞好了,共产党有威信,我也风光。所以记忆器要马上搞出来!"

"你以为是'猫咪吃蛎'?"刘般若讲了一句福州话。

"什么意思?"阿青听不懂,他是河北人。

"就是猫吃牡蛎,很容易的意思。猫不是很爱吃腥味吗?"梅金一语双关调侃地说,"我想配合你们,好好地接待一番莘迪,让她感动。接待是生产力。"

"据说莘迪喜欢吃西班牙菜,你就安排一餐;另外,她还喜欢《清明上河图》,最好能搞到一张故宫出的高仿真摹本送她。另外,她想回福州老家走走,叫堂燕、阿青、阿坤陪她去,途中再慢慢沟通,见机行事。"

"去福州,最好刘教授陪,我们这些人玩不转。"阿青说。

"我最好不陪了,以免误会。"

"试验区人才服务中心我打过招呼了,堂燕最近走不开,她负责联系的许多海归精英、外国精英最近都要来。还是你陪,身正不怕影子斜,呵呵!再说,唯有你才能在业务上与她沟通。"

"你说的呀,是业务沟通,不是其他沟通,以后别乱造谣!"

"没大没小的,我还是你老板呢!"

"老板又怎么了?"

"教授毕竟是教授。"谈话结束后,阿青和刘般若走出办公室,阿青紧拽着刘般若的手说。

"我以为你跟她是一伙的,不会支持我。"

"为什么?"

"我以为你和梅老板有那么一层亲密的关系。"

"教授,你说话这么爽直,我很欣赏。"

"北京话叫什么来着?"

"胡同里赶猪,直来直去。"

"哈哈哈……"

六、夕阳红协定

1

刘般若轻轻地推开客厅的门，妻子林丽芳正坐在轮椅上，歪着头倚在头垫上熟睡。她面前开着的计算机屏幕上闪耀着花花绿绿、色彩缤纷、走势怪异的曲折线条。这些曲线，对于脑神经专家刘般若来说是一窍不通，对于斯坦福博士的女儿刘堂燕来说也是一窍不通，但对于只有高中毕业的林丽芳来说那简直是波谲云诡、扣人心弦、跌宕起伏的精彩电视剧。刘家这新世纪的头 20 年，前十年被林丽芳炒股、买彩票，闹得全家人废寝忘食、歇斯底里、精神失常、鸡犬不宁；后十年又被她车祸瘫痪、问医求药、三餐洗刷、抱屎抱尿弄得筋疲力尽，困难拮据，有苦难言。刘般若又得科研攻关、又得领导课题协调、又得照顾家庭，忍气吞声地苦苦地守护住了这个家，这苦涩，只有他自己知道。

这是汕头路的一幢石库门，约 100 平方米，单门独户，是刘般若的一笔意外财产。刘家祖上曾在上海做茶业生意，新中国成立前夕，刘家人都跑到台湾，店面房产就被无偿占有，分配给穷苦百姓使用居住。因为无人在上海，刘家人从未反映过。待"十年动乱"后落实政策，上海方面才通知在福州的刘家人。但是刘家人走的走、散的散，谁也没心事再去上海居住。直到刘般若复旦大学生物系毕业后，留学校工作，才想起应当有自己的住房，才到上海有关方面交涉，果然按政策归还了一幢石库门房子给刘家，当然由在上海的刘般若依法继承。

刘般若等待汕头路拆迁，好住上宽敞明亮的新房。当一个大学教师，在上海根本买不起房。但汕头路迟迟不拆迁，他只好苦苦等候。他也舍不得卖，因为石库门房子现在成为上海文物古迹了。他就在这里恋爱、结婚、生女，20多年下来，对这套房子产生了无法割舍的依恋，他知道这是恋旧情结在作怪。虽然，新世纪后，随着他学术进展、职位提升，特别是拉来了梅金的投资，成立了华梅集团脑研究院，他当了首席科学家，收入丰厚，有了购买上海任何价格的豪宅的可能，但是，他没为自己买，只为女儿买了一套在浦东的豪华公寓。他认为自己有房子住了，何必再添置房产。拿去出租？拿去增值？自己又不缺钱，何必呢？再说，这其中的投机、哄抬、谋利，他打心底里有一种反感和抵制。两个人，住一幢上海的石库门房子足矣。在这一点上，林丽芳跟他观点一致。但在炒股买彩票上，他跟她观点不一致。但那时林丽芳下岗在家，整天无所事事，应当让她有个打发时间的活动，他也就听她任她了。

他与林丽芳是经人介绍认识的。他们都是福州人，都是三坊七巷贵裔之后。林丽芳是林则徐家族之后。他在复旦当学生、当教师时，他的收入和地位无法谈恋爱，找个上海的小鸟依人那样的小家碧玉更是奢望。家里人看他婚姻毫无动静，就给他介绍了林丽芳，他相了几次亲，觉得可以，就订婚了，一年后在老家结了婚。不久，他父亲患癌症死亡，母亲因为照顾父亲过累不久也去世了。他就把林丽芳带到上海，林丽芳成了家庭妇女。她生下堂燕，亲自培养。后来她迷上炒股、买彩票，每月也能挣三五千元，真是何乐而不为呢！

林丽芳没学位，没单位，刘般若为什么能看上她？因为林丽芳漂亮。刘般若第一眼看她时，心里就咯噔一下，说就是她了。人的第一眼印象太重要了。作为脑神经专家，刘般若知道，所谓的第一个印象，是脑这部超能计算机第一次计算结果，一定不会错。但是，人们没能认识大脑是如何迅速地协调自己的各个系统的。神经细胞电压恒量的运行速度是数字式电脑信号传输速度的万分之一。尽管如此，人类却能即刻就辨认出一个朋友，而辨认人的面孔方面电脑是很慢的，通常也不成功。具有如此缓慢的零部件组成的器官如何能这样快速地运行判断呢？通常的答案是大脑是一个处理器，同时进行许多项运算。并行处理的电脑速度不如人脑，则是在下一阶段，就是需要对结果加以比较和做出决断的阶段，电脑就慢在这里，而在这项工作中，大脑的速度快得惊人。

从解剖学上讲，大脑没有任何特殊的部位，可以让来自不同系统的全部信息都汇聚起来。大脑各个专门部位彼此相连，从而形成一个并行和重复的连接网络，我们有关世界的融为一体的图像或认识就是从大脑结构的这一迷宫般的复杂网络中浮现的。刘般若认为大脑是一个场，是一个小宇宙，有暗能量，有暗物质，有普通物质，人的灵魂可能就是暗物质或暗能量，这个想象目前不成熟，他还在研究中。

呵呵，扯远了。

林丽芳是个典型的福州美女。刘般若自己总结不出来，他就引用著名作家郁达夫先生的描述。郁达夫先生民国后期也曾在福州三坊七巷住过，至今还留下许多故事。郁达夫先生在《饮食男女在福州》中说："眼睛个个是灵敏深黑的，鼻梁个个是细长高突的，皮肤个个是柔嫩雪白的……一移目到了福州的女性，更觉得她们的美的水准，比苏杭的女子要高好几倍；

而装饰的入时,身体的康健,比到苏州的小型女子,又得高强数倍都不止……此外还要加上以最摩登的衣饰,与来自巴黎纽约的化妆品的香雾与红霞,你说……美丽不美丽?迷人不迷人?"

嘻嘻,引用太多了!

林丽芳符合以上郁达夫所描绘,但她还多了一项,当时刘般若没看出来。"'天生丽质难自弃',表露欲、装饰欲,原是女性的特嗜,而福州女子所有的这一种显示本能,似乎比什么地方的人还要强一点。"到上海后,林丽芳说当家理财是她,刘般若所有工资收入归她管理,只留些讲课费、稿费给他零用。刘燕堂工作后,也是全部工资交母亲,每月发给零用钱,林丽芳说这些钱暂归她保管,以后堂燕结婚了再还给她。堂燕是孝女,自然听母亲的。林丽芳车祸后坐在轮椅上,自然再不能当家理财了,她把财务权交给刘般若,与刘般若订了一个"夕阳红"协定,类似国共的双十协定,最后双方都没有执行。协定的主要内容是:家庭的股票、基金、堂燕上交的工资归林丽芳管,刘般若不得问津;刘般若工资、顾问费、稿费归他自己管,但负责家庭一切开销。鉴于目前刘般若收入丰厚,所有开支要及时向林丽芳报告,避免用于不当之处。至于什么不当之处,林丽芳无法明示,但她隐隐有一种不祥的预感。但她知道,只要在财政上加以管制,依刘般若这个人的人品,他是不会太出格的。最后一条是理论性的:要注意晚节,保持夕阳永久红色。这条只针对刘般若,鉴于林丽芳现已瘫痪,不能交际,刘般若应恪守晚节,保证忠诚到永远。刘般若说,忠诚是双方的,你说我哪儿有晚节不忠?倒是你自己也要注意。林丽芳问,我注意什么?刘般若说你要不沉迷那个体彩站,你至于出这次灾难吗?说得林丽芳有口难辩。刘堂燕看不过去,就说你们两个乌龟笑鳖,各自管好自己,忠诚是相互的,夕阳永葆红色是共同的事。"是,是,是……"刘般若立即应允,因为他有把柄抓在女儿手里。

父亲的事倒是被她拿捏住了，那是他的一个女同事，他在评职称时全力以赴帮助她，让她评上副教授，小女子无以报答，只能以身相许，他们挑了个林丽芳在医院的时候，在家里成就鸳鸯好事。不料那天刘堂燕刚好回来取材料，当场撞着，但她没有惊动在床上交柯盘缠的父亲。她感到恶心，但她也不冲撞好戏，退出去了。后来，她暗示父亲，刘般若脸红脖子粗，一句话也说不出来。可能父亲伺候母亲太累了，他只想轻松一下吧！以后，她再也没在人前提过这件事。

于是一份"夕阳红协定"在刘堂燕的见证下签订了。有一次，刘般若在一次宴会上酒喝多了，顺便作为一个笑话讲了出来，"夕阳红协定"在华梅集团，在华梅脑研究院，在复旦大学生物学院便成了人们酒酣身热、茶余饭后的笑谈资料，刘般若也因此作为脑研究院首席科学家、春申脑图谱主要贡献者，又多了一份知名度。

2

林丽芳炒股20年，大体不赚不亏，仅有的20多万元积蓄却被套牢了，所以她急切地想从彩票上爆发。她十多年死守一个体彩号码，这个号码刘般若、刘堂燕能倒背如流。这个号码是31选7号码，04＋09＋14＋19＋23＋27＋30。至于汕头路石库门里弄左邻右舍姆妈、阿姨们私下里传播的林丽芳与她常去的汕头路51号90663号体彩站那个年轻的上海小瘪三眉目传情，关系暧昧，甚至有一腿什么的等等风传，说得有鼻子有眼、活灵活现。刘般若去看过体彩站，那个上海年轻人，眉清目秀，白净如乳，善解人意。他看着也有些心动。他的结论是，可能有可能没有，新世纪的上海滩，一切皆有可能。

一天晚上，中央台彩票开奖。刘般若正坐在家中自己房间的电脑前整理一系列数据，春申脑图谱攻关正进入一个关键阶段。突然，门像炸雷一般被推开，林丽芳像猛兽一样冲进来，扑到刘般若身上，一把鼻涕一把眼泪地哭不像哭，笑不像笑，把他扳住，发了疯似的吻他，嘴里念着：中了、我中了、我中了67万，我高兴、我高兴、我要你、我要你……她高兴，她要刘般若要她。结婚几十年，女儿上复旦三年级了，他们从没有这样疯狂浪漫过。起先刘般若怎么也来不了情绪，经不住林丽芳把自己身上所有衣裤全扒了，也把刘般若所有衣裤都扒了，像三级片里那样赤条条相对，于是刘般若也来火了，一个成熟的女人和一个成熟的男人，做了他们一生中最疯狂最浪漫的一次爱，但也是最后一次爱。

67万买什么呢？全家人讨论了一个星期，最后还是听从中奖者意见，花了30多万买了一辆宝马车。一来林丽芳羡慕有车人，二来家庭需要。意外之财，自然用在奢侈上。衣、食、住、行中，就缺行之有车。车买了谁开？当然是林丽芳。刘般若在攻关，经常思考问题，不能开车。刘堂燕做学生，暂时不用车。林丽芳当仁不让，3个月就把驾照搞定。刘般若陪林丽芳看上一款宝马。人说，"坐奔驰开宝马"。他们买了一辆新款进口宝马第六代车，在科技感和豪华性上作了大刀阔斧的改进，整体风格由运动型向全能型转变，更大空间、更多配置。不管是堵在回家的路上，还是周末去郊外与弯道对话，它都像林丽芳的情人。林丽芳每天开着车上街兜风，出城游玩。好在她胆大心细，从未刮擦碰撞过，车技日渐成熟老练，不久就可以上高速，出远门旅行了。一次，宝马车友会组织赴浙江天目山旅游，车队过一急弯时，林丽芳前面一部车和急弯而来的一部路虎车对撞，路虎连撞3部车，最后把林丽芳的宝马顶下山崖。好在林丽芳命大，车滚了几十米，气囊紧紧地把她抱住。命保住了，但腰椎错位，从此，她再也站不起来了。

有什么办法呢？中国哲人早就说过，祸福相依，灾难面前只能认命。刘般若一边组建脑研究院，一边组织科研人员攻关，一边全身心地监护照顾林丽芳，一边还要帮助辅导女儿考GRE，争取出国留学。刘般若不是一个顶俩，而是一个顶三、顶四个人用。谁都同情他，谁都赞叹他。梅金全力支持他，在用钱上刘般若倒是无后顾之忧。梅老板说花多少钱由她出，先算借，以后从脑图谱成功的效益中扣除，这给了刘般若最实际的支持。梅老板多次去医院看林丽芳，她好像既同情又高兴，她心中有一种说不出的愉悦，不知她是怎么想的。她是盼望林丽芳早日康复，还是盼望她永远这样躺在床上，或是她永住公墓？这只有她自己清楚。

一晃六七年过去了，林丽芳坚强地在轮椅上生活着。在与刘般若签订了夕阳红协定后，她再不炒股、再不买基金、再不买彩票，只看股票行情作为消遣。她现在兴趣转向刘般若的研究课题上。春申脑图谱一般知识她都能掌握，高深的问题经常引起她学习的兴趣。她主动地提出担任华梅脑研究院"遥动"课题实验志愿者。这个半生物半电子课题为接通电脑和生物脑提供可能。通过这种遥动，使思维正常的人能指挥自己的残体。林丽芳相信有一天，她会在自己思维的指挥下，通过安装的机器腿，站起来，单独行走，疾步如飞，能开宝马，能跳交际舞……

3

刘般若推开客厅门后见林丽芳在轮椅上打瞌睡，他没有惊动她，轻轻地在沙发上坐下，斜倚着闭目养神。渐渐地倦意袭来，他轻轻地打起呼噜了。这几天他又教又陪，觉得精力不济，浑身倦怠。

他觉得自己躺在不知什么地方的一张床上，有一股奇异的外国人的体味向他扑来，那气味这几天经常闻到。谁有这样的体味？他想不起来。他知道林丽芳没有，刘堂燕没有，那个与他苟且过的女副教授没有……但他知道这是女人体味。

"怎么了，很疲劳吧……"

他一睁眼，林丽芳坐在轮椅上面对着他，伸手抚摩他的脸盘。

"有点，这个莘迪太难对付了。"

"都去了哪些地方？"

"头3天都在实验室，穷追猛打，一问到底。今天去了静安寺，还好下午梅老板找我，不然又得陪她去玩。"

"你知道她去了什么地方吗？"

"不知道，堂燕陪她。"

"到我们家了！"

"我不信，到我们家干什么？"

"她说要看看你这位复旦终身教授、首席科学家怎么生活的。"

"她看了我们家有什么感受？"

"感受？她居然说要搬到我们家住，过一过上海石库门的生活。还是堂燕好说歹说才把她劝走，说什么堂燕同意与她同住她才走，堂燕只好同意，哄她走了。"

"怪不得有股陌生的气味。"

"什么，你也闻到了？"

"嗯……"

"看来，你对这个女人有感受了，连她的气味都闻得出来。"

"搞生物的人对生物都很敏感。"

"怕是对漂亮女人都很敏感吧！我们可是有夕阳红协定的啊！"

"奔六的糟老头子，你以为……"

"现在，小姑娘搭上老头子有的是，默多克等等，多了去。"

"我是那号人吗？多少年风雨考验……来，先给你洗个澡！"

林丽芳瘫痪这几年，似乎都是刘般若帮她洗澡，虽然她上半身能动，但下半身动弹不得，必须有人帮助揩拭才能洗干净。

这真是一具美丽的胴体，每次刘般若都这样感叹。三围符合标准，该挺的都挺，该收的都收。皮肤的细嫩洁白自不必讲了，体型匀称，出落得十分性感。婚后这几年，足以使刘般若陶醉和满足。一想起那些一开口"阿拉上海人"的上海女人，刘般若自有一番自豪、优越的感觉。

刘般若先脱去自己的衣裤，留一条裤衩，然后把林丽芳的衣裤脱去，抱到浴室内早已放好的塑料躺椅上，用心地帮她沐浴。林丽芳经常说，感谢瘫痪给了她当女皇的待遇，有人伺候。沐浴干净后，刘般若从头到脚把她拭干，然后把她抱到卧室床上，帮她从头到脚做按摩。刘般若的按摩技巧他不敢说是自己从按摩室体验来的，只说是专门到盲人按摩师那儿学的。每次按摩，刘般若总是专心致志，就像他做学生时上解剖课、进实验室做实验那么认真。每个关节、每个穴位、每个部位都推拿拿捏到位。几年的精心伺候，使林丽芳依然保持肌肤弹性饱满，润泽生辉。

今天，刘般若推拿按摩着，不由地走了神，他看着林丽芳的胴体，突然眼前涌现莘迪雪白的肌肤和坚实的双乳，闻到她的体味。一股热流从大腿间小肚上涌溢起来，裤衩下突然顶突了起来。他紧紧地抓住林丽芳的双乳，双眸凝滞，满面通红，注视着。

"怎么了？想要？"

"没有……"

"性幻想了？"

"没有……"

裤衩后顶突的玩意儿又瘪了回去。

"不正常,想那洋妞?"

天啊,女人怎么这样敏感,可怕,得提防。

"那个莘迪,热情大方,可爱开放,你这趟陪她,可不能上她的床。"

"你想到哪儿去了,要不是梅老板安排,我才不去呢!神经代码的事连中央领导都过问了,我不能抽身事外啊。"

4

梅金在她崇明岛的海边豪华别墅宴请莘迪,刘般若、刘堂燕、阿青作陪。这次她没请阿坤,但请了黄永泉,她不让阿坤认识黄永泉,也不想让阿坤知道华梅集团在崇明岛有试验基地。她请黄永泉,是听了刘般若建议,让黄永泉、莘迪互相认识,以便以后牵线拉媒。莘迪、刘般若、刘堂燕、阿青4人乘"白鸽"直升机来崇明岛。梅金、黄永泉早在别墅等候。梅金向莘迪介绍黄永泉时只说这是我在崇明岛的一个朋友,也是教授,越教越瘦。莘迪认为梅老板很幽默,她和黄永泉握了握手,没怎么注意。倒是黄永泉一见莘迪,好像被电流击中,目瞪口呆,六神无主。刘般若心里咯噔了一下,心想一见钟情,有戏了。但他自己心里有点酸楚的味道。他装作和黄永泉不甚熟悉,只轻轻握了握手。他暗示刘堂燕和阿青不要捅破他和黄永泉的关系,因为莘迪是个非常敏感的人。但是,莘迪这时的注意力被这座豪华的别墅吸引住了。

这哪里是别墅,简直就是典型的西班牙殖民大宅。挺拔高大的圆柱气势非凡,垂帘窗户又将阳光引入大堂,让它更显宽敞明亮并增添婉约气质。单这个大堂就让客人们目瞪口呆。就是游遍西欧、北美的莘迪也赞不绝口。

这座建筑融合了欧洲和中国的设计特色，典雅和时尚交融，传递18世纪罕见的富丽中国色彩与欧洲建筑风格。庭院、大堂、餐厅和酒吧，手绘丝绸、木雕石和瓷砖工艺，多属华丽的东方色彩；金黄的赭石墙、朱白晶石和瓷砖能演绎出令人印象深刻的基调；传统特色的壁灯、垂饰、水晶吊灯、灯柱组合的灯饰设计点缀出辉煌的气派。庭院可以信步，亭台楼阁可以眺望，泳池可以舒展，池畔酒吧可以小酌，远处海边是游艇码头，可以驾艇出游劈波斩浪。

"今天没有时间出海，以后再玩海吧！"梅金带众人转了一圈就回大堂。

大堂中心放着一张来自里斯本的绒绣地毯，它的灵感来自15世纪的葡萄牙，中西合璧的设计在这里留下非凡感受。梅金指着绒绣地毯说："这里唯一一件葡萄牙的东西。我喜欢西班牙风格，他们设计了好几种风格，我就挑了这一种。莘迪，你喜欢吃西班牙的菜，今天我请了全上海最地道的西班牙厨师，让你品鉴品鉴。"

"我除了喜欢西班牙菜以外，也喜欢西班牙风格的房子。"

"啊，我们俩还有共同兴趣！怎么样，要是能回来工作，和我们合作，我这幢别墅就作为见面礼！"

"哇……"

"莘迪，可以考虑呀！"

"要是我，当场就签约。"

"我这老娘舅业绩大大地有了。"

众人围着莘迪起哄、逗乐。

"我知道今天是'鸿门宴'，大家别高兴太早。"

"哈哈哈……"

笑声充满大堂，震得1.8米高的有着细致气泡状条纹的吊灯叮当作响。

通往宴会厅的两边楼梯气势非凡，中国式屏风将时光倒流到18世纪，表现了当年中国在贸易和设计方面的影响。宾主围桌坐下，女服务员送上刚泡的武夷山岩茶，茶香满座，喝着齿颊生津。

晚餐开始，戴着白帽子、穿着白衣服的侍者陆续送上烤章鱼、烤肉串、烤蘑菇、烤辣椒、西班牙油条和两瓶酒。莘迪眼尖，一看一瓶是里奥哈葡萄酒，一瓶是赫雷斯雪利酒。里奥哈是西班牙最著名的葡萄酒产区出产，赫雷斯是世界上卖得最好的雪利酒品牌。莘迪想，这餐饭肯定是地地道道的西班牙正餐，她要饕餮一番。

"莘迪，这可不是上海油条，"刘般若又来幽默了，"这是西班牙油条。"

"我知道。但是味道跟我们中国油条的差不多。"

"你知道为什么味道差不多吗？"

"这我就不知道了。"

"我们的油条只有一款，大小一样。西班牙油条分为大小两款，大油条叫Porras，小油条叫Cnurros，这你们就不知道吧！"

"确实不知道……"众人说。

"据说是西班牙人在菲律宾向中国人学会炸油条，后来传回西班牙，成为一道著名小吃，吃的时候用油条蘸浓稠的巧克力或白糖……"

"我插一句，"梅金打断刘般若，"我们老家乡下原先有一座天主教堂，教堂神父是一个西班牙人，据说后来到菲律宾天主教堂当坐堂神父，会不会是他去炸油条了？"

"哈哈哈……"众人笑。

"梅老板，你也真幽默。"莘迪说。

"莘迪，你这是第一次恭维梅老板呀！"刘堂燕说。

"尽让你们恭维，不让我恭维一两句？"

"好，莘迪，你把他们的嘴脸给戳穿了。"梅金说，"大家尽哄我恭维我，把我的钱骗光了。他们骗还不够，还联合和尚骗我，什么哲学已死，唯有科技，好像现在什么项目都不能投，只能投科技项目……"

"梅老板，这是你的远见！"莘迪说。

"看、看，没来中国几天，就学会拍马屁了！"刘般若说。

大家又开心地笑，边笑边吃油条。

一会儿，厨师推着餐车出来，车上一个支架上架着一根火腿。

"啊，我最心仪的火腿登场了。"莘迪手舞足蹈起来，"这是'5J'火腿，知道吗？"

"什么是'5J'火腿？"梅金问。

"'5J'火腿是西班牙火腿著名品牌，5颗橡果的意思。详细的我说不清楚。"莘迪说。

"我说得清楚，"刘般若自告奋勇，"1879年，安达卢西亚一个叫罗梅洛的农户，在韦尔瓦省的小镇Jabugo，开了一家屠宰场，出产伊比利亚火腿，后又创办公司，推出'5J'品牌。'5J'火腿原料是纯种的伊比利亚猪，只有纯种猪，才能保证火腿细致肌肉中的脂肪，也就是'红白相间'。红色是肌肉，白色是脂肪。这种'红白相间'让火腿的味道更丰富。前腿肉和背脊肉基本上全是瘦肉，但味道就差一些了。火腿切出来后，要用湿热的盘子端来，火腿复杂的香气就会散发出来，吃的时候最好用手抓，而不是用刀和叉……"

大厨师点头含笑地切火腿，用湿热的盘子盛着递给众人。众人用手抓着吃，果然双颊生津，大快朵颐。

"老刘，你没去过西班牙，怎么懂得？"梅金问。

"我是从一本杂志上看到的。"

"老刘记性就是好，不输阿坤。"梅金赞叹。

"他记的都是歪瓜裂枣。"莘迪说。

"什么？我记的都是歪瓜裂枣？你要敢在我面前演示神经代码软件，我保证全程把它记下！"

"谅你没有这个本领。记住我的神经代码，谈何容易！"

"要不然我们打赌？"刘般若说。

"我知道你这是激将法，这只能蒙猪八戒，蒙不了我莘迪·王。"

"我们以为你是伊比利亚纯种猪。"刘般若说。

"哎呀，刘教授，你这么坏，你把我比作伊比利亚纯种猪，那你是什么？"莘迪嚷起来。

"西红柿冷汤。"侍者端一盆汤上来，报了菜名。

"我是这最后一道菜，西红柿冷汤。"刘般若指冷汤说。

"哈哈哈……"众人笑。

这是一道西班牙常见菜，以西红柿、橄榄油熬成，加入面包屑，黏黏稠稠的，喝的时候再撒上鸡蛋丁和火腿丁。

"他就是这样，黏黏稠稠的，你拿他没办法。"梅金说。

"教授成精了。"莘迪说。

"这几年风风雨雨的，他成人精了。"梅金感慨。

刘般若装作愁眉苦脸地摇头晃脑。

5

餐后到茶室喝普洱茶。刘般若对莘迪说，梅老板的茶都是天价的茶。莘迪戏谑地说，中国的树叶真值钱。刘般若说等会儿喝喝梅老板收藏的树叶你就会知道，我们专家们每次开会，不是等着要咨询费，而是等着喝梅老板的树叶。

梅老板走进茶室，叫服务员拿最好的普洱茶冲泡。刘般若和莘迪看着梅老板亲自动手：她从一罐瓷罐里小心翼翼地掏出两勺黑漆漆的茶叶，先用沸水冲洗一次，又用冲洗出的茶水冲洗6个茶杯，第二泡出茶，倒在另一个白色的杯子，她举杯子给莘迪看，那是酽浓酽浓、金色黏稠的液体，一股香醇直冲鼻脑。

梅金先给莘迪倒一杯，又给刘般若、黄永泉、刘堂燕、阿青各倒一杯，最后剩余的倒在自己杯里。梅金示意莘迪喝，莘迪慢慢啜着，然后嘶嘶地出声喝，不料一滑溜一杯全喝下去。莘迪傻眼地瞪着众人看，又要了一杯，贪婪地喝下去，接着又要了一杯。三杯下去，莘迪折服地说："怎么会有这么美妙的感觉啊，口齿留香，两颊生津，嘴巴感觉特别地丰富，很有劲，啊，我怎么肩背开始发烧，非常舒服……"

"别是吃了春药吧！"刘堂燕调侃说。

"去你的，我才不吃春药呢！"

"这普洱茶就是有这功效，喝几杯，身体就有发热的感觉，它不刺激胃，也不影响睡眠，还能帮助消化。莘迪，你喜欢，我这一罐就送你，没多少，大概就2两，你拿去。"

"你知道2两多少钱？"刘般若问。

"一片7两，100万元，你说2两多少钱？"

"天啊，这2两就是20多万元？"

"这还是宋聘号的，要是车顺号……"刘般若说。

"车顺号现在买不到，也喝不到。"梅金说。

"什么是宋聘号、车顺号？"莘迪问。

"这刘教授说得清楚，我可是说不清楚，老刘，你说给莘迪听。"梅老板说。

"咳。我又得卖嘴皮了，好在有好茶喝。"

刘般若告诉莘迪，"宋聘"和"车顺"都是普洱茶号。"宋聘"有100多年历史，"车顺"有200多年历史。当年车顺号创始人车顺来进京参加科举考试并取得贡生学位，为了报答朝廷，便进贡茶庄上好的普洱茶。由于口感特别香醇，道光皇帝赞此茶："汤清纯，味厚醇，回甘久，沁心脾，乃茗中之瑞品也。"即赐匾"瑞贡天朝"给"易武车顺号"，命车顺来每年向朝廷进贡其独家工艺精制的普洱茶。百年前的"车顺号"只剩下一桶7片，拆开后又被大家分掉喝了3片，最后市场上就剩下4片，这4片茶现在已经不是能用钱来衡量的，出多少钱都买不到。

"所以金钱不是万能的。"梅金感叹，"莘迪，就像我现在出多少钱都买不到你的神经代码一样。"

"梅老板，你真会联想。神经代码和车顺号普洱茶本质上不一样。好茶不会害人，高科技有时会走向人类的反面。"

"说得有道理……"梅金沉思，"如果我们事先预见到它的反面，并且想办法控制它呢？"

"这首先一个前提，它必须是成熟、成功的。神经代码现在不成熟，在一些方面试验证明还不是很成功，这就可能出意外。"

"如果我们一起合作，继续深化研究呢？"

"合作？可能有些难度。"

"什么难度？"

"这……"莘迪为难地支吾。

"你完全掌握了我们的春申脑图谱核心技术，这就是我们的诚意，也是合作的基础和条件，你还有什么顾虑？"

"我……"

"是不是你爷爷会反对？"

"也不是……"

"中央情报局在盯梢？"

"No."

"你说了'这''我''也不是''No'，都没有说明真正不能合作的原因。难道你没有听懂我的意思？"

"我听懂了，但你得容我考虑。"

"听懂了还考虑什么？是你爷爷不同意，还是你不同意？"

"我……"

"你以为我想无偿呀？你开个价，天价我梅金也出得起。"

"不是这个意思……"

"那是什么意思？你说……"

"别逼我，老板，"莘迪站了起来，神情矛盾焦躁，"我受不了你这样的问话方式。我现在才知道什么叫老板，对不起，我先走……"

莘迪冲出茶室，跑下楼梯，跑向大厅，跑向大门。

刘堂燕紧跟着出来。

阿青也跟着跑出去。

庭院，黑暗中，莘迪奔向停在草坪上的"白鸽"。阿青立即揿遥控器，"白鸽"门自动打开，莘迪走上舷梯，坐在座位上气急败坏地喊，回去，回去，我要回去！阿青、刘堂燕陆续上了飞机。阿青坐在驾驶座上对手机说："老板，莘迪要回去，我们是否先走？"得到肯定答复后，就发动引擎。

刘堂燕不停地安慰莘迪。

"白鸽"飞上夜空，离开别墅。

梅金、刘般若、黄永泉倚窗看着"白鸽"升空飞走。

"我们本来还想给你牵牵线……"刘般若遗憾地对黄永泉说。

"怎么样？印象一塌糊涂？"梅金说。

"不，恰恰相反，印象很好，我就是喜欢这样有个性的女子。"

"还有的是机会。"刘般若安慰地拍了拍黄永泉肩膀，"以后再说吧！"

"我还没遇见过一个敢跟我使性子的女孩子。"梅金说。

"美国女孩子都是这样。她们从小就是在开放、民主、自由的政治环境下长大的。什么权威、老板都敢藐视，不像我们这些穷酸教授，看见几块钱就摇尾乞怜，在淫威下也能生存。是不是，永泉？"

黄永泉莞尔一笑。

"你摇尾乞怜了？你在淫威下生存了？这几年是你们离不开我，我离不开你们，咱们是战略伙伴，友好合作者。下一步，你们还要在政治上支持我。"

"政治上支持，什么意思？"

"我要参加上海市市长竞选！"

"什么，参加上海市市长竞选？凭你这脾气选得上？"刘般若说。

"你看不起我？现在各地有多少代表候选人都在竞争中选上了。"

"不，不，要竞选你也不能一步登天。上海市市长，你以为花钱能竞标得到？但是，你可以从竞选浦东新区区长做起。"刘般若说。

"永泉，你看呢？"

"我同意般若的意见。"

"要做就做大的，小的我看不起。我现在条件还不错，知名度也不小。竞选上海市市长当然不是简单的儿戏，我要打一张特色的牌。"

"什么牌？"

"科技牌！"

刘般若搔腮挠头。

"我要搞出反腐倡廉的记忆器，还要搞出让世界震惊的中微子探测仪，作为竞选的撒手锏。"

"永泉，你们的中微子探测仪到什么程度了，怎么老瞒着我呀？"

"老板是怕你旁边的人知道。老板，我给你提个意见，你今天不该请我。"

"为什么？"

"今晚有外人。"

"莘迪是外人，但没有关系，她不会想到这上面去。"

"还有，你根本用不着那么急着要莘迪的神经代码……"黄永泉说。

"我急了？我没急吧。"

"你颐指气使惯了，你要改变一下你的形象。到了这个层面，你要和国际接轨。"

"永泉，你说得太对了。"

"什么……"梅金搔首弄姿，"跟国际接轨？"

"神经代码的事你还是交给般若，他有办法对付这个莘迪。"

"你听见了吗？"梅金问刘般若。

"听见了。"

"那中微子探测仪的事就交给你了，我已经向中央汇报了。"

"我知道，崇明岛和平潭岛两地根据你上次指示，已暂停试验。"

"我就是为这事叫你来。据说美国中央情报局已派人进来了，中央领导说但试无妨，让他们知道知道。"梅金说，"这些事不是我们管得了的，方向由中央把，我们听中央的。"

"般若，当初我是怕你分心，没多给你讲，反正我们是铁路警察，各管一段。"黄永泉说。

"瞒我也没什么，该瞒就得瞒。再说，你和我是同学加兄弟。"

黄永泉也是福州人，也是三坊七巷贵裔之后，是著名的宋朝理学家朱熹的女婿黄榦、字勉斋的第25世孙，他的叔叔是当今世界著名华侨企业家。

黄永泉的出名在于他参与了"捕获"中微子的这一诺贝尔奖级别的实验。21世纪初，中微子热席卷全球。即使你不知道它是什么，可能也听说过沸沸扬扬的"中微子超光速"故事。中微子真的跑得比光快？爱因斯坦错了吗？"极客"们借此创造了很多关于中微子的笑话，比如，中微子说："我回头看见上帝说'要有光'。"2012年3月8日，中国科学院高能物理研究所所长王贻芳宣布，中国大亚湾中微子实验发现了一种新的中微子振荡，并测量到其振荡概率。消息一出，在国内外高能物理学界引起强烈反响。李政道先生向高能所发来贺电，称："这是物理学上具有重要基础意义的一项重大成就！"关于中微子资料，引自2012年第13期《三联生活周刊》曹玲的《"捕获"中微子》一文。

2011年8月，大亚湾中微子实验投入运转。这个实验合作组由全球6个国家和地区的近40家科研单位约250名科研人员组成，是中美在基础科研领域规模最大的合作之一，是美国能源部在国外投资第二大的粒子物理实验项目。黄永泉就是其中一个参与者。

研究中微子有什么作用？当然它首先具有深刻的哲学意义。当宇宙大爆发发生时，根据粒子的物理规律，正反物质应该成对产生，是一样多的。可是我们现在的宇宙中，有如此多的物质，并没有发现大量的反物质存在的迹象。那么反物质哪里去了？这就是这个实验要回答的一个问题。不过，公众更关心的是他们听得懂的东西，所以不能回避。黄永泉和美国同行们制造了"中微子"神话。因为中微子几乎能穿越所碰到的任何物体，利用中微子来发送信息，能够直接穿过地球或者其他行星。原则上，可以在没有卫星或光缆时，贯穿地心来和地球另一面的人进行交流，也可以让潜艇在海洋深处潜伏时进行远距离通信，还可以和未来的月球基地进行直接通信。

黄永泉和中国学者设想，可以用中微子来给地球做CT，或者探测石油，这是解决世界能源紧迫的课题。比如，让一束中微子穿过圆形的地球，并在穿过一定距离时对它进行研究。由于石油和岩石具有不同的原子核结构，所以穿过的中微子数目将在原则上告诉我们，中微子是否穿过了一个石油矿。这是多么富有想象力的设想啊！问题是，这就需要有散裂中子源的加速器，而这个加速器是给提供中微子源用的。那时，正值刘般若从梅金处融资成功，华梅高科技集团正在上海专家学者们的关心下正式成立，黄永泉找上门来，经刘般若和专家学者们极力推荐，就在华梅高科技正式立项。先在崇明岛，后在平潭岛的战备坑道中安家落户了。黄永泉等几个科研人员离开深圳大亚湾，不但引起了同行的美国专家学者注意，也引起美国中央情报局的注意。无独有偶，利用中微子给地球做CT，无意之中，发现了中微子有超强的探隐能力，无论隐形飞机、隐形导弹还是隐形潜艇、隐形士兵，一切隐形设施，只要碰上中微子，就会面目暴露，而受探的对方却没有丝毫感觉，只能从战略、战术实际运行中分析发现，但为时已晚。这是后话，暂且不表。

6

夜色清朗，浦东横跨长兴岛、再跨崇明岛的悬索大铁桥像一条腾空的巨龙，金光闪闪，五彩纷呈。

刘般若开车送黄永泉回坑道实验室，车在山路上迂回盘旋。黄永泉望着车外的崇明夜色，脸上荡漾着甜蜜的微笑。车窗上仿佛跳荡着莘迪的倩影。

刘般若侧视他一眼，问："吃饭、喝茶时你为什么一声不吭？"

"我吭得上吗？你在不停地表演。"

"真的，我是鬼迷心窍了，我老想把话题往神经代码上引，结果没给你留下空间。"

"谁不知道你是复旦最有魅力的男人之一，该让你充分表演。你累了，才能轮到别人。"

"可惜梅老板把她气走了。"

"她太急了，不过，情有可原。"

"永泉，你总是这样善待别人，也许你的婚姻就吃亏在这里。"

"是我没碰上怦然心动的人。"

"今晚碰上了？"

"碰上了。"

"说说印象。"

"学问渊博，成就突出，才貌双全，志趣高雅，个性鲜明，活泼可爱，和这样的女子共同生活，我做牛做马都愿意。"

"呃，呃，呃，美国女孩子不会让老公做牛做马，她们讲自由、平等。"

"我知道。就是不知道她有没有意思。"

"这层窗户纸还没捅破。"

"我的底气不是很足。"

"你的底气应该很足。你现在站在世界科技前沿，你从事的研究是世人瞩目的研究，这点足以折服莘迪；你的黄氏家族是世界华人显赫家族，你的财富引人仰慕；你的留学美国背景和美国生活经历足以融入美国高层社会。你无论从哪一方面讲都是可以和莘迪匹配的。"

"老哥，我发现你最近入俗、媚俗了，你会不会太世俗了？这好像不是莘迪的趣味。"

"你就是不世俗，脑袋才进水。"

"莘迪的情况你了解吗？"

"我从我女儿那里了解得肯定比谁都多。她爷爷只许她嫁给纯粹的中国人，这点决定了她只能在华人中找自己的另一半。"

"这么说，我还是有希望的？"

"当然了，这另一半非你莫属。"

"老哥，帮帮我，我只浪漫这一次……"

"嚄，永泉，太精彩了！'我只浪漫这一次'……"

莘迪回到半岛酒店房间，就给珍妮拨电话。

"宝贝，你到哪里了？"

"亲，我们到朝鲜了，我们今晚在平壤。这里可不像中国那样高级，虽然开放了，但什么好玩的都没有。你现在在哪儿？"

"我刚才在崇明岛，现在回酒店了。梅老板今晚正式请我，虽然吃了地道的西班牙菜和特等的普洱茶，但我很不愉快……"

"怎么在崇明岛？"杰瑞插话。

"杰瑞你别插话！我气坏了，她怎么能用那种口气、那种架势对待我？我们是学术交流，是合作者，她是什么态度？居高临下，颐指气使……"

"啊，'颐指气使'你也会用了，哎呀，这个词我还没掌握，不得了，不得了……"

"你别打岔好不好?我无法忍受,我明天就要离开他们,我要回福州去,回我的故乡……"

"亲,您老人家息怒,不喜欢他们就离开他们,有什么了不起的。你说的那个闷骚的老男人会陪你吗?我发现你不提这个老男人之时,就是你生气之日。"

"别提了,他根本是站在那个丑女一边,他有什么?我为什么要倚仗他?我跟他又不是在处情人!"

"亲,这就是问题所在,看来,唯有这个老男人能慰藉你。要不要我给他打个电话,叫他马上到你的酒店房间来?"

"混蛋……"

"哈哈哈……"

七、坊巷贵裔

1

经过商量,梅金同意先让莘迪回福州完成她回国的另外两项任务。

上午10点整,刘堂燕送莘迪到半岛酒店江边停机坪,刘般若、阿坤已在"白鸽"下等候,阿青坐在驾驶座上,直升机的引擎在嗡嗡作响,准备起飞。

莘迪和刘堂燕紧紧拥抱。几天接触,两人成了形影不离的朋友,暂时的离别好像成了生离死别,两人差点没流出眼泪。

"宝贝,再见……"

"宝贝,电话、电话……"

"保证、保证……"

三人登上飞机。阿坤坐在副座上,刘般若、莘迪坐在后座。

酒店值班人员指挥"白鸽"起飞。"白鸽"离开停机坪,升上蓝天。莘迪依窗朝刘堂燕飞吻。"白鸽"腾空而起,莘迪流下惜别的眼泪。

刘般若窃笑。莘迪回头剜了他一眼:"你笑什么?"

"我连笑都不能笑?这一路陪你,我亏大了。"

"亏大了你就不要陪我。"

"可是梅老板不答应啊!"

"我不要你陪,我要堂燕陪,一个老男人,整天跟在屁股后面有什么意思。"

"呵呵,老男人没意思,还有两个年轻帅小伙子呀!"

"年轻的我不喜欢。"

"嗨,老的不喜欢,年轻的不喜欢,这次忘了找个中年的。"阿坤说。

"我看那黄教授不错,聪明敏捷,一流的人才。"阿青说。

"噢,你们想拉皮条呀?"

"嗨,拉皮条都懂,真不简单!"

"不过,那人太学究气了。"

"学究气怎么不好,刚好配你这个计算神经科学家。"

"阿坤,你不老实,我回头叫堂燕收拾你!"

"哈哈哈……"

笑声中,"白鸽"疾飞向前。

苏州河、黄浦江,大大小小的河湖港汊波光粼粼,奇异建筑鳞次栉比,跨海大桥气势如虹,铁路网络交织,动车虎啸龙吟……

莘迪被机舱下的景物深深地吸引住,她真的还是第一次这样近距离领略如此壮丽的锦绣山河。绿的山、绿的树、绿的水、蓝的天、蓝的海、白的云……

阿青聚精会神地驾驶着,阿坤和刘般若开始打起瞌睡。莘迪看着两人睡态,抿着嘴窃笑。不一会儿,她掏出手机,用英语给珍妮打电话。

"宝贝,在哪里?"

"啊,还在平壤,你呢?"

"我在去福建的飞机上，梅老板用她的私人直升机送我们。真过瘾，饱览山河秀色。"

"秀色可餐，我知道中国有这个词。"

"你几时离开平壤？"

"后天。下一站我们去天津。"

"有什么具体任务？"

"没有，杰瑞说还是玩。"

"杰瑞跟什么人联系接触也很重要，你要留神。"

"知道。"

"我已经全部掌握了华梅的春申脑图谱。这个信息你也可以用一种无意的方式透露给杰瑞。"

"为什么？"

"你按我说的做就行了，别问为什么。"

"是的，长官……"

莘迪收线，沉浸在遐想中。

"哎，太闷了……"阿坤慨叹。

"白鸽"穿云过雾，飞越关山。

"你们快看，福建到了，那就是著名的武夷山……"阿青叫了起来，乐得莘迪跳起来，依窗鸟瞰。

赤壁丹崖的武夷山在万绿丛中突兀耸立，形成了碧水丹山、冠绝天下的绝妙风光。

"莘迪，知道武夷山吗？"阿坤问。

"知道，网上去过。真想有机会去实地玩玩。"

"当然有机会，只要你有时间，随时都可以去。"

"武夷山什么地方最好玩?"

"嗬,好玩的可多了,我给你描绘描绘……"

阿坤介绍说,武夷山素有"奇秀甲东南"之称,是我国同类的丹霞地貌中山体最奇、山水结合最完美、景观最集中的自然景区。放筏九曲溪,是游武夷山最独特、最使人高兴的事。九曲溪穿流于群峰之间,形成9个大小不同的湾,河床最宽处不过百余米,最窄处仅20余米。溪水碧绿清澈,萦回九曲。"曲曲山回转,峰峰水抱流",两岸峰峦倒映,每曲各有异境。武夷宫到晴川为一曲,浴香潭以北为二曲,雷磕上下为三曲,卧龙潭至古锥滩为四曲,平林渡为五曲,老鸦滩为六曲,獭控滩为七曲,芙蓉滩东西为八曲,过浅滩为九曲……

"阿坤,你这样介绍谁记得住?"阿青说。

"哎呀呀,你这从网上下载的介绍我不爱听。"莘迪嚷嚷起来。

"对,那我讲讲武夷山最美妙最浪漫的爱情故事,玉女和大王的故事。"阿坤说。

"我怕最美丽最浪漫的爱情故事从你嘴里说出来就味同嚼蜡。"莘迪说。

阿坤继续说。传说天上的玉女喜爱人间的美景,来到武夷山,而和玉女相恋的大王也紧跟着她来到凡间。大王和玉女留恋人间生活,矢志不回天庭,自由相爱到底。此事激怒玉皇大帝,他下令把两人点化为石峰,这就是玉女峰和大王峰的由来。玉女和大王化为石峰,只能借溪水为镜,借影见面。

"我听说还有另外的版本,跟你讲的不一样。"

"版本多着呢,我可以再说几个。"

"你以为我是情窦初开的少女,爱听浪漫爱情故事?"

"喂,我们都以为你还是涉世未深的小女孩呀!"

"好呀,阿坤,你敢讥笑老娘?"

"嘀,才30岁,就老娘?"

"人家莘迪要玩深沉的。我介绍点武夷山的文化底蕴。"刘般若说。

"这还差不多。"莘迪说。

刘般若介绍说,武夷山是三教名山,自秦汉以来,武夷山就为羽流禅家栖息之地,留下不少宫观、道院和庵堂故址。武夷山还曾是儒家学者倡道讲学之地,陈朝颐野首创武夷讲学之风。宋朝学者杨时、胡安国和朱熹等都先后在此聚徒讲学。清朝康熙二十六年(1687年),康熙帝御书"学达性天"颂赐宋儒朱熹,匾额悬挂于朱熹亲手创建的武夷精舍,故后人称武夷山为"三朝理学驻足之薮"。至今山间还保存着宋代全国六大名观之一的武夷宫、武夷精舍、遇林亭古窑址、元代皇家御茶园、明末清初农民起义军山寨以及400多处历代名人摩崖石刻等文物古迹,为研究武夷山古代文化提供了珍贵的资料。武夷山除了山水之秀外,还是儒教、佛教、道教荟萃之地。这就是它独特的地方。

"说到宗教,我还有点兴趣。刘教授,这三种教,你信什么教?"

"我?我还真一个教都不信。"

"阿坤、阿青呢?"

"我是无神论者。"阿青说。

"我是金钱拜物教,嘻嘻……"阿坤说。

"你们真的什么都不信?"

"我小叔叔不是说了,'哲学已死、唯有科技'?"

"莘迪,宏观之大、微观之小,想想我们一个个人,在宇宙中有多大地位?想那些事干吗呀!"

"何不及时行乐?"莘迪故意挑逗地看刘般若。

"行什么乐？"

"你以为我不知道呀？堂燕什么都对我说了。你们这些臭男人！"

刘般若好像被抓住什么短处，立即脸红起来，满面羞涩。

"呵呵，奔六的人也会脸红？"

"这堂燕……"

"老爸的短也能揭，哈哈哈……"

"什么？什么？透露，透露……"阿青、阿坤盯着问。

"去、去、去……"刘般若无地自容地看窗外，"福州到了、福州到了！"

莘迪立即倚窗眺望。蓝天下，白浪舒卷、鸥鹭飞翔、林木扶疏、碧水蜿蜒之处正是东南明珠——福州。莘迪和爷爷魂牵梦绕的故乡到了。

2

这是一个新福州，刘般若向莘迪介绍。

原来的福州城以鼓楼、台江为中心，基本在二环路以内，随着金山新区的开发，福州城市向闽江、乌龙江发展，马尾新城是福州东扩南进、沿江向海的主攻方向和新区拓展的重要载体，福州城市发展这十多年，已从闽江时代向乌龙江时代，再向滨海时代迈进。

"阿青，你转一转……"

"白鸽"在马尾新城上空盘旋。总面积约800多平方公里的、跨越闽江口"三江六岸"的区域，是马尾新城的核心区、先行区、示范区，包括马尾快安、马江、亭江、琅岐、仓山城门、盖山，长乐营前、潭头、文岭、梅花、湖南、金峰，连江琯头等。马尾新城由三个组团构成，即"三江口组团""闽江口组团""闽江、乌龙江、马江生态廊道"。400米的摩天大楼海西塔是新城的标志。

"白鸽"绕着海西塔盘旋。

莘迪目瞪口呆地看着。她不是因没见过而新奇,而是由衷地感动,她的家乡故园,居然这么超前、繁荣和时尚,作为她的儿女子孙,她怎能不感动呢?

"什么概念知道吗?"刘般若指着"白鸽"下的新城对莘迪说,"这是福州的陆家嘴,福建的浦东!"

"我们住这儿吗?"

"不,我们不住新城,我们住旧城,在那里你才可以思古怀故。"

"白鸽"飞过新城,进入旧城上空。

这是绿的城,纵横交错的环形路和矩形路都被浓荫遮盖着;

这是花的城,所有的高楼大厦和错落的建筑物都被各式各样、争奇斗艳的花团簇拥着;

这是画的城,所有朝天的屋顶上,能绘画的地方,都绘上色彩斑斓的现代派、抽象派的画;

山在城中,城在水中,缠绕着幽深的小巷曲折的河,河上漂荡着装饰浓艳的船……

"那是福船,福州特有的船,就像威尼斯特有的贡多拉。"刘般若指着窗外说。

"白鸽"在城市中央广场上空盘旋了几圈,然后在香格里拉饭店的楼顶停机坪上缓缓地降落。饭店的服务生正举着小旗子做着动作指挥着阿青。

直升机停稳,舱门徐启,阿坤首先下机,莘迪、刘般若跟着下,阿青最后下来。炎热的风吹来,莘迪兴奋地转着圈子,举着手摇摆着。

"啊,热风、热风,热风那个吹……"莘迪情不自禁地哼起《白毛女》

曲调。当她的目光触及远处于山下耸立的巨大的毛泽东主席的塑像时，意外地说："啊，毛泽东，毛主席的塑像还在啊……"

刘般若、阿青、阿坤微笑地点头。

"越过广场，那边是于山、乌山、白塔、乌塔，那边是南街和南后街，三坊七巷就在那里……"刘般若指着远处说。

一楼大厅，客人进进出出。阿坤在总台办理手续，刘般若陪莘迪转悠，阿青对着手机讲话。

莘迪的目光骤然地集中在来往穿梭的少妇、少女们身上。她们一个个明眸皓齿、冰清玉洁，像一朵朵摇曳多姿的白玉兰、茉莉花。莘迪双眼放光，目不暇接，恍如遇见天堂仙女，惊骇呆愕。

莘迪的目光从少女少妇的脸上、胸上掠过，最后停留在她们的双腿上。她看了看自己穿牛仔短裤裸露的双腿，虽然白净，但那布满青筋的皮肤已失去了福州女孩们那种润滑细腻的光泽，她艳羡无比地朝刘般若感叹："福州女孩子真美，尤其她们的腿……"

"那有什么奇怪，自古就是如此。郁达夫先生描绘过福州女人，广颡深眼，鼻子上颧骨高突，两颊深陷成窝，下颔部也稍尖凸向前。这一种面相，生在男人身上，倒也不觉得特别；但一生在女人身上，高突部为嫩白的皮肉所调和，看起来却个个都是线条刻画分明，像是希腊古代的雕塑人形了。"

"看来，你把郁达夫先生的小说背得很熟，你一定很喜欢他写的女人吧！"

刘般若的手机响起，他离开莘迪几步接电话。莘迪依然意兴浓厚地观察福州女人的美腿。

"我们刚到，正办入住手续。"

"市长晚上没空,就我代东了,接风宴就安排在香格里拉。"

"市长没空就算了,就让怀庆他们贵裔会做东,你作陪,市长以后再安排。这女孩对中国情况很熟悉,你说市长没空,她会认为是推托之辞。"

"我可不是坊巷贵裔啊!"市长助理董玉照说。

"你是市长助理。"

"怎么了?"莘迪走过来问。

"晚上,贵裔会请吃饭,给你接风。"

"市长不请我了?"

"市长助理作陪。"

"市长又没空?"

"市长又没请你吃饭!"

"本来市长是有空的,现在因为有重要的事,不能出席,就改为贵裔会做东,市长助理作陪,是不是?"莘迪调皮地看着刘般若。

"不幸被你言中,我们的莘迪,越来越难以对付,今后我们要处处小心。"

"去你的!"

3

莘迪住的是 1818 房间,这在中国是一个吉利的数字,她知道,她这次出来,华梅集团是给她贵宾礼遇,所以做什么事都宠着她、哄着她。透过巨大的落地窗,可以俯瞰福州旧城,这座山在城中、城在水中的有 2000 多年历史的城市。

莘迪 2010 年参观上海世博会时来过福州一趟,跟着旅行团来,时间 3 天,来去匆匆。那时只是好奇,想看看爷爷的故乡到底是什么样的。那时,三坊七巷还没有完全修复好，她只走马观花地走一走。回美国后，她也无法详细地向爷爷讲述她的印象，她决定以后有机会再来。没想到，机会要在12年后才来，她决定这次要好好地了解一下爷爷的家乡，顺便完成她的使命。

"叮当……"门铃响，莘迪开门。门口出现刘般若和另外一个50多岁男人，披着长发，穿着中式对襟长袖白色绸衬衫、蓝色绸长裤，留着小胡须，脸庞消瘦，皮肤红润，精神矍铄，目光炯炯，长相有点怪。

"这是我的同学，葛怀庆，艺术家、国家一级工艺美术大师。"刘般若介绍。

"你好。"

"你好。"

莘迪和葛怀庆互相问好。莘迪觉得葛怀庆在看她时，目光在跳跃。

"请进吧！"

"不，不进了。"刘般若说，"晚上葛大师的贵裔会请我们，三坊七巷离这儿不远，我们走路去，边散步边看看……"

"好的。"莘迪返身拿了自己的坤包，随两人下楼。

阿青、阿坤已在大厅等候，5人走出大厅，穿过马路，就到了五一广场。

夏日黄昏，热风还在吹拂，已有许多男女老少市民和游客在广场上悠然地乘凉散步。莘迪的目光还是留恋在那些少女少妇的美腿上，她今晚第一件要告诉珍妮的事是"福州美腿"，福州是她看到过女人腿最美的地方。她指着广场上少女少妇的大腿，对刘般若悄声说："福州出美腿。"

"什么？福州出火腿？"刘般若故意装聋重复了一句。

"去你的！"

"嘻嘻……"

广场南侧是设计成扬帆出海的船型的大剧院，以示福州是中国海洋文化发源地之一。广场的北侧是于山堂，毛泽东主席雕像耸立在于山堂前，伸手远指，似乎是舵手引航。莘迪和大剧院来回对比着看，觉得意蕴深沉。她问刘般若："这不就是大海航行靠舵手吗？"

"莘迪，你真有想象力。按说这不是同时期设计的建筑物，一个在'十年动乱'中，一个在改革开放年代。但这也不是巧合，设计师肯定有意味的。在中国绝大多数人心目中，老人家是革命的舵手。早先是带着中国人民驾着小木船，穿过激流险滩，取得革命胜利，后来是开着巨轮、航母出海远航……你说舵手有时有错误，但他毕竟是舵手呀！"

莘迪肃穆地看着毛泽东雕像，又看着扬帆挺立的大剧院，仿佛耳边响起船的汽笛。

他们在五一广场流连了好一会儿才向南后街走去。一路上他们边观赏于山、乌山、白塔、乌塔，边指手画脚地议论。

一路上随着阵阵的热风，传来一股又一股扑鼻的花香。街道两旁、商铺里外、住宅前后都摆着各式各样的花，其中最多的是茉莉花。茉莉花是福州的市花，是闻名于世的茉莉花茶的重要原料。这样到处洋溢着花香的城市，莘迪还真没有游历过。

三坊七巷位于南后街两侧。刘般若说，介绍三坊七巷非葛怀庆莫属。葛怀庆说："自然、自然，我要尽地主之谊……"

葛怀庆说，三坊七巷是福州的名片。三坊七巷自晋代发轫，唐五代形成，两宋发展，明清鼎盛，以至于今。虽然时代更迭，文明进步，条件不同，但"城里幽巷，深宅大院"的总体格局并未改变，古坊巷、古建筑的风貌直至民国后期仍基本得以传续。据统计，新中国成立初期，三坊七巷内的明清的古民居不下500座。20世纪50年代是个转折，由于部分房产的没收、改造，使用权益和功能的变更，曾不同程度地出现堵、截、拆、建。也有的因闲置不用、年久失修而自然坍塌。"十年动乱"是一场大劫难。在破"四旧"中，大批园林、亭台、花厅被拆毁，无数的镏金牌匾、楹联、精巧木石花饰被破坏，成千上万的书籍、文物被摧残。"十年动乱"后期又因大量拆迁户涌进深宅大院，日甚一日地人满为患，不少大厅被分割，天井中花架被除，鱼缸被毁，甚至砌起挡墙，隔为厨房、浴室，还有的后厅搭上阁楼，披榭改为砖混结构，如此等等，不一而足。至此，三坊七巷已非昔日可比。20世纪80年代以后，房地产大潮兴起，旧城改造成风，三坊七巷一度面临艰难的抉择……

"这在美国是不可想象的，政府呢，政府干什么去了？"莘迪说。

紧要关头，省、市各界人士尤其文史界发出强烈呼吁，引起省、市政府重视。经过3年艰苦工作，2005年12月，省、市政府下决心收回三坊七巷的土地使用权。2006年5月，三坊七巷等建筑群经国务院公布为第六批全国重点文物保护单位。三坊七巷，经"十一五""十二五"两个五年计划投重金保护修复，成为"中国历史文化名街"，入选全国"十大名街"之首。三坊七巷能够保留这么大片的文化街区，保存这么多古建筑，涌现出这么多的历史名人，蕴藏这么丰富的历史积淀，全国文史界专家普遍认同三坊七巷的价值和全国唯一性。三坊七巷是福州的骄傲，福州人的自豪。

"大师，我从你的介绍中知道了为什么三坊七巷是福州的名片。"莘迪说。

"俗话说，不看不知道，一看吓一跳，这次你仔细看看，你就知道什么叫历史的积淀。"刘般若说。

"你是不是还想说，美国历史太短了，我们先人建三坊七巷时，他们国家还没成立？"

"我可没说，是你自己说的。"

"你这次回来，市里很重视，可能市长还会接见你。"葛怀庆说。

"为什么？"

"你爷爷不是还提出你们王家在三坊七巷曾经有过旧厝吗？"

"嗯……"

"市长下令调查了。"

"看来，你们为我回福州作了准备。"

"岂止准备，而是作了充分准备，这回你回来可要风光了。"

"要那样我不去了，真的，我不喜欢惊动地方政府，更不喜欢和中国官员接触，中国干什么都要让领导出面，好像领导不出来就不够意思似的。"

"梅老板跟这里的领导很熟悉，她打过招呼了。"

"梅老板好像神通广大，无处不在，无时不有。"

说话间，他们来到黄巷贵裔会馆。

4

贵裔会馆原是黄巷客栈，承包期满后葛怀庆向三坊七巷管委会签订了长期租赁合同，作为贵裔会办公活动场所。这里原是著名的清朝船政大臣沈葆桢女婿、长乐籍解元陈君耀的故居，总占地面积约4700平方米。主座前后共四进，四面围墙，坐北朝南。一进厅堂，面阔五间，进深七柱，同样是穿斗式木构架。过覆龟亭为三进、四进和五进，结构与二进基本相同，五进之后是一个后花园，供人看花观鱼赏月。葛怀庆带着5人走过一进又一进，边看边介绍，莘迪不住地啧啧称道，她的确没有见过如此恢宏、考究、典雅的古民居。她一边看，一边说她要搬过来住。刘般若说，你是国际友人，要考虑你的安全。莘迪说，什么国际友人，我是福州人。说得大家呵呵地乐。莘迪见大家笑，就顺竿爬地说，她还会两句福州话。大家叫她说，她故意咳了咳，吞下一口口水，结结巴巴地说："那毛两下，敢到乡下？"众人鼓掌叫好，逗得莘迪高兴地团团转。

晚宴摆在二进大厅。古朴的柚木圆桌围着一圈古朴的椅子，两边的太师椅上已经坐着几个中年人和年轻人。当5人参观完走进大厅时，等候的人立即站起来欢迎。大家的目光都集中在莘迪身上，露着惊讶和艳羡的表情，窃窃私语。

"真漂亮……"

"无论是相貌、身材还是肤色、气质都无与伦比……"

"天生尤物……"

"你们自我介绍吧！"葛怀庆说。

中年人和年轻人自我介绍，莘迪一一和他们握手，她记不住他们说的名字，只觉得一些事件十分熟悉。

免贵姓林，戊戌六君子林旭之后，故居郎官巷；

免贵也姓林，黄花岗烈士，"少年不望万户侯"的林觉民之后，故居杨桥巷；

免贵姓严，《天演论》翻译者、北大第一位校长严复之后，故居郎官巷；

免贵姓刘，福州"电光刘"之后，故居宫巷。

刘般若朝那个姓刘的小伙子点点头，他们是一个家族的。

免贵姓沈，清朝船政大臣沈葆桢之后，故居宫巷；

免贵姓郑，满洲国伪总理郑孝胥之后，故居衣锦坊。

"汉奸？"莘迪问刘般若。

刘般若做了个鬼脸，大家都笑。

免贵姓陈，陈若霖斩皇子、御赐"六子科甲"、末代皇帝溥仪"帝师"陈宝琛之陈家之后，故居文儒坊；

免贵姓郭，"五子登科"郭柏荫之后，故居黄巷；

免贵姓甘，清朝台湾总兵甘国宝之后，故居文儒坊；

免贵姓黄，朱熹女婿、著名理学家黄榦黄勉斋之后，故居黄巷。

刘般若悄声告诉莘迪，上海见到的黄永泉也是黄榦黄勉斋之后，也住三坊七巷。

免贵姓谢，谢冰心家族之后，故居杨桥巷。

最后轮到葛怀庆，他自我介绍说他祖上是三坊七巷最久远的商家，故居黄巷。他的祖先不是汉人，而是古麻剌朗国的国王斡剌义亦敦奔。这个国家已经不存在了，但在明朝以前，它却是存在的，具体地点是菲律宾棉兰老岛，差不多是600年前的事。葛怀庆说，严格意义上讲，他是外国人入了中国籍。

"怪不得你的样子有点怪怪的。"莘迪冲口而出，引得大家戏谑地笑着。莘迪转向刘般若，意思是轮到他了。

刘般若介绍说，自己就是"电光刘"家族，林则徐长女许配给先祖刘齐衔为妻，所以跟林则徐的家族还有点亲戚。他老婆林丽芳就是林氏家族的人。刘家是"一胞两进士"，1841年刘齐衔和哥哥刘齐衢一道考中进士。不过，让人羡慕的不是这兄弟俩，而是他们的后人，从刘齐衔孙辈开始，几乎全部漂洋过海去日本、美国、德国留学。之后回国，在福州、上海创办过糖厂、铁工厂、玻璃厂、制冰厂、油厂、锯木厂、煤矿、轮船公司、钱庄、典当行、电气公司、电话公司等。刘家电气公司的电灯把全福州城照亮，所以福州人就称他们为"电光刘"。

莘迪不由地对这些名士之后刮目相看，肃然起敬。她突然明白他们为什么会意气相投，相聚在一起，因为他们体内有先祖的血脉、贵族的精神传统和历史的积淀。

酒宴上的是"八闽全席"，据说是福建最有特色的菜，喝的是有点甜的青红酒，是著名的福州美酒。莘迪对菜肴和美酒不感兴趣，她倒是一直问有关贵裔会的情况，问什么人可以加入贵裔会，加入贵裔会有什么权利和义务。刘般若边吃边对她说，加入贵裔会有两个重要条件，一必须是三坊七巷的贵裔后代，二必须有一定的经济收入。这些多是坊巷的二代、三代，他们现在都很富有，有的是因为自己的故居被国家收购，获得巨额赔偿而发了祖宗财，有的则因为自己从事的行业而发了财。他们中有房地产开发商、网络运营商、物流运营商、证券商、收藏家、律师、书法家、作家、医生、教授等等，都是中国的中产阶级了。

"那我可以加入贵裔会吗？你们这里好像还没有一个女会员。"

"哎，怀庆，"刘般若说，"莘迪问她能不能加入贵裔会，说你们这里好像没有女会员。"

"嗯，也真是……"葛怀庆思考着问众人，"我看可以吧？"

"当然可以！"众人兴奋地回答。

"这样，"葛怀庆站起来说，"既然莘迪提出来了，我们今晚就借酒为证，吸收莘迪加入我们三坊七巷贵裔会，成为我们第一个女会员。"

"干杯！"

觥筹交错，莘迪正式加入贵裔会。

"那我有什么义务和权利？"莘迪问。

"义务吗，交点会费就可以，不交也可以。"

"呃呃呃，我一定要交。"

"权利嘛，你可以随时来会馆玩、吃、住、交朋友，还可以办讲座、讲学，宣传普及科普知识……"

"那是不是不问政治，不关心国家大事？"

"那也不是，改革开放就是我们的政治。"

"哈哈哈……"葛怀庆说着，大家鼓掌大笑。

"那我明天就搬过来住，这里真好，典雅古朴，又有后花园，多有情趣啊……"

"这里有温泉，每个客房都有泡温泉的池。"葛怀庆补充介绍。

刘般若站起来走出去接一个电话，是董玉照打来的，他说临时有一个接待任务不能来了，转告一下莘迪。刘般若说，不要转告，免得又被莘迪当笑话说。董玉照说也好，明晚他在安泰楼请莘迪吃饭，但不要请葛怀庆，他不喜欢和他在一起。刘般若说知道了。他始终猜不透为什么两人的纠结几年都解不开，尽管他们都是同一中学毕业的同学。

晚餐结束后，贵裔会的成员陆续与莘迪道别走了，只有两三个人留下来继续陪莘迪他们。葛怀庆把众人引向一间厢房，说要喝茶闻香。这是一间布置得古色古香，木桌上放着几具香炉的雅室，四面遮盖严密，空调放着幽幽冷气。葛怀庆说你们喝过梅老板的茶，我就不敢拿茶了，但这闻香，恐怕梅老板没这个的行头。他一拍掌，一个打扮成民国初期丫头模样的小姑娘就进来，众人落座，小姑娘关上门，从一个长约8寸的木质盆中取出一块三四寸长、乳白带黄的木头。

"这是越南沉香木，现在是一两千金。"葛怀庆介绍说，"沉香价格，10年飙涨40倍，被称为森林黑金，'木中钻石'，其中上好的绿奇楠1克将近2万元。"

小姑娘用刀小心地在木块上刻取了几片，放进一具闻香炉内，之前炉内已经铺满了用松针和宣纸烧成的香灰，埋入一小块点燃的木炭。小姑娘夹了香料盖在炭上。葛怀庆拿起香炉教莘迪闻香。他以右手紧握香炉的颈，左手虚握成蒙古包状，盖住香炉口大半，移至莘迪鼻下，让她深深吸入。一股越南沉香独有的幽然的气味散开来，葛怀庆让莘迪一吸，再吸，闭目凝神，脸向左侧，再将鼻腔内已混浊的余气排出。葛怀庆说，香炉内只有香气散出而看不见一丝烟雾，若有烟雾不能算一炉好香。一炉香闻毕，再换上另一炉。莘迪是有生以来第一次如此闻香，她只觉得魂飞魄散，好像进入天国。

刘般若、阿青、阿坤都是第一次见识，也吸得如醉如痴。

闻香后，葛怀庆提议坐福船游安泰河。

福州是福船的发祥地。福船全用木头制造，纯手工动力，全靠人工划桨前行，不让汽油污染内河水。福船大小分三四档，有能载客五六人的、七八人的、十多人的、20人的。船上设有茶座，划船的是男性，服务导游的是女性，俚称"船娘"。"船娘"着重介绍福州的城市发展历史和三坊七巷文化历史。安泰河长2.5公里，在唐代是福州的护城河，到元明清后就成为内河，西起白马路西关小闸，东至琼东河。安泰河有"小秦淮河"之称，福州许多历史典故和商业文化都与安泰河有关。莘迪没去过南京，没游过秦淮河，她也想领略一下朱自清描绘的意韵，就半醉半晕地跟着众人出了贵裔会馆，到西关小闸登船，看了"驿桥故影""烟雨空濛""河畔笙歌""榕荫伴水"4个景观。回到香格里拉，推开自己的房门，一日劳累，连澡都不洗，一躺在床上就呼呼入睡，也忘了给爷爷、珍妮打电话了。

5

第二天早餐后，由于莘迪的坚持，4人只好在香格里拉退房，入住贵裔会馆。他们4人就住在二进大厅和三进大厅边前后4个房间。每个房间都是中式布置，八仙桌、梳妆台、茶几、宁波床，就是多了现代化的洗手间。每个洗手间后面还有一间专门泡温泉的池。莘迪对这样的房间很满意，这也是她从没住过的古民居。她一进屋，就躺在宁波床上的硬木板上打了几个滚，连着说地道、地道……葛怀庆介绍，福州2012年被国家授予中国温泉之都城市，全市五区八县市有20多个温泉旅游景点。福州温泉被称为"龙脉温泉"，开发利用历史悠久，至今已有1700多年历史，十多年前莘迪来福州作短暂旅游时就知道，但没有泡过。莘迪心想，这次来福州虽然是夏季，但房间开着空调，整个身子泡在温泉里，再倒一杯威士忌，多惬意啊！

刚安顿好，莘迪就嚷着要去参观南后街和三坊七巷，她特别交代要到衣锦坊看那块属于她爷爷家的故厝宅基地。

走出贵裔会馆不到几十米，就是著名的连接起三坊七巷的福州南后街。昨天经过，莘迪没仔细看。葛怀庆介绍说，南后街全长640米，原是宽不过9米的石板街，1928年拓宽至12米，成为混凝土路面。南后街上北有总督府，南有侯官县衙署，从北到南，像鱼骨状把三坊七巷连接起来。东边是杨桥巷、塔巷、黄巷、安民巷、宫巷、吉庇巷，西边分别是衣锦坊、文儒坊、光禄坊。历史上，这里数百平方米，民居稠密，市肆繁荣，附近多是达官贵人聚居的宅院，官眷、缙绅、名士、巨商麇集，形成繁华的古商业文化中心。20世纪30年代以前，南后街十分热闹。从南北京果、绸缎布匹、糕饼线面到柴米油盐酱醋茶，应有尽有。但最出名的是充满文化韵味的店铺和体现民俗文化的街居。清朝王国瑞诗："正阳门外琉璃厂，衣锦坊前南后街。"陈少香诗："隔巷帘栊横笛夜，后街风月买灯天。"都写了当时的实景。民国时期的南后街，在现代作家郁达夫、王西彦的笔下，还是古旧书店和印书作坊密集的市街。

"难怪梅老板也想到这里凑凑热闹。"刘般若说。

"她要的地就在对面。"葛怀庆说。

"我要去看看!"莘迪说。

"等等,我们一会儿再转过去。"刘般若说。

刚10点,南后街上已是人流如织,闹市喧嚣。自从福州市修复建设好三坊七巷之后,这里成了来福州旅游的人的必到之处。葛怀庆说,这条南后街修得不伦不类,古不像古、新不像新、洋不像洋、中不像中。莘迪说,这好呀,这叫四不像,而要做到四不像,还不容易呢!刘般若说,还是莘迪有想象力,我们这些人怎么都不会想象呢?莘迪说,你是夸我还是损我?刘般若说,又夸又损。气得莘迪直捶他胳膊。葛怀庆有些妒意地看着,但立即又开始讲解。葛怀庆说,南后街修得有人诟病,但三坊七巷的古民居一点也没破坏,它如同静谧的处子,依然不喜不悲地矗立在榕城中心。徜徉其中,人们会不自觉地慢慢放缓脚步,感受那份慵懒、闲适和宁静自守的惬意。三坊七巷面积44万平方米,虽比不过故宫的72万平方米,却是一个完整的晚清历史的缩影版。这是中国东南现存最大的古民居街区,被誉为"明清古建筑的博物馆",现保存近160座明清、民国时期的历史建筑,承袭了唐代遗风,张扬了明清古训。三坊七巷正是福州这座千年古城和文化的精髓所在。

"来吧,跟随着我,一起走进时光隧道,触摸这个城市的灵魂吧……"葛怀庆突然诗人了起来。

莘迪说,葛怀庆的解说比阿坤强多了,阿坤只会背诵,没有感情。阿坤说,我只是从网上抄袭的,没有亲历过。刘般若说,葛怀庆是历史系毕业的,有功底呀。

"看来，人必须有底蕴。"莘迪说。

"喜欢他吗？"刘般若问。

"喜欢……"莘迪说着紧靠着葛怀庆听他讲解。

刘般若觉得胸口像塞进一块麻布，乱麻麻的。

他们穿过南后街，走进衣锦坊。"咔嚓"一声，莘迪已把坊口的坊名石碑拍下。

葛怀庆对莘迪说，衣锦坊，旧名通湖巷，宋宝和间称棣锦坊，南宋改衣锦坊，一直沿用至今。宋淳熙《三山志》载："棣锦坊，旧通湖巷，以二陆皆知乡郡，改今名。"明弘治《八闽通志》曰："衣锦坊，旧通湖巷口。初以陆蕴并弟陆藻知乡郡，名棣锦……"

"哎呀呀，"刘般若打断葛怀庆解说，"你也不看给谁解说，我这中国人都受不了，人家美国人怎么办？"

"哎呀呀，我是中国人，身上流着中国血……"莘迪反唇相讥。

"对中国人也不能这样解说，除非考古学家。我说，我们还是直奔主题，他们王家那块地在哪里。"刘般若说。

"你别急呀！"葛怀庆说，"南宋淳熙间，王益祥改江东提刑，居其内，改今名。这不来了，南宋王益祥就是莘迪·王的先祖。"

"啊……"莘迪叹为观止，"这么说我开始走向先祖？我也是贵裔之后？"

"当然，当然，你现在是我们贵裔会会员，怎么不是？"葛怀庆恭维说。

明洪武二十一年（1388年），其宅为镇守帅臣所夺，创中卫仓，后毁于火。天顺元年（1457年），益祥裔孙王佐参政疏于朝，进行修复。元韩淮《咏王益祥监察御史诰》诗曰："绣衣人去诰犹存，历代珍藏付子孙。为问王家堂上燕，几回冠盖过高门？"

"哎呀呀，怎么把燕子也卷进来了？"莘迪问。

"这回王家堂上燕是你了。"刘般若说。

"但是，这王益祥宅院旧址，几经传继，现在已经属于别姓，已有业主了，你爷爷所说的旧宅大院肯定不是这里，可能你记错了。"葛怀庆说。

"这不可能，我爷爷小时候的记忆是十分清晰的，我用神经代码破译了他的记忆图像……哦……我怎么？"莘迪急忙捂嘴，"不过，那是极不准确的图像……"

"你这是自己打自己嘴。"刘般若用手指戳她，"你不是说神经代码不成熟？"

"就是不成熟嘛……"莘迪掩饰。

"不老实……"刘般若表示不满。

"真的……真的……"莘迪拉着刘般若的胳膊求谅解。

"但是，王家大院旧址的另一侧则有一块空地，就是所谓A6地块。这地块一直找不到业主，文史资料一时也找不出有过记载。"葛怀庆说。

"啊，那看看A6地块，说不定就是它！"莘迪说。

"哪能那么轻易下结论，这要有证明的。"刘般若说。

"当然会有证明的，我爷爷说，那门前有两株大榕树，一边一株，像两把大雨伞，遮盖着大门口。走，快走，看看去……"

莘迪向西快跑着，果然，快到坊子口通湖路边时，有两株大榕树掩盖着一块空宅地。宅地用旧木料钉成的栅栏围绕着，堆着残砖断瓦和石柱。莘迪用相机前后左右"咔嚓咔嚓"拍摄，仿佛要把这块空间一下子吞食进肚子。阿坤跑前跑后帮她取景、定位。

"A6地块，无主宅地……"刘般若慨叹着，葛怀庆接他话茬："坏就坏在无主，争抢的人太多了，抢的是这块金牌，衣锦坊……"

"真不知道现在有钱人是怎么想的。"

"锦衣夜行没人看,在衣锦坊盖个豪宅,就有人看,你有钱了也会这么做。"

"我要有梅老板那么多钱,我要办一个全福州最好的中学,像伊顿公学那样的贵族学校,超过福一中、福三中、师大附中。你想想,当初没有进过一中、三中、师大附中,我们能考上大学,能有今天吗?"

"说的也是。"

刘般若手机铃响,一看是董玉照打来的。"你好,领导。"

"妈的,跟我来这套!怎么了,搬走了?"

"改住贵裔会馆。"

"怎么住那个地方?"

"挺好的,有福州特色。"

"你们这些坊巷子弟,就是坊巷情结,住金源、香格里拉、希尔顿不好?"

"呃,人家美国佬就喜欢古旧的。"

"这样,市长晚上去贵裔会看你们,反正,他也是你们三坊七巷贵裔之后。"

"好的。要叫怀庆吗?"刘般若看葛怀庆。

"不用,就你们4个。"

"好的。"刘般若关机。

"这小子最近对我越来越有看法。"葛怀庆指着刘般若的手机说。

"我看不出来。"刘般若故意装糊涂。

"嗨,还不是他行贿的事,怪我没帮他的忙。他怪我没帮他,我还怪他没帮我,让我坐了3年牢。"

"这结怎么老打不开?"

"他不是我们这些贵裔之后,当然打不开!"

"这有关系吗?"

"当然有关系。"

上午还有点时间,征求莘迪去哪儿,莘迪说看看刘家大院,想知道教授过去的家是什么样子。刘般若说,严格意义上讲那不是我的家,那只是我们刘氏的先祖家。后人四处谋生,我爷爷、父亲留给我的家在上海。那座坐北朝南的双开间的老式两层石库门楼房,上海市政府要是收购的话,我立马就成为千万富翁。

5人朝南边的光禄坊走去。

刘家大院位于光禄坊中段北侧,自西而东4座并列,总面积4532平方米,是福州规模最大的一处宅院。正门牌匾上3个字就吸引了不少游客的纷猜。刘般若都说不清道不明。葛怀庆说,"䉵均尻"这3个字是林则徐题给自己的大女婿刘齐衔的。"䉵"在这里读 pī,字意和字典中的解释都不一样,是特别指三坊七巷的"三坊";"均"不是平均的意思,而是通假字,通"韵",意思是诗词赋;"尻"是"居"字的异体字,就是居住的意思。这3个字读作 pī yùn jū,就是指在三坊七巷内诗词歌赋的居住地。以前刘家大院就叫"䉵均尻"。

莘迪跨进刘家大院。

初入刘宅,你不会马上感觉到这座宅院的气势。第一进天井的围墙只有三坊七巷一些"小户"院落般高矮。但随着你步步深入,一进、二进、三进……脚下的基座不知不觉越抬越高,里面建筑的气势也越来越宏伟。当你走到"志在楼"时,气势达到了顶峰。如此高大的阁楼在三坊七巷所有高门大户的宅院中也是绝对罕见。刘宅内不仅基座越打越高,门槛也是越竖越高，三坊七巷最高的一条门槛就在其中，这样的布局象征"步步高升"。

"刘教授，看来你的晚景肯定不错，步步高升，志在必得。"莘迪揶揄地说。

"步步高升谈不上，这次的事没办好，梅老板肯定要贬我到底；志在必得倒是想过，就怕莘迪小姐不支持。"刘般若说。

"肯定能得到莘迪小姐的支持。"葛怀庆说。

"别拍我马屁，美国人是不吃这一套的。"莘迪剜了葛怀庆一眼。

"嘀，一会儿是中国人，一会儿是美国人，看来，我们莘迪同志的国籍还没弄清楚。"刘般若说。

"什么同志同志，我不是同性恋！"

"哈哈哈……"

刘宅内还有不少隐蔽狭窄的暗道，比如一楼东西厢房两侧的两条小过道，夹在高耸的院墙间，幽深阴暗，最窄处仅容一人通过，长10多米。"志在楼"阁楼上的大堂两侧也有类似的暗道，找到暗门方可进入，若不仔细留心，很难发现。除了暗道，刘宅的厢房内还有暗格，一块块看似普通的木地板，其中有不少是暗格的盖子，掀开来，里面可以储存物品。

参观完刘家大院，莘迪说，现在我才知道什么叫封建社会，为什么封建的意识在中国人身上会烙下那么深的烙印。

"封建就是什么地方都暗含心机！"莘迪说。

刘般若和葛怀庆愕然相觑。

阿青、阿坤深沉地点头说："厉害！"

趁莘迪、阿青、阿坤3人往外走时，葛怀庆指着阿青和阿坤问刘般若："这两人是谁，干什么的？"

"你有眼力,这两人不是一般人,一个是商业秘密调查师,一个是北京保安。他们这次是带着任务来。"

"啊……什么任务?"

"跟那块田黄石有关的任务。"

葛怀庆一愣。这时他的手机响,是他堂弟葛怀仁。

"老哥,你很久没来了,什么时候上来喝茶?"

"好的。这几天,我们老同学带几个人来福州,我要陪着。"

"老同学,谁呀?"

"刘般若,还带着一个美籍华裔美女,一个商业秘密调查师,一个北京保安。"

"他们做什么?"

"不知道。听刘般若说可能跟那块田黄石有关。"

"住哪里?"

"贵裔会。"

"啊,知道了……"

八、黄巷传奇

1

中午，葛怀庆请众人在澳门桥旁边的同利肉燕铺吃扁肉燕。同利扁肉燕获得过全国名厨名菜双金牌。老板陈君凡也是坊巷贵裔之后，昨晚外出开会没出席，也算尽了地主之谊。餐后众人沿南后街走回贵裔会。刚到黄巷口，只听见一阵丝竹鼓乐声沿坊巷口上空飘来，打破了往日黄巷的寂静。莘迪忙问葛怀庆怎么回事，葛怀庆说可能是黄家大院又在演唱福州语歌曲。莘迪说，只听说有闽南语歌曲，什么时候有了福州语歌曲？葛怀庆说，有十多年了，是黄氏家族大老板、世界著名的华侨企业家黄先生倡导、捐资创作推广的。说着众人已走到黄家大院门口。前几次往来经过时这里大门紧闭、空寂无人，但莘迪已注意到这幢深宅大院，门上匾额上书"黄家大院"4个苍劲有力的大字。葛怀庆说这是黄先生书法。黄先生是南宋著名理学家朱熹的女婿、著名理学家黄榦第25世孙。

这是一幢占地约5亩的花园宅院，前后三进，后有花园。粉墙黛瓦，翘脊飞檐，描龙绘凤，精雕细刻，垂柱倒悬，雀替镂空，玲珑剔透，院回廊曲。迎面大厅中央，赫然陈列着一尊黄色巨石。葛怀庆指着说，这是新近发掘的一块芙蓉石。芙蓉石颜色丰富，但很少通体一色，一般多为多色混合。刘般若问，如果这块是田黄石呢？葛怀庆说如果这块是田黄石，它可以买下整个福州城。众人张口结舌。莘迪问，就这块石呢？葛怀庆说可以买下半条黄巷。莘迪说，那黄老板还做什么，躺着睡觉呗。葛怀庆说，黄老板现在身价千亿，躺着睡也睡不好。说得众人哈哈大笑。

后花园林木扶疏，花团锦簇，花园一角，盖有一个水榭戏台，戏台正对面是一排观赏雅房，有座位茶几。戏台上有十多个民国旗袍打扮的姑娘在排演，有人邀请众人入座。莘迪毫不客气，径先入座，端起茶杯就啜，众人分别坐下观看排演。

金厝边，银乡里，

做细细依妈稠稠来提起，

邻里和睦好做事，团团你一定记这道理。

银乡里，金厝边，

时不时人生也务风雨天，

乡里厝边骈骈紧，千斤担齐齐帮手卸落肩……

刘般若、葛怀庆听得懂，似乎被词曲感染，频频拍手点头，莘迪、阿青、阿坤听得一头雾水。

"这是唱什么歌呀？"莘迪问。

"什么歌？福州歌！你不是说'那毛两下，敢到乡下'，现在敢到吗？"刘般若说。

"他不给我翻译，你翻译。"莘迪对葛怀庆说。

阿青、阿坤都凑过来。

葛怀庆简要地翻译了歌词内容。莘迪说，虽然听不懂，但曲调很好听，有福州的味道。刘般若问福州到底什么味道，莘迪说，虾油的味道，逗得大家哈哈地笑。一个工作人员送来几本书，红黄的封面上有黄先生的题字："歌唱十邑，梦在故乡。"台上排演结束后，大家边翻书，边听葛怀庆介绍。不一会儿，阿坤突然合上书说，他要给大家表演一个节目，他看了两遍黄老板的《关于创作福州语歌曲的倡议书》，他现在能一字不漏地把这篇短文背下来。大家都说可以，如果漏一字要怎样？阿坤说，漏一个字他今晚请客。阿坤闭上眼就背诵起来。这是一篇精练的短文，阿坤背诵得声情并茂。

我生在福州连江，童年贫穷艰苦，少年栉风沐雨，青年异国谋生，壮年振兴家业，至今事业有成，不忘家乡培抚。我常想：参天之木，必有其根；怀山之水，必有其源。是福州这片沃土哺育我成长，是闽江热风吹抚我成熟。

千万年来，闽水之滨，鼓旗山下，人文荟萃，英杰辈出，像面面旗帜，猎猎飘扬，召唤后人勇往直前，前赴后继。

我十邑乡人，历来开眼看世界，敢为天下先。心向祖国，报效桑梓，树丰功伟绩，献累累硕果。

海峡西、风墙动；闽江口、五虎啸。沃土上、热风中，百万海外游子归，寻根谒祖觅本源。浓浓乡音出肺腑，道之不尽要讴歌。

这是心灵的呼唤，这是时代的感召，这是百姓的心声……

阿坤背诵的前半段一字不漏。

"好了，好了，别背了……"莘迪说，"算你赢，今晚不用你请客了……"大家鼓掌，钦佩阿坤的记忆力。葛怀仁怕影响水榭戏台的其他活动，带众人离开黄家大院。

"我怎么对这份关于创作歌曲的倡议书很感动?"莘迪走出黄家大院后问刘般若。

"我想肯定有什么东西引起你的共鸣。"

"什么东西?"

"寻根谒祖觅本源……"

"有可能。我想把这份倡议书传给我爷爷。"

"让他也创作福州歌?"

"不,让他颤动心灵……这个黄先生真能煽情。"

"这是一个新时期传奇人物。"

"他在黄巷造这么一个豪宅深院,自己又不住,就是为了唱福州歌?"

"哪里,他是为延续黄巷的传奇。"

"黄巷有传奇?"

"在三坊七巷,黄巷的传奇最多,也最古老。"

"真的?"

"真的。这葛怀庆最清楚。怀庆,你给莘迪讲讲黄巷的历史。"

葛怀庆一路走,一路讲述,黄巷的故事像涌泉一样从他口中流出,莘迪、阿青、阿坤听得津津有味。

2

黄巷居七巷之中,东西走向,东起南大街,西至南后街,与衣锦坊相对。全长300多米,原为杂石路面,1965年后改铺沥青。宋淳熙《三山志》载:"永嘉南流,黄氏居此。"唐朝乾符六年(879年),黄巢率兵围福州,观察使韦岫败而遁,巢兵进城中,至崇文馆校书郎黄璞之居,曰:"此儒者，灭炬弗焚。"唯此一巷得以幸免。黄巷名因此益著。

当然黄巷的显赫还在于这条巷中居住过不少历史名人，遗留下不少历史古建筑。黄巷历史上名人甚多，唐校书郎黄璞，宋崔大夫，明户部尚书林津、侍郎萨琦，明名士林蕙与清知府林文英祖孙，清榜眼林枝春、巡抚李馥和梁章钜，教育家陈寿祺、陈乔枞父子，知府萨龙光，台湾府学教喻葛凤鸣、赴琉球册封正使赵新，五子科甲名士郭阶三和郭柏荫、郭柏苍父子兄弟及其家族后裔，其中郭化若是我国著名的军事专家。

黄巷的古建筑、名人故居特别多，最有名的要数黄楼、东园、小娜环馆的建筑群，那里住过黄璞、梁章钜翁婿、陈寿祺父子……

"哎呀，葛大师你这么介绍，还不如我们亲自去看呢。"莘迪嚷嚷了起来。

"可以，走几步就到，我们去看看。"

刘般若他们点头称是，葛怀庆带着一行人参观了黄楼、东园、小娜环馆等建筑群。参观完这几处建筑群，莘迪一声不吭了。刘般若问她怎么了，莘迪说，我知道了，作为一个现代企业家的黄老板为什么要在这里建豪华宅院。刘般若说为什么，莘迪说，他为了显摆为了说明他超过了所有的前人。刘般若说，你理解错了，黄老板不是为了显摆他个人，他是为了表明黄氏家族后继有人，自永嘉之乱衣冠南渡，中原黄氏入闽聚居此巷，历史沿革至今，生生不息，代代相传。

"啊——"莘迪恍然大悟，她忖了忖问，"他们之中有科学家吗？"

"这还真被你问着了。他们的后代，不仅有企业家，而且还有作家、科学家。远的不说，前天晚上，你见过的那个黄永泉就是黄老板的侄儿，是一个还不出名，不让出名的大科学家。"

"真的？"

"你没注意？"

"没有注意，他没表现得像你一样突出。"

"能人是深藏不露的。"

"他能什么？"

"能什么？我不能告诉你，你旁边有CIA的人。"

"谁？谁……"

众人面面相觑大笑。

"哈哈哈……"

大家往回走。

刘般若和莘迪走在最后。刘般若这才悄悄地向莘迪介绍黄永泉，他的意思是让她对黄永泉感兴趣，以便帮助黄永泉行动。莘迪精明，听话听音，锣鼓听声，她听后问刘般若你是什么意思，刘般若说没什么意思，莘迪说，听你的意思是在我面前夸黄永泉，告诉你，我现在对葛先生葛大师感兴趣……

天呐！刘般若有苦说不出。

3

晚上6点整，市长严正和市长助理董玉照步行穿过黄巷来到贵胄会，众人在门厅迎接。葛怀庆自觉地作了回避。刘般若让市长和董玉照进了闻香室，市长一一和莘迪、阿青、阿坤握手。他特别地紧握莘迪的手，连声地说着"欢迎、欢迎"。莘迪感觉得出他的真诚。市长说，刘般若是他的中学同学，他与刘般若是多年的好朋友，他带来的客人，他会当作自己的朋友那样对待，有什么可以直说。刘般若说市长是严复之后，也是三坊七巷贵胄。市长说，为了避嫌，他暂时还没有参加贵胄会。

我们就直奔主题吧！市长请大家坐下。

"市长，十分感谢你的接见，回到家乡，我就用中文讲话，可能有点结巴，请你原谅。"莘迪说。

"已经证明你的中文很流利，不结巴，不过你用英文也可以……"严正说。

"严市长是哈佛博士。"刘般若说，"我这辈子最遗憾的是没留过学。"

"虽然你没留过洋，但英文不比我们差。"市长示意莘迪继续说。

"我上午看了我爷爷指认的那块地，现在还需要办什么手续能归还给我们呢？"

"缺乏证据。哪怕人证，或是物证，只要有一样，我们就可以认定。A6地块难就难在无主，好也好在无主，本来无主之地可以划归国有，但你爷爷指认了，政府就得实事求是对待。物证一时是找不到的，所有的单据契约档案典籍都查遍了。这事是董玉照同志负责，他十分认真。现在我们只能依据人证。你爷爷几十年没回来了，能不能请他回来指认指认？"

"现在还不可能。"

"现在我们两岸关系这么和谐，中美关系也这么融洽，他应该消除过去几十年的成见吧！"

"老人有老人的脾气，不过他现在成见消除了许多，我可以动员说服他。如果我这次回来能把另外一件事办好，也许对动员说服他消除成见，对回乡访问有帮助。"

"什么事？"

"说起来像部电视剧。我爷爷在这里有个初恋情人，我们叫她茉莉奶奶……"

"还没过门就奶奶了，嘻嘻……"刘般若打趣。

"去你的！"莘迪斥刘般若，"那份思念，那份情感我们是无法理解的……"

"我理解，我理解。"严正说。

"市长大人恐怕也有这份体验吧！"刘般若又打趣。

"我只能用莘迪的语言对付你般若兄，去你的！"众人笑。

"玉照，你听懂了吗？莘迪把这个球踢给我们了！"严正说。

"我听懂了，我们会全力以赴打听茉莉奶奶。"董玉照说。

莘迪注视着董玉照，她觉得这是个十分沉稳内敛的人，他目光倦怠，神情有些忧郁。

"我倒是打听到一个人，是个老依婆，她好像懂得当年王家在三坊七巷的一些事。但是，她始终不肯说她的身份……"董玉照欲语又止，如鲠在喉。

"你说吧，这里说也无妨。"市长说。

"还是涉及那块田黄石案子的事。她说，那块石头不还她，她什么都不会说，也不会为我们做什么证。"董玉照欲语又止。

刘般若不解地看着市长，阿青、阿坤更是莫名其妙。

"般若，想必梅老板跟你讲过北京那个弥勒献瑞的石头案，我们玉照兄弟也卷了进去。玉照，你不要有思想负担，迟早会弄清楚的。"

"那块石头怎么跟 A6 块关联起来？"刘般若问。

"嗨，说起来真跟电视剧一样，晚上，玉照代表我请你们吃饭，到时玉照再向你详细介绍。我的意见是，先想办法让老依婆为 A6 地块给出证明，当然是真证明，不能作伪证，然后再查石头的事。"

"那不可能……"董玉照说，"必须先找石头。"

"市长，我听得如云里雾中，你能不能讲得清楚些呢？"莘迪问市长。

"现在是雾霾天气，一时讲不清楚，雾霾一退就清楚。好在我们福州天气一直晴朗，一定会搞清楚的。玉照，就按你说的办。"市长说，"我还有个会议，我们的会见先结束，以后有什么事需要我帮助，随时打电话。下阶段，具体工作由董助理协助你们。"

市长一一和大家握手道别。当他和刘般若握手时说："对不起，教授老兄，我们只能再找时间叙旧了。"

"太忙不是好领导呀，好领导不忙。"

"这是我说的，我的专利，别剽窃！"

"知道就好！"

市长和刘般若握着手摇晃着大笑。

市长走后，市府办公厅的接待车把他们6人送至安泰河边福州著名小吃店安泰楼。

包厢依着安泰河。华灯初上，安泰河的灯光朦朦胧胧，明明灭灭，使人想起桨声灯影秦淮河。服务员送上福州著名小吃鱼丸、扁肉燕、蛎饼、虾酥、鼎边糊和各式各色小菜。这些莘迪在上次来福州时都吃过，但她还是津津有味地品尝着。她觉得福州小吃比八闽全席更合胃口，更大快朵颐。因为都是朋友的朋友，不是官场商场应付，董玉照也没说什么客气话，这可能跟他情绪郁闷纠结有关。吃到一半，他看了一下表说："哎呀，今晚是七月十五，莘迪，看你们有没有眼福，能不能看到福州旧历每月十五的祭月活动……"

董玉照话音未落，窗外就传来一阵又一阵嘈杂鼎沸的人声和乐声，其中夹着充满虾油味的福州语歌曲。阿青、阿坤探头看，回手招呼莘迪，三人倚窗远眺。高亢清亮的唱腔传进安泰楼。刘般若、董玉照听得懂福州语，莘迪、阿青、阿坤听不懂，只能傻笑。

福州福州我的故乡，

生我养我的地方，

绿色的大榕树，

是你坚强的性格。

飘香的茉莉花伴我走四方，

我走到哪里，

都无法改变我的福州腔，

三山两塔，三坊七巷，

深深地印在我心中……

"听得懂吗？蒋大为和吕薇唱的。"董玉照说。

"蒋大为是谁？吕薇是谁？"莘迪问。

"都是大歌唱家，现在都老了。"阿青说。

"他们怎么唱福州话，不唱普通话？"莘迪问。

"黄老板请他们用福州话唱。"董玉照说。

"真有趣，我爷爷肯定听得懂。"莘迪说。

"对了，黄老板还制作了很多光盘，现在有华人的地方都很流行。"

安泰河两岸石护栏旁，里三层、外三层围满了参观祭月活动的市民、游客。祭月坛上，一名身着传统服装、绾云鬟、头戴钗的少女，用竹竿挑着一颗新鲜的柚子，上面插满了点燃的香。她后面跟着数十名同样打扮的少女，她们搬出香案，香案上摆放着糕饼、茉莉花、茉莉花茶、橘子等。在古乐声中，一个少女挑着柚子香球站立，其余少女在香案前行礼，祭拜月亮。据说，民间祭月习俗一度是福州少女的专利。俗语云：女不祭灶，男不拜月。少女祭月，在古老的传说中，带着祈祷自己"貌似嫦娥，面如皓月"的意味。古乐伴奏的闽曲响起：

  广寒瑶台，天上人间；
  素娥淡伫，丹桂参差；
  闽都雅士，正冠理鬓；
  烛光摇曳，香烟缕缕……

  祭月后是燃灯祈福。300盏河灯随波放流，荡漾明灭。安泰河两岸流光溢彩，人头攒动。在欢呼声中，一个俊男，古朴打扮，撑着一只福船，悄然出现。船头上坐着一位靓丽的古典打扮的少女，挽着一篮茉莉花，不断地向河面、向两岸抛撒。两岸的少男少女们随着抛撒动作，连声喊着：茉莉、莫离，茉莉、莫离……喊声掀动莘迪心扉，泛起她心田的涟漪，她仿佛觉得那船上的少男少女就是小时候的爷爷和茉莉奶奶，他们抛撒茉莉花，就是发誓他们永生永世永不分离。现在他们天各一方，也许茉莉奶奶已不在人世了，但是今晚的场面说明，即使人不在，魂儿还在，这只福船，从流动的三坊七巷的安泰河出发，一定会带着茉莉奶奶的魂儿，流进闽江，流入台湾海峡，驶向太平洋，驶向波士顿……

  "我现在才知道，我爷爷为什么对他的初恋情人放不下，一辈子放不下。"莘迪泪眼模糊，热泪盈眶。

  "茉莉，福州话就是莫离……"刘般若、董玉照异口同声解释。

  "我知道。"莘迪擦着眼泪说，"我要下去玩！"

  刘般若让阿青、阿坤作陪，交代别走散。董玉照说，后面可能还有吟词演唱和摆塔活动，不妨去见识见识。三人眉飞色舞地跑下楼去。

  "我们都过了这个爱玩的年龄段了。"

"可不是，人生这本书，我可能已写到最后一章了。"

"这么悲观，是不是因为那块石头的事？"

"嗯……"

"梅老板已经给我讲了这个'雅贿'的案件，现在主要问题在哪里？"

"主要问题在于辨别行贿的这块田黄石是真田黄还是假田黄。"

"这重要吗？"

"十分重要。这涉及田黄石的价格问题，也涉及犯罪的轻重。犯错、犯罪是肯定的了，可组织考虑到我的具体情况，说要实事求是地具体分析，不能轻率地定罪。"

"现在好的田黄，一克值两三万，一个小枕头大小的田黄石，再加上国家级大师的手艺，能值多少钱？"

"你说能值多少钱？无价！"

"猛玛大师当时怎么讲？"

"我拿给他看时，他有点意外，详细地问了问我这块石的来由。"

"你怎么说？"

"我当然如实说了。"

"他怎么说？"

"他没怎么说，也没有什么激烈的如获至宝那样的表现，但说过是块好石，不要轻易送人。我自然是要送人，送领导，才叫你雕。"

"你知道那是一块好田黄吗？"

"我知道，但不太清楚，当时田黄石炒得不是太厉害，所以去取时没有在意是真是假。"

"取时猛玛大师不在场？"

"他去菲律宾开会，他交代他老婆给我，那天是夜里9点钟，我和司机去取的，取后就径直送到那个副省长家。"

"没想到猛玛大师会猝死？现在查无对证了？"

"唯一可以证实的人就是葛怀庆，只有他见过、把玩过那块石头。"

"是的。"

"他一口认定他见过的是真的。"

"但不能肯定你拿走的是真的。"

"问题就在这里。我又怎么能证明我拿走的不是真的？"

"拿的时候有另外的人吗？"

"我和我的司机，然后直接送到省领导家，中间没有另外环节，这个司机给我作了证明了。"

"那是省领导调包了？"

"省领导就是原物送给央企领导的，目的是为了争取石化项目。"

"那是央企领导调包的。"

"央企领导说只看了几眼，原封不动放在家里，没动过窝。"

"这在哪个环节上出了问题？"

"北京方面请专案组专家认定过，我送的那块是假的，是连江黄冒充的。问题出在我们这边。现在最关键的问题必须认定，老依婆的那块石头是真田黄还是假田黄。老依婆、王奇发、葛怀庆都认为是真田黄石。北京方面还把那块'弥勒献瑞'送回福建，让看过这块石头的人辨认，大家一致认为是假的，是连江黄冒充的。"

"你认为呢？"

"我也看过，的确是假的，是用连江黄冻石冒充的，十分相似，所以骗过许多人。但一定是我从猛玛大师家拿出来的那件，我的司机也证明了。"

"那问题就在猛玛大师了？"

"这么简单就好了。"

"公安介入了吗？"

"介入了，公安查了一段，没查出什么线索，他们认为要查清这个案子，首先要查出原石的真伪，那个老侬婆的认定是正确的吗？一个老侬婆，她知道什么是真田黄还是假田黄？"

"那王奇发、葛怀庆、邰广元，还有你，你们4个觉得是真还是假？"

"王奇发、邰广元和我都是门外汉，只有葛怀庆是行家，他说的十有八九把握。我当时有点急，示意让他说就是这块石头，他不同意，认为不能作伪证。"

"他是对的。"

"大家认为他不够朋友，因为他当时的意见决定一切。我知道他不会为我两肋插刀，因为他当时犯案，我也没有两肋插刀，而是秉公办事。当时我当区委书记，要帮他也是举手之劳。"

"报应？"

"也可以这样说。这件事就这样压了下来，这几年我的仕途就这样耽误了，永远助理下去。你说我怎么能快乐起来？没进精神病院就好了。"

"难怪你！"

"听说你这次来的人中有一个是商业秘密调查师，美国斯坦福博士，能不能让他帮帮忙？"

"你怎么知道？"

"严市长说的，梅老板告诉他的。"

"他是专程陪同莘迪的，没这个任务。再说，他搞商业调查，跟这刑事侦破不搭界。"

"什么是商业秘密调查？"

"商业秘密调查行业最早兴起于华尔街，从20世纪90年代中期起，随着对华投资大潮的掀起，这些国际商业调查公司也悄然进入中国，成为咨询领域神秘一员。"

"啊，还是外资的。"

"对秘密调查师而言，中国是最有用武之地的地方。表面看，这里什么信息都没有，但实质上，却又什么都有。他们神通广大。就像FBI有'心理测试员'，分析罪犯的心理，并在他们再次施暴前预测他们的下一步行动。阿坤是一个'人际关系'的测试员，工作核心是识别人际关系的种种迷局。突破迷局的关键线索可能就凭一个名字，一个地址，一个电话号码，或者一个身份证号码，甚至论坛上的一张帖子……"

"那正好，那正好，让他帮我，出多少钱都可以。"

"我让他试试，他还是堂燕的男友，出什么钱呀！"

"老哥，我这次怕是碰上再生父母了，不然……"董玉照神色黯然地摇头。

4

祭月活动晚10点结束。人去、场清、河静，莘迪还倚在安泰河边看着流淌的河水中的月亮发呆。刚才的情景太感人肺腑了。阿青、阿坤远远地站着，痴痴地望着月，大概他们也被感动了。

刘般若、董玉照来到莘迪身边，莘迪如梦初醒。

"怎么样？星空酒吧好玩，还是安泰河祭月活动好玩？"刘般若问。

"都好玩。祭月活动使我更坚定了这回一定要找到茉莉奶奶下落的决心。"

"玉照，你看怎么办？"

"我们先找岭上村那个老依婆,看她怎么说。"

"好,那明天就去!"莘迪说。

"明天,明天我还有一场会。"董玉照说。

"要不后天吧。"刘般若说。

"我等不及了!"莘迪说。

"那我们先去。"刘般若征求董玉照意见。

"也好,你们就作为一般拜访,不能以市政府名义出面,我让乡里派人陪你们。"董玉照说。

"最好叫上那个王奇发。"刘般若说。

"还是老同学有心眼,明天叫王奇发带你们上去。他现在是寿山乡乡长。"董玉照说。

"到底长进了。"

"大家称他为'进宝乡长'。"

"腐败!"

"也不尽是。他还是按程序办的。"

"是你运作的吗?"

"不是,是邰广元运作的。"

"那邰广元是你运作的。"

"当时有个省委书记,常说四个重在,其中有一个叫'重在运作',哈哈!"董玉照第一次露出笑容。

董玉照要叫市政府的接待车送刘般若他们回去,刘般若说不用,走走就到。他们4人离开安泰河,沿着南后街走。夜市未散,旅客游人熙来攘往,莘迪想着明天去乡下,也无心流连,不久就到了贵裔会馆。女服务员开门接他们进去,马上又关上门,说准备好夜宵了,让他们吃了睡觉,葛怀庆老板不来陪了。4人都说不吃夜宵了，各自回房漱洗安歇。

不一会儿，住左边厅边房的阿坤开门出来大声嚷，哎呀不好了，有人动我的电脑了！住右边厅边房的阿青第一个开门出来，随后刘般若、莘迪也从各自住房出来，涌到阿坤住房。阿坤指着桌上的便携电脑说："你们看，还是热的，有人动过，而且时间还不短呢，我今天一天都没打开过。"

"奇怪……"阿青摁了几个键，试了试机身，果然发热。

阿青大声叫服务员，女服务员马上跑来。

"什么事，先生？"

"刚才有人来过这个房间吗？"

"没有，没人来过。会馆平时很少有人来，除非有活动。"

"葛先生来过吗？"

"没有。他只来过电话，说你们不回来吃晚饭，要准备夜宵。"

"会馆里还有什么人？"

"今天我值班没住客，服务员只有我一个。夜宵是买的，平时办酒席另外请厨师和帮工，今天没办酒席，没请厨师和帮工，一天都关着门。"

阿青警觉地察看谛听，他仿佛觉得有什么动静，就往后院走去。他从上衣口袋里掏出那副"猫的眼"墨镜，在夜晚戴上它，就像在白天太阳光下一样明亮。他穿过三进大厅、四进大厅，边走边观察。他来到后花园，在假山中逡巡。夜深人静，清晰可辨，阿青的目光突然聚焦在一个假山后，似乎在那儿有动静。他俯身拾起一块小石子往假山后扔，只听到石子落地声音。一切归于空寂，只有虫鸣。他转身隐入花丛，蹑步绕个弯走到能注视到假山后面的地方，果然假山后蜷伏一个身影，一身黑色西装，眼睛上架着同样墨镜。那身影听见背后响声，立即逃窜。阿青紧追，身影十分熟悉周围路径，几个盘绕，蹬地蹿上邻家房顶，沿着屋脊，奔跑起来。阿青跟着蹿上屋顶，那身影已经轻飘地下房，消失在三坊七巷的小巷中。

"好身手！"

阿青观察了一阵，没有追赶。因为这纵横交叉的坊巷地形他不熟悉。他摘下眼镜，轻身下房，回到后花园。刘般若、阿坤、莘迪还有那个女服务员已跟到后花园。

"怎么样？"

阿青摇头，叫众人回去。

"我找葛怀庆……"

刘般若掏出手机，被阿青止住，他说："深更半夜不要惊动太多人，我们回去琢磨琢磨。"

"真是奇怪！"

回到刘般若房间，莘迪、阿坤连声说奇怪，刘般若皱着眉头百思不解。阿坤打开自己的手提电脑，边敲键盘边说："他可能想破解我的密码，他想获得我什么信息？"

"他应该动我的电脑才对，因为我有你们都想要的神经代码。"莘迪对刘般若说。

"啊——"刘般若跳了起来，"你带着神经代码？！"

"哈哈，你别发神经，我有那么傻？哈哈……"

"你别调侃我了！"刘般若说，"这人动阿坤电脑是值得探讨的。按说，这次我们来福州最有秘密的是莘迪。"

"你这不也是调侃我吗？"莘迪反唇相讥，"不过，又懂电脑，又有功夫的人真不多见。特别是这个年代了，21世纪20年代，真罕见。"

"什么罕见，阿青不就在我们身边。"阿坤说。

"但是，敢破译人家密码，我达不到这个水平。"阿青说。

"这也给我们的调查提供一条线索，这人又有功夫，又精通电脑……"阿坤说。

"哇，高智商犯罪嫌疑人。"莘迪说。

"高智商？"刘般若盯着莘迪看，重复着她说的这句话，他有一种隐约的感觉，但他说不来，"这样吧，这么迟了，大家先睡觉，明天我们去岭上村找那老侬婆，先办莘迪的事，然后再谈这件事。要提高警惕啊，我在想，明天我们要不要再搬回香格里拉？"

"不要、不要……"莘迪第一个反对，"住香格里拉，能碰上这样的传奇？"

"我也是觉得要搬。"阿青说。

"住这儿，我们更有戏！"阿坤说。

"那我听你们的，就住这儿了，睡觉！"

众人刚走，刘般若的手机响，是葛怀庆。

"老哥，受惊了，我刚听服务员说的，真是奇了怪了，会馆可是第一次发生这样的事。"

"我们也觉得奇怪。"

"奇怪什么？"

"奇怪现在居然还有这么好功夫的人，而且精通电脑。"

"这有什么，我们福建是南少林发源地，会武功的人很多。没什么奇怪。问题是此人为什么针对你们？无冤无仇，无缘无故……"

"你认为呢？"

"我认为可能你们中有什么人带有特殊任务，引起注意。"

"什么特殊任务？"

"这只有你知道了。"

"特殊任务？那只有我有特殊任务，神经代码。"

"那玩意儿谁有兴趣，给谁谁都不要。"

"那是什么呢？"刘般若装糊涂，挠腮咧嘴。

"算了算了，睡觉吧！明天要不要我陪？"

"不用了，玉照说了，让王奇发陪。"

"也好。玉照这个人呐，就是城府深……晚安。"

"晚安。"

睡前，刘般若把阿坤叫到自己房间，一五一十地把晚上董玉照的话对他复述一遍，叫他留神注意这真假田黄石公案。阿坤连声说晓得，晓得，一定帮助，一定帮助，并说，今晚的事件就是线索，他会紧抓不放。

5

第二天一早，刚吃过早餐，王奇发就开着乡政府的福建奔驰商务车在黄巷东巷口等候。跟上次刘般若在岭上村见到的王奇发，已经相隔十多年了。他现在是寿山乡乡长。先前那浓密的头发开始秃顶了，扁平的肚皮也开始发福了，那个毛头毛脑的小伙子变成一个世故油滑的中年人。

从会馆到出城高速路口大家都静默无言。莘迪紧贴着车窗看着路上的行人。她最近外出，只要不说话，就留心观察福州年轻女人的大腿，她称之为"福州美腿"。起先刘般若也不在意，后来莘迪唠叨多了，他也注意了福州年轻女人的双腿，"福州美腿"的确可以占时尚一席之地。

车上绕城高速后王奇发才打开了话匣子。

"不瞒各位，为这事，我这辈子悔死了，肠子都悔绿了。我是给鬼迷了心窍，去偷我奶奶那块石头。我知道那是她的命，她的心头肉。据说从年轻时，一天没离开过，晚上抱在心头，焐热了才去睡。睡时包在一块棉絮中当枕头，就是为了不被人偷走。在家一天不离卧室，出外一定要用一个破布包着带上，走亲访友，喝酒吃饭，什么都会忘，就是那块石头不会忘。后来田黄石炒作起来，才知道那是一块田黄，一次我趁她到厨房煮饭，偷偷打开一看，也无非是一块黄色冻石。那时候镇上很多人卖原石，我找了一户卖石的人，指着他的一块跟我奶奶的石头相似颜色的石头一问，那人眼睛豁然亮了起来，叫我真有这种石，拿来看看。后来，我又趁着我奶奶在厨房烧饭，拿了一块大小、颜色相似的石头偷换出来，拿到镇上给那卖石人看。他一看，叫起来，说是真田黄，价值连城。我吓坏了，连忙拿回来，偷偷地又把它放回奶奶的破包里。从那时起，我知道奶奶整天抱着、枕着的是一块宝石……"

"后来又有谁见过你奶奶这块石头？"刘般若问。

"葛怀庆，就是你那个朋友。"

"他是怎么见到的？"

"他不是从梅老板手里转买了那个不出材的矿洞？他原先是怀着侥幸的心理，投了很多钱进去，结果没什么收获，大失所望，整日在村里酗酒。我见他可怜兮兮的，经常陪他喝酒，讲些宽心安慰的话，他把我当知己朋友。有一天，他突然跟我说，现在时兴包装，什么东西一经包装，就能卖钱。他不知从哪儿学来了制作假田黄石的手艺，用我们邻县产的连江黄冻石，上色着胶，做成了许多假田黄石放在矿洞里。他说清朝时候，北京人就是这样搞假田黄石的。真有温州人来看矿洞，他从家里拿来些真田黄石，说是那矿洞里挖的，因为没有更大资金继续投资，只想小赚点就撤。温州人信以为真，出巨资把矿洞从老葛手里买走，后来知道上当了，打起了官司。葛怀庆通过各种关系，花了很多钱，也没能把官司打赢。这人没情义，没信义，他赚了不少，只给我一点车马费。一次喝酒，喝多了，我大骂他，无意中说，葛怀庆，你别狗眼看人低，我给你看我家一块石头，包你屁滚尿流。他说，你家要有好石头，我从你裤裆底下爬过去。我一时兴起，真的跑回来，瞒着奶奶把那块石头偷出来给他看。这一看不要紧，他拿着石头，来回揣摸、舔吻，对着院子跪了下去，两只眼睛像死鱼眼一样翻着眼白……我一看吓坏了，连忙收起石头跑回奶奶卧室，存了起来。从此后，我再也不敢给人看了，我以为那是一块有魔咒的石头……"

王奇发讲述着，一车人悄然无声，仿佛那真是一块魔石，把所有人的舌头都锁住了。

"他真是这样的一个人？"只有莘迪开口问，但谁也没回答她。

车子疾驶，直往寿山乡开去。苍翠茂密的树林，比刘般若十年前来时，更加郁郁苍苍。山上的田园都种上各种各样花草树木，屋舍棚亭稀落，人烟罕见，空山鸟语，越显空寂。

"后来呢？"

"他当然没从我裤裆下爬过去。但是，我家奶奶存有一块值钱的石头的消息传了出去。有一次，我在一个朋友家'做半段'。所谓'做半段'是我们这儿一种民俗，即夏收到秋收之间一半时间，家家户户摆酒设宴，请亲朋好友聚会，既庆祝夏收，又迎接秋收，还笼络感情。在酒宴上我看到许多乡干部，一个个都十分派头排场，我羡慕极了，心想，自己只当个村委主任，是公众选举的，但到底不是国家公务员。村委主任中有关系的人，就可通过考试选拔为乡镇干部。我也想通过攀关系，当个乡镇干部。恰好那天邰广元区长也在场，我央求朋友替我介绍认识。酒过三巡，我朋友拉我到邰区长面前，如此这般讲了一通，其中当然也有介绍我家有一块田黄一类的话。邰区长握了握我的手，说以后多联系。这多联系我就联系上了，交往久了，邰区长就说他很想看看我家那块石头。我知道他的意图，又碍我奶奶的这一头，两头权衡，犹豫不决，我矛盾极了。最后我的那些狐朋狗党帮我出了主意，找一块相似的石头，'狸猫换太子'。我为了自己的仕途前景，咬了咬牙，办了这件后悔一辈子的错事，我奶奶一发现，就疯癫了……"

全车人沉默……真的，说什么好呢？故事都有结局了，还需要问什么呢？

"后来北京把'弥勒献瑞'调回来给你看过吗？是你奶奶那块石头雕的吗？"阿坤打破沉默。

"给我看过，极其相似，但毕竟雕刻过了，去了原皮，纹路也不清楚，是薄意雕法。是不是原石谁也说不清楚。所以，你们今天去访问我奶奶，是问不出什么名堂，她不会接待你们的。"

"什么是薄意？"莘迪问。

"寿山石雕有东门派和西门派两流派。西门派又称'薄意派'。刀法圆浑，讲究手感，修光皆用弧刀，不留棱角，融雕画于一体，作品清雅逸致，潇洒超脱，备受文人雅士推崇。猛玛大师就是薄意派。"

王奇发说着，车子就到了村口。这已经不是十年前刘般若看到的那个破落的村子了。一幢幢钢筋水泥结构的两层楼房代替了过去破旧的木瓦房，村路水泥铺就，笔直整洁，花木扶疏，墙头地角到处是茉莉花树，浓香阵阵扑鼻。

"我奶奶不住在家里，她住教堂。"王奇发说。

"什么，这里有教堂？"莘迪惊讶地问。

"是梅老板出钱建的。新中国成立前，这里有个西班牙神父坐堂，新中国成立初走了，留下一个小教堂，后来被拆了。这次新村建设，梅老板花了钱建的。不知她为什么，非要把小教堂恢复起来……"

穿过村中央水泥路，在村东头拐弯处，一个哥特式小教堂耸立在山崖前。小教堂宽约 15 米，长约 25 米，高约 10 多米，朝东是 3 层小楼房，后部是礼拜大堂，红墙灰瓦，楼顶上十字架金光闪闪，十分典雅庄严。

"哇，真是柳暗花明又一村啊……"莘迪惊叹。

"应该是柳暗花明一教堂。"刘般若故意逗莘迪。

"不管是村是教堂，在这样偏僻地方，看到这样的村社，看到这样的教堂，真是匪夷所思。"莘迪说。

"匪夷所思，这句用得好。十年前我来过，我也想象不出变化这么快！"刘般若说。

"教授，应该说这几年我们搞社会主义新农村建设，带领百姓奔小康，成绩是很大的，连我自己也觉得自豪。有了成绩，看到了自己的价值，想到当初自己做的错事，我真越发惭愧……现在什么都好，就是人少了，这村子你看这么多房子，没多少人住，城镇化了，年轻人走了，孩子也跟着走了，有的老人也跟着走了，不走的极少，就像我奶奶，她是死活不走。"王奇发说着走到教堂木门前，敲着上面铜环喊，"奶奶，奶奶，我是奇发，有人来看你了……"

楼上没有声响。

"奶奶，是市长派人来看你。"

一个小西瓜从二楼窗口扔了出来，在水泥地上砸得七零八落。众人吓了一跳。

"奶奶，是上海客人来看你。"

"啪！"又一个小西瓜扔了出来，砸得粉碎。众人跳着躲开。

"奶奶，是美国的客人来看你的。"

又扔出一个西瓜。这回这个西瓜直接奔王奇发去，王奇发躲闪不及，砸在他皮鞋上，众人哈哈大笑。

"这叫断然拒绝。"王奇发指楼上，"一句话不讲，谁也别想见她。各位，今天我对不起啰，董助交给我的任务完不成。"

"怎么办？"阿青说。

"想想办法吧！"莘迪央求着。

"这样，能不能把你爷爷搬出来？"阿坤对莘迪说，"试一试？"

"会不会太唐突？"阿青说。

"拐个弯，可以试试。"刘般若示意莘迪。

"老奶奶，我是城里三坊七巷王家的后代，我来跟你打听一个人，一个我们王家的人，她小时候姓名叫……"

没等莘迪说完，楼上扔出一句话，声音虽然苍老，但还很铿锵。

"王家的人都死绝了！"

"啊……"众人惊叫。

"会开口，有戏了！"王奇发高兴得跳起来，他朝二楼指着，示意莘迪继续说。

"奶奶，我爷爷叫王家栋，是王家的少爷，他没有死，他现在90岁，他现在住在美国……"

楼上没有声音。

"奶奶，我爷爷叫我回来找他小时候一个朋友，一个女朋友，她的小名叫茉莉，她现在有80多岁了……"

楼上依然没有声响。

"奶奶，我爷爷临走时，送一块田黄石给小茉莉作纪念，说凭田黄石他就会认小茉莉……"

说时迟那时快，王奇发跑上前抱住莘迪，用手封她的嘴，但已来不及了。王奇发哭丧着脸，阿坤、阿青不住地摇头，扼腕叹息。

"哇——"楼上传出一声裂帛般的嘶喊，好似晴空霹雳、飞来的炸雷，接着传来什物器具掉落的巨响。

"不好了，出事了！"刘般若指着楼上说。

阿青倒退几步，猛跑几步，纵身一跳上了二楼窗户，钻进房间，从小楼梯下楼，拔掉教堂大门门闩，打开门让众人进去。王奇发第一个跑进去，跑上二楼。房间里，老依婆正趴在楼板上，口吐白沫，奄奄一息。

刘般若跟上来，蹲下，示意王奇发别动。他试了试老依婆呼吸，听了听她心跳，轻轻地把她扶正，平躺地放在地板上。

莘迪不知所措，手忙脚乱地围着团团转。刘般若示意众人安静，掏出手机喊："福州120，福州120……"

6

"爷爷，这是她吗？这是她吗？她可是一句话也没讲呀……"

"当然是她，当然是她，一句话没讲就昏倒过去，肯定是她，不然还会有谁有如此强烈的反应，像沉默多年的火山一下子爆发呢？"

"我怎么如此幼稚，我怎么如此弱智，我怎么如此欠缺考虑，我怎么如此笨拙无知，这是必须从容对待，从长计议的事情……"

"智者千虑，必有一失。况且，你长期以来都在大学实验室生活，对社会复杂，对感情纠葛，对人情世故，你都不甚了解。爷爷这次让你回国，也有许多欠缺的考虑，爷爷以为凡事轻而易举，单凭感情出发就可以把事办成，这是爷爷的过错。孩子，下面的事，你要多请教当地政府，当地乡亲，当地的朋友。需要爷爷什么帮助，你尽管开口。这出戏是爷爷挑的头，我要为这出戏负责，从头到尾，直到成功。"

"爷爷，有你这样的鼓励，我会尽力去办这些事。奶奶现在正在协和医院抢救，这是全省最好的医院，以前是美国人办的教会医院，你放心，我会随时给你电话的……"

"宝贝，谢谢，一切以保住茉莉的生命为原则，不管花多少钱，不管付出多大的代价，不管是否需要用神经代码交换，茉莉的生命是至关重要的！"

"我知道，爷爷，你放心！"

"说不定，我会为这事回国的。"

"真的？"

"嗯……"

"太好了……"

莘迪给珍妮打电话。

"珍妮，我从来没碰见这样离奇的事，而且主角居然是我。我是怎么了，我是在演电视剧？我是戏剧情节中的人物？我是故事的主人翁？不，我都不是，我是现实的莘迪，一个美籍华人，一个出生在美国，从小在美国长大的女孩。可是，我的心动了，我的血沸腾了，我的泪眼模糊了，我不知怎么地哭了，不停地哭了，人们都用惊讶不解的目光看待我，他们不理解我为什么如此伤心地哭泣，他们的目光一会儿是怀疑的，一会儿是同情的，一会儿是疑惑的，一会儿是信任的。那个老人躺在病床上，好像她就是我的亲奶奶，我从来没有父爱，没有母爱，他们离异得早，抛弃我也早。有爷爷的爱自然有奶奶的爱，但亲奶奶也没出现过，爷爷跟她离异得早，我出生之前，我爷爷和奶奶也离异了，我真希望有一个亲奶奶，也许我现在找到了，她是我爷爷一辈子所亲、所爱、所记的唯一的女人。"

"莘迪，我理解，我们这些出生于美国，生长于美国的孩子，所感受到的亲情太少了。我从小父母离异，我奶奶带大我，我奶奶和爷爷也离异得早，我奶奶也死得早，我比你更可怜，我从小是在孤儿院里长大，我真希望有人爱，有人疼。你还有你爷爷，现在还有爷爷从小钟情的奶奶，你太幸福了！你一定要珍惜这个机会，无论如何要想方设法把你奶奶救活，哪怕花再多的钱。"

"我知道，花多少钱都不是问题，中国现在所有的人都有医疗保障，梅老板也来电话，多少钱由她出，一定要把老奶奶救活。"

"这个梅老板真是财大气粗……"

"可不是，我在上海见过她一面，不但财大气粗，而且为人高调，咄咄逼人。五短身材、相貌平凡、粗眉竖眼，一点没有女人的风姿和韵味，难怪刘教授不喜欢她。面对这样长相的人，你实在无法想象出她为什么有那样的运气，拥有那么多财产，社会财富为什么单单向她集中，而不向我们这些年轻貌美、风流活泼、受过良好教育、拥有高级专业技能的人集中？历史和现实总是爱和人们开玩笑……"

"莘迪，这就是上帝公平的地方，你拥有了美貌，这也是财富。你有了美貌资本，上帝当然不给你金钱资本。还有你拥有了高学历，这也是资本，你可以用高学历、高级专业技能去投资去获取金钱。历史和现实是爱和人们开玩笑的，这个玩笑是上帝开的，莘迪，你认命吧！"

"什么，你现在认命了，你从来是一个不认命的人呀！吃喝玩乐、轻松一生是你的哲学，你现在是什么哲学呀？"

"我在学习中国哲学，天人感应，天人合一，上帝和我同在，哈哈哈……"

"不伦不类……我现在心里像塞进一团乱麻，我不知道该怎么样处置这茉莉奶奶的事。"

"你旁边那么多人，你交给他们处置好了，他们有求于你，会把你的事处置好的，不用担心，亲……"

九、弥勒献瑞

1

茉莉奶奶躺在协和医院特护室中,莘迪获准作为特殊的陪伴人整天守在病床前。协和医院陈院长是刘般若中学同学,关系亲密,当陈院长听完刘般若介绍,看着莘迪一脸的悲哀焦虑和期待,他同情了,批准了。葛怀庆作为东道主,每日负责从贵裔会馆给莘迪送饭,殷勤而周到。但是,自从听了王奇发的讲述之后,莘迪却对葛怀庆印象越来越不好,她总觉得葛怀庆怎么看,怎么像个市侩。她把她的印象告诉刘般若,刘般若只哼哈地支吾着,不明确表示什么。

中国在全面建成小康社会之后,已经实现全民医保,重症医疗国家全包,老奶奶住院的费用谁也不用发愁。这和美国一样。倒是老奶奶亲朋好友来医院探望,每个人都包了一个大红包,上面写着"代水果""代鲜花"等字样,莘迪收了好几十包,共计有几十万元人民币,亲情太浓了,这是和美国不一样的。莘迪把这些钱交给王奇发。

经过几天治疗,老奶奶的病症已有好转,但仍然昏迷不醒,沉睡着,不时在梦中发出呓语,呓语只有一句话:石、石、还我石……有时还有惊悸，双手紧紧地抓住什么，死也不肯放，似乎和谁在争夺什么。莘迪知道，她梦中抱的是那块田黄石，那块爷爷给她的定情物。那块石找不到，老奶奶可能丧命，找到那块田黄石，才能救奶奶。这是莘迪的结论，也是刘般若的结论，也是协和主治医生们的结论。

这些天，莘迪可以零距离地接触茉莉奶奶，看着她，抚摸她，搂抱她，搀扶她。她惊奇地发现，老奶奶是一个非常非常漂亮的老人，可以设想她年轻时惊人的天姿，高鼻广额，身材修长，皮肤白洁，男人一见，肯定摄魂夺魄。而爷爷高大伟岸，天资聪颖，女人一见没有不心猿意马的。所以两人不顾门第，一见钟情。她常常回味、咀嚼爷爷给她讲的爱情故事，像过电影似的回放那些殷殷切切、动人心扉的细节……

那年，爷爷在福州读高中时，住在王家大院，他的父母在上海经营茶叶生意。一天中午放学，他刚进王家大院的大门，就听见几个仆人在交头接耳，他上前一问，原来他们在议论他的爷爷刚买进来的一个丫头，说那丫头是北峰寿山岭上村人，长得如何如何之眉清目秀，压过王家大院所有的丫头，只花了很少的银子。据说那丫头身世悲惨，生下不久母亲就因病去世了，接着父亲又在采矿时被石头砸成瘫痪，他只好卖女治病还债。听着听着，爷爷心里就涌上一股同情怜悯的情愫，他即刻赶往爷爷的住处。他走进爷爷的厅堂，只见奶奶和爷爷的几位姨太正围着一个小女孩七嘴八舌地议论，有真心赞美的，有啧啧称道的，有刻薄揶揄的。他从人缝里一看，却是个眉清目秀的十五六岁女孩，眼睛特别黑，皮肤特别白，身材很匀称，曲线很分明。她正不知所措、目光怯怯地东避西躲，好像要找个安全的地方躲避。当她从人缝中看到爷爷时，她的目光立即凝聚，似一道电光直射过来，紧紧盯住爷爷，露出求救一样的神情。爷爷不由自主被她的哀怜和委婉迷住了，他的心一震，那女孩的影像就在那一刹那，一辈子地镶在他的脑神经上。

爷爷说，从那时起，他开始早起床，迟上学，准时回家，再也不在三坊七巷和同学们游戏玩耍了，而是一有空就跑到他爷爷住的院子玩。他一到他爷爷院子，总是先问那小丫头在哪里，在做什么，有时他还会帮助小丫头为爷爷奶奶端水倒茶点烟抹桌。那小丫头看见他来，总是眉开眼笑，步履轻快，声娇音媚，爷爷觉得小丫头身上有一种令人亢奋、痴迷的吸引力。爷爷说，后来他研究人脑，发现那是一种气场，异性的气场，这种气场的存在会引发男人不自觉地分泌多巴胺，使他像抽了鸦片、吸了海洛因一样兴奋。爷爷当时就处在那样的境界中。那一年，爷爷的爷爷也看出眉目，一次爷爷的爷爷在玩赏博古架上的寿山石时问爷爷，你是不是喜欢小茉莉？那个小丫头叫茉莉，姓什么爷爷也没顾上问，爷爷说是喜欢她，而且十分喜欢。爷爷的爷爷说，你要喜欢，等你结婚时我就把她送给你，做你房中的填房丫头。爷爷当时还不明白送给他，做他房中填房丫头是什么意思，但他知道他的爷爷发话了，可以对这个丫头好，这个丫头就是他的女朋友，他亲爱的人，他就可以大胆地接近她，亲近她。王家上下的人知道了老爷子说过的话，自然对爷爷和小茉莉另眼相看，都知道爷爷要结婚时，小茉莉就会变成爷爷房中的人，就对他们的形影相吊少了管束，习以为常。

爷爷说那是一段糖一样的日子，蜜一般的岁月。他一早起来就到爷爷屋里请安，看一眼茉莉早上的笑容；中午一放学就到爷爷院子和爷爷一起吃饭，看一眼茉莉的步履；晚上他就跑到爷爷的厅堂，听一串茉莉的笑声。星期日休息，他就不做功课，跟爷爷擦博古架玩寿山石。爷爷问他喜欢不喜欢寿山石，他说喜欢，其实他不懂玩寿山石，他说喜欢是由石及人，他若说不喜欢，他就没有理由整天泡在爷爷的院子，时时刻刻都可以见到小茉莉。爷爷的爷爷说，你要是喜欢寿山石，等我死了以后这些石头全给你，那可是要值好多钱的。爷爷说他不要这么多，他只要一块，爷爷的爷爷问，要一块做什么？爷爷说送小茉莉。爷爷的爷爷说可以，你就挑一块，就算你以后收茉莉做偏房的聘金。爷爷那时已经知道什么是收作偏房了。爷爷早就看中一块枕头状的田黄石，爷爷的爷爷说，算你有眼光，没白跟我玩这些日子的石头，这可是一块田黄冻石，是寿山村一位财主送给我的，我给它取名为"弥勒献瑞"，只要稍加雕刻，就是一尊薄意弥勒佛像。那石长约20厘米，宽约10厘米，半弓状，两头尖，既像个枕头，又像半躺着嬉笑的弥勒佛。那石色如蛋黄，又似凝固的蜂蜜，全石通灵澄澈遍布萝卜绿纹，润泽无比，是田黄中最上品，出于中坂，十分稀罕，历史上列为贡品。爷爷的爷爷说，你选中这块，因为是送给小茉莉的，我就割爱了，茉莉这丫头我也喜欢，就算她服侍我一场的回报，这块石头可以管她一生的生活。

爷爷为什么要选一块上品田黄石送给茉莉呢？爷爷自有他的考虑。因为爷爷马上就要高中毕业了，他父母叫他去上海上学，以后还要去美国。这就不得不离开福州，离开王家大院，离开心爱的茉莉。他知道以后世事难料，因为日本投降后，国共两党正处在内战争夺之中，说不定有一日，王家大院也会四分五裂，各自鸟兽逃，那时茉莉怎么办、跟谁走，谁都说不清楚。而给她一块宝石，让她携宝逃生，以后万一生活流离凄苦，可以变卖度日，这是对她的最爱。

临别的日子一天天地近了，那是一段苦涩的日子，那是一段断肠的日子，爷爷害怕见茉莉，茉莉却是望眼欲穿想见到爷爷。还是爷爷的爷爷最了解爷爷，他对爷爷说，你去上海上学，又不是生离死别，以后放假可以回来探亲。爷爷说，时局变化，不以我们的愿望为转移，头脑里有准备总比没准备的好。爷爷的爷爷说，那你找茉莉谈一谈，让她有个思想准备。

茉莉到爷爷屋里，爷爷掏出包裹了一层又一层的田黄石给她，他说这一去，以后见面的日子难说了，我讨了爷爷的一块田黄石送给你，做终生纪念。这是一块宝石，平时你看着他，就想着我，你等我，我会回来娶你的。如果我不会回来娶你，你就嫁人。如果你生活困难了，就可以把这块宝石卖掉，卖个好价钱，它够养你一辈子的……爷爷还没说完，茉莉就把石往床上一扔，一头扑进爷爷的怀里伤心地恸哭起来，任凭爷爷拥抱、接吻、抚摸，就是止不住茉莉的恸哭。那一晚，茉莉就在小西厢房里把自己少女的贞操献给了爷爷。第二天一早，茉莉的眼睛肿得像红桃子一般。爷爷在仆人的簇拥下出门上车，上车时却看不到茉莉，待车要开动时，才见茉莉从南后街上买一串茉莉花，上气不接下气地跑回来。爷爷正上车，茉莉不顾一切跑上前抱住爷爷，把一串茉莉挂在他脖子上，口里念着："茉莉，莫离，茉莉，莫离……"爷爷的眼泪扑簌簌往下落……沧海桑田，一晃几十年过去。福州解放前夕，福州的王家人、上海的王家人各自由福州、上海两地迁往台湾，爷爷就再也没见到茉莉。王家的仆人丫头各自逃离，各谋出路。爷爷的爷爷，特别给了茉莉一些首饰，连同那块寿山田黄石，让她回寿山岭上村的老家。以后一切音讯隔绝。但爷爷对茉莉的记忆、怀念却是一辈子都深刻鲜活。

神经代码破译后，莘迪利用脑图谱和自己开发的软件，读取刻录了爷爷年轻时的记忆，但因为用的是白人的脑图谱，还原茉莉、寿山田黄石影像模糊。现在那个令爷爷迷恋、记忆一辈子的茉莉还活在福州，而那块爱情信物田黄石却不知去向。一切恍如梦境。

其实茉莉回到老家寿山岭上村后没有嫁人。福州一解放，她就成了寿山乡第一批上识字班的姑娘，后来当了妇女委员，成了打地主、分田地、翻身求解放的积极分子。她发誓一辈子不嫁，她要等着她的情哥哥。她把那块形似枕头的田黄石用棉布包裹做成自己的枕头，白天存起来，晚上掏出来枕着抱着偎着睡。她就这样度过青春时光。直到40岁她领养了一个被人抛弃的男婴，她把他抚养成人，又帮他娶妻成家，生了儿女，现在子孙满堂，而那个叫王奇发的岭头村村主任，就是她孙子中的一个。

这个孙子从小聪明伶俐，乖巧活泼，讨人喜欢。茉莉最爱他，总是护着他，宠着他，久而久之，奇发就养成了骄纵无忌、好吃懒做的习惯。好容易混到高中毕业，不但考不上本科大学，连最一般的专科院校也考不上。于是，他就和村里镇里一些不三不四的青年在社会上混。袋里没钱，就跑回来向奶奶要，茉莉的金银首饰先前是不敢露眼的，就是在最困难的1960、1961年也从没拿出来变卖过。改革开放后，提倡脱贫致富，让一部分人先富起来，茉莉才让这些金银首饰露面，变卖成人民币，给儿子娶亲，生儿育女。她的私存也成了村里人茶余饭后的传奇故事。茉莉的金银首饰毕竟有限，她当年不过是王家一个小丫头，又不是偏房姨太，所得肯定不多，不几年就已箱空屉尽，茉莉也就成了王家灯油耗尽、风烛残年的老废物和额外负担，过着有一顿没一顿连饭都吃不饱的日子。当她得知寿山石开始值钱，寿山乡到处都是采石买石来往的客人时，曾产生过出卖那块情哥哥送的宝石的念头。但一想那是一生唯一的爱情证物，怎么也舍不得卖。白天她把包裹着宝石的枕头藏在自己油漆斑驳的小藤箱子里，晚上拿出来紧紧抱在怀里偎依着，躺下时就垫在枕头下保护着。她的这些举动被随时注意奶奶有无值钱可变卖私藏的宠孙王奇发发现了。一次，趁奶奶到村中邻居家走动时，奇发打开奶奶的小藤箱，剥开包裹的破棉布，看到小枕头内是一块色彩斑驳的小石头，他大失所望，重新把破棉布包裹上，把石头放回箱子。奶奶回来后发现小藤箱被人动过，知道肯定是王奇发干的，她问王奇发，王奇发坦白招认，还嘀咕，一块破石头有什么珍贵，还当枕头呢！奶奶笑着说，这石头叫"弥勒献瑞"，是无价之宝。你生在穷人家，哪见过富人家的宝。石头疯狂时，王奇发还在镇上混，他见过几块比奶奶存的石头小多了的，都卖出叫人张口结舌的价钱，他这才恍然大悟……

茉莉发现田黄石被盗后近乎疯了，她呼天喊地、声嘶力竭地哭了三天三夜。她先是怀疑邻居，接着怀疑村里干部，到最后才怀疑自己孙子王奇发。王奇发对天诅咒，跪着发誓不是他盗的。事至如今，老祖母也只能不语，俨然成了一个植物人，只剩下一口气喘着，一口饭吞着，维系着生命。

2

中央纪委责成福州市纪委追查"弥勒献瑞"的来龙去脉，"弥勒献瑞"由北京送至福州。福州市委十分重视，市委书记、市长、市委纪检书记亲自过问此案。经过慎重考虑，市纪委邀请了葛怀庆参加案情分析，因为葛怀庆是寿山石专家，并且见过"弥勒献瑞"原石。

3年前的一天，时任晋安区委书记的老同学董玉照给葛怀庆打了一个电话，叫他有空到他家看他新近买的一块石头。那天晚上8点，葛怀庆准时到董玉照家。董玉照是"裸官"，长乐人，和大多数长乐人一样，老婆孩子都办出国，成了美国公民，在国内只剩下他一人。董玉照虽然也玩寿山石，但并不精通，他生怕被人欺骗，一有好石就叫葛怀庆玩赏鉴别。葛怀庆一看董玉照打开绸布，就觉得眼前这块石头特别眼熟，似曾见过。

这是一块十分珍贵的田黄石。萝卜绿纹、石皮、红筋格三大特征俱有，质地、色泽、形状、手感样样符合。葛怀庆双手抱起这块卵状石块，用脸面不断地摩挲，油渍通灵澄于石表，兼具温、润、细、结、凝、赋六德。葛怀庆心情怦然激荡，手心沁出微汗，仿佛一股细细的暖流从手心扩散开来，令人无比舒畅。他想起他见过的寿山岭上村王奇发家的那块石头，但他不说。

"玉照,这是已经几世纪没见到的罕见的田黄,旷世少有,绝世之物,你是从哪里弄来的?"

"我怕被人骗了,所以请你来鉴赏,我不相信现今还能见到这般极品。"

"现今造假几可以假乱真,但其内质是无法是假的,你拿手电筒来……"

田黄石为微透明或半透明体,一般的田黄石,在灯光下都有良好的透光性,可以洞察其内在肌理色质。在光线透射下,石心泛黄红之光,焕发出一种迷人光影,这是其他石材品种所不具备,是制假者无法制作的。

两人就着手电筒光线的穿透,仔细地鉴赏着石质肌纹内理,真的,这是无法造假的真物。

"怎么弄到的?"

"一个偶然的机会,一个不识货的人急于脱手,我运气好……"

"你是升官发财的命。"

"发财才能升官,我要送人,现在有一个好机会,天赐我这块好石。"

"如果雕工好,可以雕成一件惊世精品。"

"你看雕成什么值钱?"

"依这石形,我看雕成弥勒献瑞最合适。"

"为什么?"

"外皮、格、内纹理都好像在提醒人这是一尊半躺着的弥勒,再说弥勒是仁德之佛……"

"哎呀,葛怀庆,你真神了……"

"呵呵……"

葛怀庆建议董玉照找国家级工艺美术大师猛玛,他擅长雕弥勒佛,是国内少见的高手。以后,董玉照怎么找的猛玛,葛怀庆就不知道了。

市纪委召开案件讨论会。当葛怀庆走进会议室时，那尊"弥勒献瑞"正放在桌子中央，几个与会的公安刑侦人员在玩赏。葛怀庆从手提包里掏出手电筒，朝玉佛一照，立即断定这不是他3年前在董玉照家见到的那块田黄石，这是利用相似的石种连江黄冒充的田黄石。

连江黄中质佳者通灵有纹，初视犹似田黄，所以历史上就有石商以连江黄冒充田黄石贩售。假冒历史可以追溯到清朝。假冒手段各异，或以煨乌法冒充乌鸦皮，或涂染环氧树脂加上寿山石粉调剂，或以漂白粉擦磨成白色皮。但二者母矿不同，有着本质区别。葛怀庆是假冒高手，他多年前犯案就是在出卖矿洞时用连江黄造了许多假田黄蒙骗温州人，坐了3年牢。当年他曾托人请区委书记董玉照帮忙，董玉照秉公办事了，现在他也只能秉公办事了。他来之前，董玉照曾给他打过电话，要他鉴定时指认就是他在董玉照家见过的那块。葛怀庆电话里说好的，好的，内心暗骂：你这裸官、狗官，你也有今日，老子要你也去坐牢，老子决不作伪证！

"弥勒献瑞"是假田黄石已无须讨论。根据董玉照初步交代，他是拿王奇发给他的田黄石找猛玛雕刻的，猛玛雕成还给董玉照的"弥勒献瑞"，董玉照是亲自过去拿的。只是拿时，猛玛在菲律宾开会，后来心脏病发作死在菲律宾。如果真田黄石被偷换成连江黄，不是在猛玛大师家就是在董玉照送出后的环节中发生的，在这条链条上，董玉照以后的行贿受贿人是寿山石的外行，从中被人偷换是不会引起注意的。但是，也有可能是在之前被作假调换的，董玉照没有认真验收判断。讨论会由于意见不一致，没有下定论，不了了之。

真正的田黄石从这条"雅贿"链上脱落了。它到哪里去了？它现在落在谁的手里？

3

晚上，刘般若和葛怀庆送晚餐到协和医院特护室时，看见从特护室走出来的莘迪神情恍惚，以为她病了，连忙问有什么不舒服，是不是太累了。莘迪说，没病，也不累，只是她一下午回顾了爷爷和茉莉奶奶的故事，她实在不明白，为什么事隔几十年，爷爷和茉莉奶奶的记忆还如此深刻、情感还如此浓烈？这种关系的背后有什么推动力？刘般若说，他也一直在考虑这个问题。在研究春申脑图谱的过程中，他对脑与人们的爱情、脑与人们的政治态度也作了顺便的研究，现在有一些不成熟的看法，如果莘迪有兴趣，他可以和她探讨切磋。莘迪说，当然有兴趣，我吃饭，你讲解，我边吃边听。

刘般若说，人心里总是拥有某些理性无法理解的冲动。这是 3 个世纪前，法国物理学家、数学家帕斯卡说的。爱情是社会文化环境和人体生物构造这两个极宏大又极细微的事物共同塑造的。社会文化环境我不用说了，这人体生物构造，主要是指大脑构造，当然还有其他腺体分泌，但主要是脑。主管情绪、记忆与注意力的脑边缘系统的边缘共振，使观察一张异性脸孔所呈现出的情绪反馈变成一种多层次的体验，就像两面镜子对着放，产生了某种闪闪烁烁的弹跳感，互相反射使得各自的深度渐渐向后扩展至无穷无尽。当我们遇上了他人的凝视，两个神经系统此时就能形成一种真实而又亲密的接触，爱情就产生了。到这里，我们大脑的一部分似乎记得并找出（往往是无意识的）那个在我们家族内从情感上能和我们产生共鸣的人（通常是父母的一方或双方）。然而进化则要求我们寻找一位比由家庭设置的 GPS 系统更好的伴侣。一旦我们离开父母与家庭，我们的大脑和内心便开始进入搜索状态，寻找相同点，我们的潜意识正如 GPS 系统一样运作，为我们找寻一份似曾相识的，曾经在自己家庭中体会过的一种爱情。[①]

"家庭影响与童年的经历在我们处理问题的时候，发挥着意想不到的巨大作用。"刘般若说。

"你是这样的吗？"

"也许是。我小时候，有一个堂嫂十分喜欢我，她经常亲昵我，拥抱我，抚爱我，我对她十分亲近，后来，林丽芳第一个站在我面前，我以为是我堂嫂，我就爱上她了。"

"是爱你堂嫂，还是爱林丽芳？"

"我也不知道，反正那一刻爱情就到来了。"

"难怪我这一生没找到爱情，我小时候没有堂嫂爱过我。"葛怀庆说。

"哈哈，你也可以去想象一个堂嫂嘛！"莘迪说。

"想象不如现实。"葛怀庆说，眼睛直勾勾地看着莘迪。

"你别这样直勾勾地看着我，我又不是你的堂嫂。"

"不是堂嫂，就是堂妹……"

"怀庆，爱情不是那么简单，美国一个心理学家研究，爱情有三种心理成分，一是亲密，二是激情，三是承诺，哪有那么轻易就能找到的。"

"那你跟林丽芳三种心理都具备？"莘迪问。

"可能亲密和激情的成分多一点。但是，你第一眼相中的伴侣，其特征不仅来自父母或家族中一个人的形象，还要符合我们体内基因在千万年人类进化过程中所做出的规定。人类目前在择偶的'第一标准'上仍然和几百万年前我们刚学会独立行走的非洲祖先没有什么两样，女性期待另一半拥有尽量宽广厚实的肩膀与胸膛，以及浑厚的声线，前者预示着更坚强的

[①] 以上资料引自《三联生活周刊》2012年第6期朱步冲的《亲密关系的幕后推力》一文。

有利于狩猎的体魄，后者则代表更多的睾丸激素水平。"

"嗯，对的，我爷爷有此特征，你嘛，也有这类特征。"

"别联系上我。"

"呃，中国不是强调理论联系实际？"

"而男性则着眼于象征良好生殖能力的梨形身材……"

"对，茉莉奶奶和林丽芳都有这样的身材。"

"你也有，你如果有孩子，一定很性感。"

"怎么，你也联系上我了？我有这样的梨形身材？"

"看看詹妮弗·洛佩兹你就知道。"

"啊，我像詹妮弗·洛佩兹？哈哈，我太荣幸了。"

"但是，人们常常出错。在某种环境下，你认为某个人让自己感觉良好，然而真正使你感觉良好的不过是大脑中化学信息素作祟的结果。不知不觉中，我们被这些生物化学反应误导，认为自己找到了真命天子，其实错了。"

刘般若特意看了葛怀庆一眼，意思是要他注意听这一段话。

"错在哪里？"

"我们对200名刚刚陷入热恋的大学男女生进行了中脑腹侧盖区核磁共振后，发现多巴胺分泌明显增多，而另一个麻烦制造者肾上腺素也在这种时刻跑出来不失时机地麻痹他们的感知系统，从而让他们为自己的神经系统所误导，以为它在发出'非你莫属'这一神谕，从而开始刻意屏蔽那些页面信息，甚至用牵强的理由来为自己的选择性失明和偏执做出辩解。"

"那茉莉奶奶和爷爷的选择为什么自始不渝？"

"那是因为他们不在一起生活，他们所拥有的记忆就是开始的记忆，这种记忆不断重复，就使他们负责记忆这些的触突不断地重新复制，越来越厚、越来越实，这就是几十年的怀念。"

"我明白了。想不到你这个脑专家还是爱情学专家。"

"嘻嘻，不过顺手牵羊，顺带研究而已。"

"那脑与人的政治态度有什么关系？"

"自由派人士的脑部前扣带皮层的灰质容量较多，而保守人士的右侧杏仁核的体积更大些。一个人的政治态度存在相当明显的生物学基础，这个结论看似深奥，其实也很容易理解。自由和保守这两种态度在成为'主义'之前，完全可以归结为简单的神经冲动，即对不同的情境的不同反应。"

"做过这方面的试验吗？"

"做过，偷偷地做过……"

"做过谁？"

"做过梅老板。"

"真的？"

"真的。你一定要保密。心理学家很早就知道，持有保守心态的人对于恐惧或者不确定的案件往往更加敏感，思想较为自由的人则正相反，对与常规相冲突事件有更强的应变能力。人脑前扣带皮层的灰质部分与大脑应对冲突事件的能力有关，这部分体积越大，说明这个人应对冲突的能力就越强。而杏仁核则和面对恐怖情境时的敏感度有着直接的关联，杏仁核体积越大越敏感。"

"那梅老板呢？"

"你猜。"

"我猜不出。"

"凭感觉嘛。"

"我想，梅老板肯定是脑部前扣带皮层的灰质容量较大的……"

"对。分析结果,她是属于自由主义的。"

"这有什么意义?"

"对她是很有意义的。她将要竞选上海市市长,她的政见决定了她的政治命运。"

"你认为她会成功吗?"

"元老院的人大多认为她不会成功。"

"为什么?"

"大家都没说。"

"你的那个叔叔有看法吗?"

"他倒是直言不讳,说她会落选。"

"啊——"

葛怀庆听得如坠云中。

"般若,你们的讨论我怎么越听越糊涂?"

"你跟我们不在一个档次上。"

"那梅金老板呢?"

"你看呢?"

刘般若的手机响,屏幕上出现梅金形象。刘般若朝莘迪和葛怀庆伸了伸舌头。

"说我什么了?"大概刘般若的这个动作被梅金看到。

"没有呀……说你什么?"刘般若装糊涂。

"你现在在哪里?"

"在协和医院。"

"用得着你整天陪着吗?"

"葛怀庆给莘迪送饭,莘迪整天陪着她茉莉奶奶。我是陪葛怀庆进来的。"

"真是天赐良机啊！我知道这几天你们俩是如胶似漆，一刻也没分开过。"

"我是怕有什么不周到的地方，莘迪对她这位刚找到的奶奶的那种感情太让人意外了。"

"让人意外的是你的那种投入。医院我都交代好了，全力以赴抢救，你还有什么好操心的。"

"是没有……现在有一个问题是大家的共识，就是必须找到那块真田黄石才能救老奶奶，包括协和医院院长、医生都这样认为。"

"那你操这个心了吗？阿青、阿坤的调查已经有眉目了，你知道吗？"

"有眉目了？不知道呀？他们没跟我讲！"

"他们敢打扰你的美梦吗？"

"什么？有眉目了？"莘迪小声地问，刘般若朝她嘘声摆手，摇头。

"他们现在回到贵裔会馆了，你赶快回去。但是不是叫上葛怀庆，由你定。你这个同学，我怎么看怎么不地道。"

梅金收线，刘般若对莘迪说："我得赶紧回去。"

"在梅老板面前你像一只巴儿狗似的，一点也没有男人的尊严。"

"你懂什么呀！走，怀庆，我们走。"

"梅老板不是不让我跟你们……我就不去了。"

"也好，你在这儿陪莘迪再聊一会儿。"

"好……"

等刘般若走了，葛怀庆建议莘迪饭后到外面散散步，莘迪爽快地答应了。

4

刘般若赶回到贵裔会馆时，阿青、阿坤正吃完晚饭，在院子天井石桌旁坐着泡茶喝。

"怎么了，有眉目了？"刘般若还没坐下就急匆匆地问。

"什么叫有眉目？"阿坤说。

"你再装糊涂，我叫堂燕收拾你！"

"未来的泰山大人在此，还用叫堂燕？问题是这未来岳父现在的时间都被人占用了，我们连向他汇报都插不上。"阿青边泡茶边说。

"我知道你们调查有了线索，就自以为是，向老板邀功了。说，快说！"刘般若坐下催促。

阿坤说，这几天他和阿青做了分析调查，逐渐把线索集中到两个主要点上：首先是会武功的，其次是会武功又会电脑的。福建是南少林所在地，会南拳的人不少，但集中在南少林寺庙中的僧人大多文化水平不高，即使有一些高等学历的出家和尚，懂电脑但武功还达不到那个夜行飞客的水平，所以就排除了在寺庙的可能，把目光转向近年出现的武术会馆。这些武术会馆集中了许多富二代、官二代、富三代、官三代精英之辈，高手如林，但是武功要达到夜行飞客的水平又都勉为其难。但他们还是确信这种人藏匿在高级的武术会馆中。

福州近郊的高档武术会馆，选择了三家做了比较，最后目标盯住猫耳山演武会馆。为什么盯住它呢？因为会馆的主人是一个姓葛的人，叫葛怀仁，一查，居然是葛怀庆会长的堂弟。葛怀仁原是省外贸公司一个一般职工，改革开放后下海经商，赚了一笔钱。他有先见之明，在避暑胜地北峰猫耳山买下一大块地，盖了多幢别墅，包括健身房、游泳池等。因为他从小爱好武术，身边聚集了很多武术爱好者，他还聘请了武功高手教习练武，据说出了不少武功人才。根据分析，那晚造访贵裔会馆的夜行飞客，很有可能出自他的演武会馆。

阿青说，我们此行目的除了市政府有关领导外，葛怀庆是最清楚的一个局外人。据说葛怀仁在购置山地过程中与区委书记董玉照有过节，董玉照并不支持他购置山地，曾经卡过他，他后来借助省里更高领导的压力才使董玉照妥协。

刘般若问，这与夜行飞客有关系吗？

阿青说，当然有关系，而且关系十分微妙。葛怀庆把在岭上村收购的矿洞卖给温州人，犯了诈骗罪，诉讼期间曾请求董玉照关照，但董玉照秉公办事，没有利用时任区委书记的权力从中庇护，致使葛怀庆蹲了3年监狱，葛怀庆耿耿于怀。田黄石"雅贿"事件发生后，董玉照曾要求见过田黄石的葛怀庆支持他，指认那块连江黄冻石就是田黄原石，葛怀庆也来个秉公办事，一口咬定连江黄冻石不是他见过的田黄石，这样董玉照就无法排除调换田黄原石的嫌疑，使此案无法了结拖到今天，使董玉照的仕途进步受到严重阻碍，董玉照也耿耿于怀。

刘般若说，这事越扯越远了，我无法理清头绪，这比神经代码更复杂啊！

阿坤说，我和阿青就觉得事情已经很清楚了，真田黄石被调包的线索已经出现了。

"在哪里？"刘般若惊诧地问。

"在葛怀庆心上，在葛怀仁身上。"阿青说。

"这句话倒很经典。"

"阿坤的原创。"

"瞎掰。"刘般若说,"风马牛不相及。"

"我们凭感觉。"阿坤肯定地点头。

"怎么能凭感觉?"刘般若说。

"那明天我们上去逛逛怎么样?"阿青问。

"好呀!"刘般若端茶杯,一啜而干,"喂,要不要叫上莘迪?"

"这就看你的,现在你好像一刻也离不开莘迪。"阿青说。

"阿青,你要知道,我的任务是攻克神经代码。"

"现在我们目标乱了,变成追寻弥勒献瑞了,我们成专案组了。"

"哈哈哈……"三人大笑。

刘般若的手机响,屏幕上出现严正市长的图像。

"般若,这几天忙,没法约你喝茶,对不起了。"

"反正一忙遮百丑,什么事都可以归结为忙。"

"真是的,刚才梅老板给我打电话了,说追寻田黄石的事你们有眉目了,不打搅市政府了,你们自己去寻找,是吗?那我们就轻松了。"

"是呀,这样的事都找市政府,也有点说不过去,我们先找吧,有困难再找你。"

"好的,再见。"

刘般若关机,自言自语地说:"真成专案组了。"

刘般若给莘迪打电话,没想到莘迪居然和葛怀庆一起逛乌塔、白塔去。刘般若只告诉莘迪明早8点阿青在协和医院门口接她,什么事没说,莘迪回答知道了。

第二天清晨,三人早早地在贵裔会馆用过早餐,在葛怀庆还没来会馆前就出发。他们昨晚租了一辆奔驰商务车,也是为了回避葛怀庆,免得他通风报信。不过,刘般若心里不相信葛怀庆会卷入这个"雅贿"的案子。

他认为葛怀庆虽然对董玉照耿耿于怀，但不至于此，当然他不说而已。

奔驰商务车先到协和医院接了莘迪，随后就上了绕城高速。莘迪一上车就说真没想到，太刺激了。刘般若问，葛怀庆知道吗？她说不知道，我没对他说。刘般若点头赞许。

猫耳山在福州北郊，与雪峰山相对，不过雪峰山因为有个雪峰寺，就比猫耳山出名。车程不过30里，不到半小时就到了。

猫耳山果然雄伟，在清晨太阳红光的照耀下，两块灰色的巨石像两只猫耳朵耸立着，山形像猫名副其实。山腰上有一块空地，是个停车场，旁边是一个古朴的山门，挂着一块"猫耳山演武会馆"大木牌，门口有传达室，车一到就有门卫走了出来。

阿坤、刘般若、莘迪及阿青陆续下车，门卫过来问："干什么的？"

"随便逛逛。"阿坤回答。

门卫指了指山门边一块小木牌上的字样：非本会会员勿入内。

"我们要见你们会长。"阿坤说。

"预约了吗？"

"没有。"

"没有预约不能见。再说我们不认识你们。"

"我们是你们会长的哥哥葛怀庆的朋友……"刘般若说。

"朋友？朋友多着呢，不是会员要进我们猫耳山演武会馆，是有规矩的。"门卫说。

"什么规矩？"阿坤问。

"什么规矩？看来你是外地人吧！你看清楚，这是演武会馆，不是练武会馆，要是练武会馆，也许我可以让你进去见识见识，练练拳脚。这是演武会馆，进去不是演出就是比赛，你们会吗？"

"呵呵！什么叫会吗？会是什么意思？"阿坤故意傻笑。

门卫有点火了。另一个年轻门卫走了过来，抓住阿坤的手一使劲，阿坤就跌出五六步，屁股着地，疼得他"哇哇"地叫喊起来。

"会是这个意思，哈哈哈……"年轻门卫说。

阿青上前，抓住年轻门卫的手，轻轻一使劲，年轻门卫"噌噌"地跌出七八步，怎么也止不住自己，屁股"啪"地着地，疼得吱不出声。

"不会是这个意思。"阿青朝年轻门卫努了努嘴，调侃地说。

莘迪正要拍手欢叫，只见年轻门卫一个鲤鱼打挺，腾空跃起，她愣住了。

年轻门卫一个黑虎掏心直奔阿青，阿青后退着，镇静地轮番掀动双腿，抵御着年轻门卫如疾风骤雨的令人眼花缭乱的拳法。

"好个南拳北腿，莘迪、阿坤快看，真正的南拳北腿，你们今天有眼福，真有眼福，仔细看，仔细看……"刘般若边看边说，好像是个体育赛场解说员。

阿青冷静地后退，仔细观察年轻门卫的一招一式，他眼前突然涌现那晚夜行飞客的身姿，他的一招一式，十分像那晚的夜行飞客……阿青突然转身跃上山门，年轻门卫毫不迟疑，紧跟上门。阿青沿山门围墙奔跑，年轻门卫紧跟追赶，那身姿与那晚夜行飞客何其相似。阿青心中有数，轻身飞下围墙落地，年轻门卫紧跟下地，紧追阿青。阿青退到奔驰商务车后，年轻门卫贴车窗窥视，和那晚在假山石旁的窥探一模一样。阿青说，壮士，我们见过。年轻门卫说，少废话，有本事出来！阿青说，出来可以，别怪我失礼。年轻门卫说，失礼，我要你去见奶奶！阿青一转身跳到停车场正中，年轻门卫推出一套令人眼花缭乱的拳式直扑阿青，阿青纵身一跳。突然，传来一声粗嗓门："壮士腿下留情……"

停在空中的阿青闻声略作收敛，只轻轻一剪，一腿踢中花拳飞舞的年轻门卫的脸，年轻门卫"哎哟"一声，捂脸倒地，头昏眼花，爬不起来。

刘般若、莘迪、阿坤如痴如醉，如梦初醒，拍手欢叫。

阿青从空中轻轻落地，回眸一看，一个约五十出头、肥头大耳、精壮健硕的中年人正合手抱拳朝他鞠躬。他上下白色丝绸中式对襟便装，活脱脱像个站立的弥勒佛。他的背后，站着一个高挑的身披袈裟60多岁的老和尚，和尚的背后，停着一辆豪华奔驰轿车，开车的是一个小沙弥。

阿青好生奇怪。刘般若他们三人刚才入神地看阿青和年轻门卫相斗，也没发现有车到来。

"师傅，见谅了！"阿青抱拳致歉。

"岂敢，岂敢……"精壮中年人自报家门，"在下猫耳山演武会馆馆长葛怀仁，不知壮士光临，有失远迎。般若哥，怎么事先不打个电话？"

葛怀仁伸出双手迎向刘般若。两人紧紧地握手。

"谁知道你在这儿！神秘兮兮的。你知道他是谁？"刘般若指阿青，"北京来的，梅老板保镖。"

"难怪，难怪，这么好功夫。阿捎，快过去见过师傅！"葛怀仁对那个年轻门卫说。

阿捎从地上爬起来，羞愧难言地上前作揖。

"小的有眼不识泰山，望师傅原谅。今天我可是领略了什么是北腿。"

"你的拳法也很好，我也领略了什么是南拳。我们好像见过……"

"是吗？"葛怀仁问。

"是的，那晚的夜行飞客，如果我没认错，可能就是他吧。"

"好眼力，好眼力……啊，我尽顾说了，还忘了介绍一个朋友。"葛怀仁拉过老和尚介绍，"这位是雪峰寺方丈，闻名遐迩的释霖大师。"

"阿弥陀佛……各位施主万福！"释霖大师向众人一一合掌问好。

"怎么样，大师，今天难得，是个好日子，一大早来了上海、北京的客人，你再上山，我们欢聚欢聚。"

"阿弥陀佛，本寺今日有斋事，恕我不能陪伴，善哉善哉……"

释霖大师举手齐眉，婉言告辞。他向奔驰车走去，小沙弥早已为他打开车门，释霖大师上车，奔驰车绝尘而去。

阿青、阿坤注意到后车窗上露出一个黄色绸布包裹的箱子。

"各位，有请，到山上看看，中午我请客。"

随着葛怀仁的指引，刘般若一行人鱼贯上山。

5

这真是一块宝地，峰险崖峻，路回湖绕，林木扶疏，花草茂盛，鹿出麂没，虫唧鸟鸣。

这真是一块福地，空气清新，阳光明媚，山泉滴滴，瓜果密密，鸡犬相闻，鹅鸭嘶鸣。

这真是一块富地，别墅立在岗顶、隐在林中，亭台阁榭遍布路旁，高大宽敞的健身房耸立田野中，平静如镜的一个椭圆形游泳池镶在山腰上，把青山绿树白云倒映，像一幅铺展的油画，使人心旷神怡。

这真是一块圣地，在你目所能及的空间，都会有一尊尊大小各异、千姿百态、皆大欢喜的弥勒佛朝你微笑。佛像有石质的，有木质的，有瓷质的，有陶质的，有玉质的，有翡翠的，有金银的，有玛瑙的，在室内还有布质的，丝绸的。弥勒佛或站，或坐，或卧，或躺，与环境空间配合默契，到处洋溢着快乐，使你烦恼顿消，忧愁顿失。徜徉在亭台楼阁之中，你仿佛走入一个西方极乐世界。更使人惊讶的是，在一个小阁楼顶上，收藏的弥勒佛像，有和田玉，有蓝田玉，有寿山石，还有各种各样珍稀树种紫檀、楠木、红豆杉、黄花梨等雕刻而成的，价值连城。这是一个弥勒佛的世界。

"先生，你怎么对弥勒佛情有独钟？"莘迪问。

"呵呵，小妹妹看出我的爱好了！弥勒菩萨是释迦佛时代弟子之一，他不修禅定，也不烦恼，却被释迦佛认可必定成佛，且授记为未来佛。弥勒佛曾转世为布袋和尚。布袋和尚总是满面笑容，双耳垂肩，袒胸露腹，肚大能容。他常常手持拐杖，肩背着大布袋，四处启化世人。他给人欢喜快活、逍遥自在、大肚能容的深刻印象。他的快乐佛、幸福佛、欢喜佛的典范造型，代表了中华民族宽容、和善、智慧、幽默、快乐的精神，深受中国人尊崇和喜爱。所以我独钟他。"

"嗯，我明白，做人要做这样的人，才快活。"

"小妹妹要是喜欢哪一尊，我割爱相送。"

"不，不，不……"

"哈哈哈……"

笑声中，葛怀仁带着4人，继续参观别墅、健身房和亭台楼阁。

"这只有西欧、北美的贵族才住得起。"莘迪边看边感叹。

"不，这只有我们中国新贵才懂得住。老贵族，哪懂得弄个游泳池。再说这些收藏，就是聚财，不像老财主只想买地。"刘般若纠正莘迪。

"说的也是……"莘迪点头。

游泳池边，有几个少男少女在追波逐浪，天真活泼地嬉戏。少男们个个青铜色皮肤，健硕无比，少女们穿三点式泳衣，英气俊美。

"老弟，你这是世外桃源呀！"刘般若说。

"世外桃源？我才不搞那不食人间烟火的东西，我选这里，是用好环境吸引朋友们上来健身、练武、演武，结交江湖朋友，会聚各路英雄。"

"啊，那你变成宋江了。"阿青说。

"老弟，这话能说得吗？太平盛世，中国历史上从没出现过的和谐小康社会，实现民族复兴伟大梦想，谁还会有造乱心态？"

"说的是，贫富不能太悬殊，太悬殊就作乱了。"阿坤说。

"我是崇尚弥勒佛的哲学，皆大欢喜，大家都应该欢喜，这欢喜才能是长久的。"

"但是也许你欢喜了，别人就不欢喜，你有了欢喜了，别人就失去了欢喜。"刘般若说。

"刘兄，你这什么意思？我夺人欢喜了？"

"没有，我是说你收藏了那么多珍奇弥勒佛像，不是把别人喜欢的东西给掠夺了？"

"掠夺？我又不是明火执仗去抢，我是花钱买的。"

"有些东西是无价之宝，你花钱是买不到的。"

"再天价也有价，无非是天价。当然有的我买不起，包括你的梅老板也买不起。"

"所以就有人动起宝物的心思。"

"嘿嘿，我知道你这话包什么馅，我知道你们今天冲什么来我这里，要不然，你们这些上海、北京的客人不会一大早跑到猫耳山来。"

"啊，你知道我们的来意？"

"当然知道，要不然我那个年轻门卫也不会夜行造访贵裔会馆。"

"啊，原来那是你有意安排？"

"当然，真人不说假话。你们是冲那块田黄石而来，我是冲那块田黄石而去。你们刚才看了，我崇拜弥勒佛五体投地，我收集的弥勒佛像就缺一尊真正的田黄冻石，我以为你们带着那尊弥勒献瑞呢！"

"如果我们带着，你打算怎么办？"

"申请转让呀！"

"你出得起吗？"

"不就是天价吗？我用这里所有资产……"

"啊……"

葛怀仁说得刘般若、阿青、阿坤、莘迪目瞪口呆。

葛怀仁这一席话，暂时打消了4人的怀疑。他们愉快地接受了葛怀仁的盛情邀请：中午，葛怀仁在贵宾阁宴请；下午，葛怀仁请阿青与会馆会员切磋武功；晚上，葛怀仁请他们住下，领略领略猫耳山夜色。

莘迪对中午的宴请没什么兴趣，她匆匆吃了个饱就离席，说好久没游泳了，这个半山的游泳池她是第一次见识，要领略领略。她让刘般若陪她游，刘般若说有几年没游泳了，也想试试他年轻时的优美泳姿。阿青自然参加下午的武功切磋，但他还是没有放弃调查的心机。阿坤并不相信葛怀仁那一套话，他认为这是葛怀仁欲盖弥彰的悖论，他越是坦荡，越使人对他怀疑，他这是一种更高的姿态，更深的城府，他要随时随地注意葛怀仁的一言一行、一举一动。在这一点上，阿坤比刘般若有经验。也许这就是职业。

莘迪换上一件红色三点式泳衣，跳入游泳池，一口气游了40个来回，大约1000米。刘般若只游了20多个来回，已经气喘吁吁，他只好上池坐在躺椅上，看着像一朵红花似的莘迪，在水中自由自在地漂浮。她一会儿自由泳，一会儿蛙泳，一会儿仰泳，一会儿蝶泳，不觉地挑逗起刘般若的性幻想。她白里透红的肌肤是那样健美，她修长的身材是那样匀称，她的三围是那样标准，她的笑声是那样调皮爽朗，这一切，加上她的智商和情商，构成了一个完美美人。刘般若慨叹，人世间哪里能寻觅到这样一个完美的女性啊！难怪葛怀庆垂涎三尺。

晚餐后，葛怀仁坚持要他们留宿。刘般若不想麻烦葛怀仁，虽然他与葛怀庆是从小的同学，莫逆的好友，但与葛怀仁交往不多，加之事关田黄石的调查，不好意思再待在一起。莘迪、阿青、阿坤却巴不得留宿。阿青、阿坤当然自有他们的打算，莘迪则有她的心思，刘般若只好服从他们，答应留宿猫耳山演武会馆。

6

月上东山、光华满轮时，莘迪端了一杯茶，走到刘般若房前，轻轻地叩门，刘般若闻声开门，见是一身睡装的莘迪，愣了一下，还是请她进了屋。

这是一间中式卧室，满堂海南花梨木家具富贵堂皇。月光透过落纱窗，洒在楠木地板上，浸染成淡淡的花样，使得空山的幽静添上一层空蒙的感觉。

"怎么了，睡不着？"

"奶奶的石头没着落，我怎么睡得着？"

莘迪把茶杯往茶几上一放，"铛"的一声，在静夜中显得特别刺耳。

"他们两个到哪儿去了？我上他们房间都没人。"

"你去停车场了吗？那辆车在不在？"

"我去停车场看了，那辆车不在。"

"他们肯定当夜行客去了。"

"他们会去哪里呢？"

"他们两个不会相信葛怀仁那些话，他们的疑心没有消失。"

"你的消失了吗？"

"我的好像消失了，我不相信葛怀庆会牵涉进去，自然也不会怀疑到他弟弟身上。"

"阿青、阿坤早上看见老和尚车后窗露出个黄色绸布包裹的大盒子，怀疑有人转移东西。"

"那样判断太简单了。再说，这里到处都是弥勒佛，走它个把，一点也不奇怪。"

"这弥勒佛呀，原来是女人膜拜的对象，据说不会生育的女人经常到佛像前烧香。他会让女人生育？那我也要去拜拜。"

"你也想生养？"

"当然啰，我的愿望是当一个没有丈夫的母亲。"

"那还不容易，国外有的是精子银行，上海也有。"

"我才不上那种银行呢。我要选我中意的男人当孩子的父亲。"

"要想当没有丈夫的母亲，又想选中意的男人，真是两难选择。"

"机会没到，机会一到，一点不难。"

"现在有目标了吗？"

"好像有，又好像没有。"

"我不想打听，也不想听。你们这些90后的孩子，我们老一辈人是无法理解的。"

"你为什么总把我看成孩子？难道你有一个堂燕还不够？"

"你30岁，我奔六，把你看成孩子还嫌你小呢！"

"你这人真不可理喻，不打搅了，我睡觉去了。"

"生气了？"

"生个屁气！"

"回国没几天也学会满口粗话。"

"粗个屁!"

莘迪愤愤地走出房间。她刚走到门口,又回过头,在茶几旁坐下。

"怎么了?"

"你说奇怪不奇怪,昨晚你的同学葛怀庆,向我表示了爱慕之情。"

"啊,真没想到。他怎么表示?"

"他说短短几天,莘迪,你给我留下太好太好的印象,世界上再也找不到我这样完美的女人,我这辈子恐怕是他遇到的唯一了。他说,如果我不嫌弃,我们就交个朋友,他说虽然他过去犯过官司,但一切都过去了,他现在也有一定的资产,足够让我过一辈子富裕的生活,在美国也好,在中国也好……"

"你怎么说?"

"我说,这个嘛,我还没有思想准备,我这次回来,主要是找茉莉奶奶,现在奶奶找到了,她的石头却找不到,这会要了她的命,我当务之急是要找到那块石头,只有找到石头,我才会有心思考虑个人问题……"

"怀庆怎么说?"

"怀庆说,要找那块石头,说简单也简单,说复杂也复杂,就看我对他的态度了。"

"那你怎么不投怀送抱!"

"我是那样没贞操的人?"

"碰到自己满意的还谈什么贞操,都什么年代了。"

"啊,这就是你的逻辑?梅老板那么喜欢你,你为什么不投怀送抱?"

"咦,莘迪,我也在考虑这个问题呀!"

"怎么样,抓住你要害了吧!"

"嘿嘿,是要害。你现在可能就明白,为什么华梅集团给我股份我都不要。"

"啊……"莘迪意外地看着刘般若,"我明白了!"

莘迪深沉一笑,得意地走出房间。那步伐像母猫那么优雅,像猎人那样机敏。

第二天一早葛怀仁派车送刘般若、莘迪回城。他早已知道阿青、阿坤昨晚离开了演武会馆,并发生了什么事,但他没讲。离开会馆时,莘迪向葛怀仁要一尊弥勒佛像,葛怀仁十分高兴,说要哪一尊都可以,莘迪说,要一尊像刘般若教授那种德行的。众人乐得呵呵笑。莘迪最后挑了一尊非洲木雕站立的弥勒佛,跟刘般若做了比较,开心地摇头晃脑地上了车。

7

等刘般若和莘迪回到贵裔会馆,才知道阿青和阿坤昨晚惹了一场祸。他们两人不敢告诉刘般若和莘迪,阿坤开车回了城,送阿青到协和医院急救中心抢救。

原来阿青和阿坤晚餐后不让刘般若和莘迪知道,开了车直奔猫耳山对面的雪峰寺。那晚也奇怪,雪峰寺早早地关了门,不撞钟不点灯不念经,一片寂静。阿青和阿坤在远离停车场的地方停下车,步行至雪峰寺前。阿青见寺院已关闭,就告诉阿坤在大门外等候,他自己挑了一道矮墙,一跃而上,消失在墙内。

阿青轻身落地后见寺内空无一人,漆黑一片,心生纳闷。远远瞧见一个侧室,隐隐透出粉黄的灯光,就蹑手蹑脚上前。探头一看,只见神座前点了9根红烛,供着一尊弥勒佛。那是一尊石雕,弥勒佛,浑身泛黄。他眼睛一亮,心想,这莫不是那尊丢失的田黄石弥勒佛?他眨巴眨巴眼睛,竭力回忆着他在北京时秦严书记给他看过的那件"雅贿"弥勒石雕,何其相似。他轻轻推了一下木门，居然"吱呀呀"打开。他回头窥探，见无一人，就迈过门槛，走进室内。他只觉得室内烟气氤氲，一股浓香扑鼻而来，他不由地深吸一口，但马上觉得不对头，收腹吐气，却已经来不及了。他觉得昏眩。他立马掏出手机，对那尊弥勒佛"咔嚓咔嚓"地拍了几张照片。他开始支持不住，只觉得步履轻飘，像踩在棉花上，双腿无法用力。他知道上当受骗了，连忙从门槛翻身出来，朝院子大口地吐故纳新。他跌跌撞撞朝一个小门口走去，支撑着身子想拔掉门闩开门，但门闩锁住了。他又朝另一个小门走去，门闩依然被锁住。他正要朝大门走，突然院子四周轰地发亮，几十个和尚出现，几十支火把把整个寺院照得通明透亮，和尚们举着火把发出响彻云霄的大笑："哈哈哈……"

　　阿青无处存身，无缝可钻，无地自容。寺院大门戛然大开，阿青由两个和尚搀扶着，在火把光亮的指引下朝大门走去。他刚走出山门，支撑不住，跌倒在地，闻讯赶到的阿坤跑上前把他扶起，半驮半背地领他走向停在山门下的那辆奔驰商务车。

　　"我上他们当了，中蒙汗药了，快回城，到急救中心……"

　　阿坤扶阿青上车，阿青交代别告诉刘教授，阿坤点头，发动引擎。

　　释霖大师站在山门前朝急驰离去的商务车合掌念叨："阿弥陀佛……"

十、热风那个吹

1

刘般若和莘迪赶到协和医院急救中心，阿青经抢救已脱险，一脸木讷地躺着，一声不吭，他大概还在想着昨晚的经历。阿坤眼圈黑黑的，在一旁打瞌睡，他是熬不得夜的。阿坤看见两人，断断续续地介绍了昨晚后半夜发生的事，一筹莫展的样子。刘般若问他们是怎么分析、怎么设想的，居然冒昧地夜闯雪峰寺，阿坤朝阿青努了努嘴，意思此举的责任全在阿青。刘般若什么也不说，只是苦涩地笑笑。他和莘迪安慰了两人，就去特护室看望茉莉奶奶了。

出人意料的是昨晚莘迪不在，葛怀庆自告奋勇地值了一夜班，陪茉莉奶奶一整夜。莘迪很感动，不知说什么好，葛怀庆连声地说没什么，没什么，应该的，应该的。莘迪看见茉莉奶奶在沉睡，就说自己昨晚休息得还好，一点不累，让他们两人先回去休息。

刘般若和葛怀庆走出协和医院，刘般若简要地向葛怀庆介绍了他们4人昨天的行动，葛怀庆沉默不语。他去停车库开来那辆奔驰商务车，问刘般若去哪里，刘般若说回贵裔会馆，他就把刘般若送回了会馆。葛怀庆开车要走，刘般若伸手把他拉下车，说有话要和他说。葛怀庆不甚情愿地跟刘般若进了贵裔会馆。

"老弟，今天怎么一言不发？"

"老哥，你不开口，我还真不想开口。"

"那么现在开口了……"

"服务员，泡茶——"葛怀庆大声喊，好像要把这口气全吐掉。

两人在闻香室边喝茶，边打开话匣子。

"昨天你们的行动说明对我不信任，对我有怀疑。实话说，你们在路上说了我什么坏话没有？"

"还真没说什么，你那么在乎干吗？"

"你知道我现在处在一种什么境地吗？"

"什么境地？我想一想，嗯，你大概对一个人萌生情愫。"

"对！知老弟者，大哥也。这几天的接触，我不知怎么对莘迪怦然心动。如果你们在她面前议论我什么事，再把我跟我堂弟联系起来，再跟你们要找的田黄石联系起来，我还能去追求她？"

"你真的爱上了莘迪？"

"嗯……怎么样？"

"不太现实吧。"

"我没婚姻过，我有一笔财富，我50多岁年富力强，我是工艺美术大师，我有一份好职业，我是三坊七巷贵裔，我说到底还不是中国人，我是外国人……"

"就这些？还有什么？"

"还得有什么？"

"你知道莘迪的追求吗？"

"一个美籍华人，洋妞，她还能有什么追求？过上富裕生活，这就是我们新世纪新新人类的追求。"

"恐怕对莘迪来说，没这么简单。莘迪昨晚对我说了，说你向她表白了。"

"她什么态度？"

"没有肯定，也没有否定。"

"这么说还是有希望的。"

"希望嘛……"刘般若突然把想说葛怀庆你是吃错药或脑子进水的话吞下去，他不忍心这么残酷，也许有意外呢？也许他能成功呢？

"莘迪这次回来最主要的任务是找茉莉奶奶，现在奶奶找到了，可奶奶那块心头之石没找到。我们帮莘迪找到这块石头，才是当务之急。"

"你这么说，我就理解你们的行动了。"

"这个行动是基于阿青、阿坤的分析，我并没把这事和你、和你的堂弟联系上，所以我没有向你通气。"

"我知道你的为人。"

"你是我们这些人中，唯一见过那块田黄原石的人，你有什么看法？"

"我如果是那块田黄原石的拥有者，或是占有者，或是窃玉者，我决不会把它拿去给什么狗屁工艺大师雕刻！"

"什么狗屁工艺大师，猛玛大师是国家特级工艺美术大师，你不也是国家一级工艺美术大师？"

"是呀，我对我自己最清楚。猛玛大师虽说名气比我大，钱赚得比我多，但他对自己是什么他自己最清楚。他作为大师，如果见到那块田黄原石，采天地之灵气、日月之精华的天工之物，他舍得下刀？"

"哎呀，怀庆，我今天对你真要刮目相看！"

"这么说，你过去从来没有对我刮目相看？"

"别说过去，昨天就没刮目相看。不瞒你说，莘迪对我说了你对她表了白，我心里说你吃错了药，脑子进水……"刘般若还是把想法说出来。

"吃错药、脑子进水的是你！你这样的人在高校、在研究院越待越傻，越待越穷，要出来混，闯荡。我当初要不出来闯荡，能有今天？"

"得得得，说你行，你就得瑟。依你分析，这块田黄原石还在？那在谁手里？"

"不是在董玉照手里，就是在猛玛大师手里，不出这两个人。"

"这么肯定？"

"董玉照可以不拿田黄原石，拿个假田黄雕个弥勒献瑞送那个领导，据说那人特爱弥勒像，这是其一；猛玛大师也可以不拿真田黄原石雕刻，拿假的或造假，然后伪装成真田黄石雕像，还给董玉照，这是其二。田黄石造假我最内行，对门外汉来说几可乱真。"

"有没有其三？"

"此话怎说？"

"真正的喜欢包含保护。保护好这块原石，不让它落入贪官之手，最后归还国家和人民，才是真爱。你说有这样的人吗？"

"有。"

"那只要找到这个人，就能找到那块石。"

"但是猛玛大师死了。"

"但是田黄石总在，而且就在福州！"

"哇，石破天惊的分析，老哥，我服你！"

"服我就要帮我。"

"好呀，你也要帮我。"

"我帮你什么?"

"给点时间、空间,让我跟莘迪套套近乎。"

刘般若手机响,屏幕上出现梅金形象。

"刘教授,怎么样了,有进展吗?"

"哎,乱套了,还有进展?"

"阿青都跟我说了。我说我这次怎么了,会派你们这批窝囊废去福建,我哪根神经搭错了?"

"老板,你的神经没搭错,是我们的神经搭错了。"

"老刘,你这顺竿爬我早就熟悉了,你别跟我来这一套。这样,我明天去平潭岛,你也来一下,就你一个人来。"

"你去平潭岛做什么?"

"这你就别问了。"

"永泉呢?"

"跟我在一起。"

"好。"

"再见。"

"再见。"

刘般若对葛怀庆耸肩摊手:"你看,这不,你的机会来了,明天起你陪莘迪好好地玩一玩,让她在福州过得愉快,也顺便让你得逞。"

"去你的!"

刘般若暗笑。

2

晚上,刘般若给莘迪打电话,说明天他要去平潭开个临时紧急会议,让葛怀庆陪她玩。莘迪说她也要去平潭，刘般若说他去开会，没时间陪她，等他开完会再说。他说葛怀庆陪她去鼓岭、泛船浦玩，那是有历史有典故有外国人情结的地方。莘迪说，你不会是给葛怀庆制造亲近我的机会吧。刘般若说你趁机哄哄他，让他想办法帮助找到茉莉奶奶的田黄石。莘迪开心地大笑，刘般若这才把她哄住。

莘迪也不是省油的灯。她立即掏出折页手机搜索。

福建省平潭综合实验区位于福州市东南部海峡的平潭县。平潭县是大陆距台湾省最近的县，面积392.92平方米，由海坛岛等126个岛屿和近千个岩礁组成，主岛海坛为中国第五大岛，辖7个镇，8个乡。福建省平潭综合试验区的发展定位为探索两岸交流合作先行先试的示范区和海峡西岸经济区科学发展的先行区。实行海峡两岸同胞"共同规划、共同开发、共同经营、共同管理、共同受益"的合作模式，成为两岸人民合作建设、先行先试、科学发展的共同家园。这是一个机制先进、政策开放、文化包容、经济多元的现代化、国际化综合实验区。实验区已存在十多年了。

莘迪问刘般若："梅老板到平潭岛干什么？"

"谁知道干什么。"

"她跟平潭综合实验区也有关系？"

"当然有关系。平潭综合实验区原先叫福州平潭综合实验区，后来升级为福建平潭综合试验区，福州市管辖时她就应邀来考察过。在平潭岛她为华梅集团签下一个大项目。"

"什么项目？"

"和台湾同胞合作，这些同胞又多是从美国回来。我们的高校为美国培养基础人才，美国的高校为我们培养尖端人才。"

"啊，那肯定是尖端项目。"

"岂止尖端，世界一流！"

"真的？我怎么不知道？"

"那几年你正好沉入神经代码的攻关，你成了井底之蛙。"

"你讽刺我？！"

"哈哈哈，井底之蛙是好东西，绿色环保。"

"你这坏教授，我打你……"

"哈哈哈……"

刘般若不知道自己泄了密。这是后话。

第二天一早，葛怀庆开着他那辆奔驰商务车到协和医院门口接莘迪，等了约半个小时，莘迪才出现，她似乎并不高兴，一路上两人都沉默无言。

葛怀庆也不是省油的灯，他知道今天的话语应该从哪儿切入。

车过鼓山涌泉寺停车场后，进入了福州最拉风的山路——鼓宦公路。商务车行驶在蜿蜒的山路上，两旁笔直的柳杉郁郁葱葱，山坡上林海苍翠欲滴，散发出清新的负氧离子，好似一个天然氧吧。莘迪打开玻璃车窗，大口大口地呼吸，高耸的胸脯一起一伏，葛怀庆也斜着眼，贪婪地看着莘迪呼吸着的胸脯，走神得差点没撞上迎面飞驶而来的车辆。莘迪轻笑不语。

一个新建的观景平台出现在眼前。葛怀庆放慢车速，问莘迪："下来看一看？"

"好！"

车停稳，两人下车，走进观景平台。放眼望去，福州主城区尽收眼底，闽江、乌龙江如两条龙伸向马尾，鼓山大桥、魁浦大桥飞架江面，桥上车辆来回穿梭，"大蝴蝶"——福州海峡国际会展中心矗立在江边，福厦铁路闽江特大桥上，一辆动车飞驰而过，海西塔在云雾中矗立。

"清风、薄雾、柳杉是鼓岭三大特色……"

"今天到鼓岭，来对了地方，真是天赐的享受……"

葛怀庆知道，是切入话题的时候了。

"昨晚，我和刘教授谈了很久……"

"嗯，谈什么？"

"就是你奶奶那块田黄石的事，我认为那块田黄石还在。"

"在哪里？"

"就在福州！"

"你怎么分析？"

葛怀庆把昨晚刘般若分析的话作为自己的看法，绘声绘色地复述一遍，莘迪一下子眉飞色舞起来。

"大师，葛大师，真有你的，你赶快帮助找到那块石头，这样我奶奶就会清醒，才会有救啊……"

"当然，这是我应尽的义务和职责。"

"怎么说是职责？"莘迪也很敏感。

"朋友就是有职责的，朋友的职责。"

"我看得出，你是我们的好朋友。"

"是呀，好朋友陪，你得开心。也可能我们一边玩，一边就会有打开这个故事的谜底的办法。破案跟创作一样，必须靠灵感。"

"啊，鼓岭今天会给我们灵感吗？"

"当然会，这里跟美国人有缘分，你是美国人。"

"可是我是中国血统，纯粹的。"

"但毕竟在美国出生长大的。"

"啊，你别跟我宣传，搞我统战了。"

"哈哈哈……"

葛怀庆说，鼓岭跟三坊七巷一样是福州的名片。

鼓岭是鼓山的一个小村，距离福州市区13公里，平均海拔为800米。1840年第一次鸦片战争后，福州作为通商口岸开放，西方传教士于1886年发现了鼓岭这一避暑胜地，这个小山村逐渐吸引了越来越多的外交人员、传教士、商人前来居住。清光绪十二年，也就是1886年，美国人任尼牧师在鼓岭建起了第一座避暑别墅，叫宜夏别墅。100多年来，这里不断有故事在演绎。

鼓岭是全国最早的老外度假村，老别墅最多的时候有200多栋，绝大多数是用当地石材建设，墙体较厚，风格主要是西方近代样式。外国人在鼓岭上的日常生活比较丰富，那里建有教堂、医院、邮局、游泳池、万国公益社，还有七八个网球场。不过这些建筑年久失修，又经台风、山洪，多数已荒寂、坍塌。但是，每年都有很多的外国人来这里钩沉记忆，缅怀他们本人或先辈在此居住的日子，所以21世纪初，福州市人民政府又重修鼓岭这个中国的第一个外国人度假村，使它成为福州市又一张名片。

"福州还有一张名片，就是闽江边的泛船浦，中国第一茶港，说福州，不但要说三坊七巷，说鼓岭，还要说五口通商，对外开放……"

没等葛怀庆说完，莘迪就打断他。

"哎呀呀，鼓岭还没说完，你就说泛船浦，等下说好不好？"

"好，好。鼓岭的故事中有一则和我们党和国家领导人习近平有关，你想听吗？"

"当然想听，与国家领导人有关，更有新闻价值。"

鼓岭故事的主人公密尔顿·加德纳，1901年随父母到中国，曾在福州鼓岭生活了10年。1911年，加德纳全家迁回美国加州。加德纳儿时故居就是宜夏别墅。加德纳先生后来成为加州大学的一名物理教授，他68岁退休之后就一直想再次回到鼓岭，但是无奈当时中美尚未建交。这之后加德纳先生不幸瘫痪在床，但他仍保持着儿时每日喝稀饭的中式饮食习惯。每当加德纳太太用轮椅推他到花园时，他总是回忆着儿时在鼓岭的家，在他家的院子里种着红色的野草莓。

"哎哟，这怎么跟我爷爷一样，每当我推着轮椅带他出去时，他总是回忆三坊七巷的那个家和茉莉奶奶，还有茉莉花。"

加德纳先生在弥留之际，口中仍旧在喃喃地念叨着"Kuling、Kuling"。加德纳太太也不知道"Kuling"在什么地方，但这未能阻止她帮她丈夫完成遗愿。终于有一天，她在丈夫的遗物中找到印有"福州鼓岭"邮戳的邮票，鼓岭之谜才浮出水面。

1992年春天，习近平先生任中共福州市委书记时，从报上看到一篇《啊，鼓岭》的文章，讲述了一对美国夫妇对中国一个叫鼓岭的地方充满了眷念与向往，渴望故地重游而未能如愿的故事。习近平先生立即通过有关部门与加德纳夫人取得联系，专门邀请她访问鼓岭。1992年8月，习近平和加德纳夫人见了面，并安排她去看了丈夫在世时念念不忘的鼓岭。那天鼓岭有9位年届90高龄的加德纳儿时的玩伴，同加德纳夫人围坐在一起畅谈往事，令她欣喜不已。加德纳夫人当时激动地说，丈夫的遗愿终于实现了，美丽的鼓岭和热情的中国人民使她更加了解了加德纳为什么那样深深地眷恋着中国。她表示要把这份情谊永远传承下去。

莘迪感动得热泪盈眶。葛怀庆看着莘迪感动的样子，故意揶揄地说："比比人家美国人，有些中国人对中国的情感真没法比。"

"你是说我，还是说我爷爷？"

"你那么敏感干什么？"

"你这个人就是不懂得说话的艺术。你看看人家刘教授，说话多婉转，不知不觉，被他宣传了，统战了。"

两人嬉笑中，葛怀庆补充说还有故事呢。加德纳夫人多次来中国，在长江沿岸寻找 Kuling，找到的都是庐山的"牯岭"。1991 年，中国留学生钟翰留美期间在加德纳夫人家中，为其整理加德纳遗物时，发现一个脱胎花瓶及一封盖有"FOOCHOW CULING"（福州鼓岭）邮戳的信封，认定加德纳是住在福建省福州市的鼓岭。1992 年，钟翰根据这个真实故事，写了《啊，鼓岭》一文在《人民日报》刊出，激起海内外的广泛影响。这就是这个故事的开头。

"嗨，说了半天，才开头！"

"走，我们继续今天的行程。"

两人上了商务车，直奔鼓岭宜夏村。

3

车子停在宜夏村卫生院前，莘迪和葛怀庆下车，沿卫生院前小路走百多米，就看到了宜夏别墅的大门，楼前有两株高大的柳杉。别墅用青石建成，长约 25 米，宽约 35 米，修缮一新。走入别墅，里面有十余个大小房间。现在，市政府让福建华南女子学院管理维护，作为中美合作办学的纪念和校史展览馆，并用以学校接待中外友人。华南女子学院的前身是华南女子文理学院，是新中国成立前 14 所教会大学之一，由美国教会创办。

展厅里，一张 1904 年，美国驻福州领事 50 岁生日时，美国人与中国人在鼓岭户外就餐的相片赫然醒目。

"我们中午也在户外用餐怎么样？"莘迪问。

"可以呀，这里有很多农家乐饭店，都在户外用餐。"葛怀庆站着掏出手机，预约了一家饭店。

旧教堂就在宜夏别墅背后山上，两人爬上山，参观了重修的教堂。教堂面积300多平方米，全部用青石建造，尖尖的钟楼顶上，金黄色的十字架在阳光下闪烁。教堂没有坐堂神父，只用来供游人参观流连。

参观完教堂，两人就下山上车。葛怀庆把车开到一家建在突出山崖上的农家乐饭店。坐在放置在危崖前的木桌椅上，可以俯视鼓山下的福州城和闽江。服务员泡出一壶浓郁的茉莉花茶，莘迪在热风吹拂中喝得啧啧称道。

"葛大师，现在你该说说福州的泛船浦了吧！"

"坐在这里，喝着茉莉花茶，正好该说泛船浦……"

葛怀庆介绍，位于闽江南岸的福州泛船浦码头在世界茶叶贸易中地位独特。自1844年英国在福州设领事馆开始，先后有17个国家在方圆不足1平方公里的泛船浦设立领事馆，你说泛船浦是不是福州名片？泛船浦至今依然有福建最大的天主教堂——泛船浦天主堂，这一始建于1868年的教堂，是福州茶市潮起潮落，茶叶出口盛极一时的见证。咸丰十一年（1861年）五月，英国在泛船浦设立闽海关（洋关），当年仓山已有各国洋行20余家，分布沿闽江一带。1872年，俄国人在泛船浦开办阜昌茶厂，福州因此成为中国历史上最早用机械制茶的地区。福州谚语"走马仓前观走马，泛船浦内看番船"，便是当年茶市、茶叶码头盛景的写照。清政府开放福州茶市，各地茶叶云集福州，茶叶贸易成为福州出口贸易支柱，占出口贸易的90%以上。各类茶叶中，福州茉莉花茶占比重最大，欧、美及南洋等区域都是福州茉莉花茶主要出口地。福州茉莉花，距今有1000多年的历史，世界茉莉花茶高端产品均为福州出产，国外茶界称其为"中国春天的气味"。福州这几年重塑泛船浦出口茶市，传承千年茉莉情。"土墙木扇青瓦屋，门前一田茉莉花"的老福州景象，正在泛船浦茶市的重振中向世界传递"中国春天的气味"。

"怎么谈着谈着，又谈到我茉莉奶奶啊！"

"这叫缘分。"葛怀庆说。

"什么叫缘分？"

"缘分嘛，就是必然和偶然的重合。"

"葛大师，你别故弄玄虚了。"

"你问问刘教授，我会故弄玄虚吗？"

"刘教授最近也常常故弄玄虚，我觉得他越来越不老实。"

"他是学生物的，但常常会弄出点哲学问题，并且常常是对的，不理解他的人，常常会有故弄玄虚的感觉。"

"大师，我也常常琢磨这个人，常常觉得这个人有时故作平庸，有时故弄玄虚，常常觉得他平凡中透出不平凡。你有这种感觉吗？"

"我跟他几十年邻居、同学、朋友，我没有这种感觉。"

"那你对他有什么感觉？"

"实在，正派……"

"正派，男人会正派吗？"

"怎么不会，我这一生没遇见过心仪的女人，我就没有花花草草过。"

"我不信，刘教授也不正派，他也有花边新闻，只是他没讲，你不懂。"

"啊——我还真没听过？"

"我嘛，听他女儿说的，不过是逢场作戏，哈哈哈……"

那一餐饭两人的谈话一直没离开过刘般若，葛怀庆觉得自己很失败，也很失落。

车下鼓山，蜿蜒曲折，葛怀庆放慢车速。葛怀庆指着远处的闽江南江滨对莘迪说，百年前的泛船浦，没有如今的宁静，而是带着喧嚣，江上来来往往的船只，岸上忙忙碌碌搬运的工人，制造了一副繁荣景象。文字记载始于明朝，弘治十一年（1498年），官府将临江境上五地方许给外国商人开辟新港，以停泊外国商船，该地因此被称为番船浦，谐音泛船浦。如今很难推测出为何明朝会选择这里作为一个码头，而且专供外国商船使用。我们可以大胆地揣测的是：商品进出口需要，优良的港口案件。到了清朝，福州靠这个码头又在历史书上留下浓墨重彩的一笔。这里又成为福州出口茶叶最重要的通道。茉莉花茶既是中国人的茶碗常客，又上了欧美贵族们的下午茶桌。

"我明白，其实中国很早就开放了，后来，外国人欺负我们，我们又把门关上了。"莘迪说。

"莘迪，你这是为清政府辩护。"

"有那么点意思。"

4

阿青开"白鸽"送刘般若到平潭岛。梅金从上海乘坐庞巴迪挑战者系列的私人公务机直飞平潭岛机场，她已先期到达。

阿青对田黄原石的分析有点令刘般若意外，他和阿坤认为，很可能葛怀仁送给释霖大师的那尊弥勒佛像就是那块田黄原石雕的。他和阿坤认为最大的嫌疑人是葛怀仁，因此，阿坤还在继续调查葛怀仁。刘般若说葛怀仁拥有了那么多财产，也是在社会上有名气的人，不会去做这下作的事。阿青说，教授，你接触的是有知识的人，有理想有追求的人，你对社会上那些下作的人接触不多，理解不深。越是富有的人越贪，越是体面的人越下作，不信你看以后结果吧。刘般若说依他对葛怀庆、葛怀仁兄弟家族的了解，他们不会做这类"狸猫换太子"的事。如果会做，也是偶然的事，不是必然。他倒是怀疑这其中有一个具有真正正义感的人在动作，可能是猛玛大师。阿青表示不能理解。刘般若说他是从人性善良方面理解，不是从人性险恶方面理解。

平潭出现在机翼下，刘般若倚窗凝视。短短十多年，这个昔日"光长石头不长草，风沙满地跑，房子像碉堡"的岛屿现在已是满山遍野绿树成荫，变成了生态宜居的科技岛，合作和平发展的实验区，大陆和台湾同胞的共同家园。

这真是一个让人惊喜的地方。它的"先行先试"，家喻户晓，耄耋老者、幼齿小童都能说上几句。在台湾享有盛名的中兴工程顾问公司提出的"幸福宜居岛"已经实现。这个在1978年只设立台轮停泊点和台胞接待站的地方，已成为台湾同胞新的家园，每日轮船飞机航班穿梭来往，大陆和台湾可以朝出晚归，一湾浅浅的海峡，就像这村到那村隔着一条小河，只要摆渡一下，就能感受到那浓浓的乡情。

这真是一个让人惊羡的地方。实施全岛放开，在通关模式、财税支持、投资准入、金融保险、土地配套等方面比经济特区更加特殊，更加优惠。实验区由岛上居民共同推选，民主产生管理人员，未来的民主政治制度，世人正在拭目以待。

这真是一个让人惊叹的地方。"平潭的速度"已成为近几年网络上点击率名列前茅的词条。这里遍布着绿色环保生态低碳的产业，通过几年的建设，已获得森林花园岛、生态人居岛、休闲度假岛、绿色智慧岛的美誉，到2030年它将建成国内先进的生态园林城市。

难怪两岸百姓都爱来这里，难怪上海的复旦人说"平潭是阿拉第二故乡"，难怪这里的科研老出成果，难怪梅金每次来福州必到平潭。

"白鸽"按指定目标在平潭一块空地上降落，这是一块不显眼的空地，好像临时停车场，空地上有几辆汽车，旁边有个山洞洞口，是地下秘密工厂入口。

黄永泉和一个工作人员在空地上等候。刘般若下飞机时，黄永泉上前迎接握手，那位工作人员上了"白鸽"和阿青亲切交谈。黄永泉引刘般若走向山洞，洞口有一辆汽车正等候他们。他们上了汽车，驶了足有100多米，到了一扇巨大的沉重的合金门前。汽车停下，黄永泉招手，合金门缓缓地升起，一个巨大的灯光辉煌的地下隧道出现在眼前。梅金和几十个工程技术人员在洞口欢迎。

刘般若手足无措，傻愣地站着，梅金笑着对他说："这是接待中央首长的规格，你以为简陋呀！"

"我是没想到这洞中居然有这么一派好风景。"刘般若说。

"这就是当初我们为什么选择平潭的缘故。再告诉你，崇明岛也有这么一个好去处，只是没让你知道而已。"

"这跟我没关系。"

"怕你分心，误了春申脑图谱、误了神经代码。"

"现在就不误？"

"现在有一个好消息，让你分享分享，乐一乐。来，先吃点东西，"梅金指隧道旁一间休息室，"尝一尝我的所爱。"

这是一间装修成酒吧样子的休息室，吧台上放着尼雅葡萄酒和巴玛火腿。梅金正坐在吧台前。刘般若知道这是梅金最爱吃的两件食品。刘般若记得尼雅葡萄酒的广告词是："每一滴尼雅来自新疆天山北麓小产地生态葡园，先天产地生态，绝少病虫害，避免农药残留。"巴玛火腿的广告词则更长，"一件1080天悉心窖藏的艺术精品，一种被奉为'欧洲九大传奇食材'的经典美食，一种与红酒、奶酪并称为世界三大发酵食品，一种上流社会悄然流行的馈赠尊礼，一种格调雅致自由呼吸的慢调生活，一般品鉴传奇的执着之旅……"

"真会拍马屁！"刘般若看了一眼就朝黄永泉说。

"跟你学的！"黄永泉剜了刘般若一眼。

众人哄笑地围桌而坐。女服务生倒酒，切火腿。梅金举杯，大家一边品尝一边听黄永泉介绍。

"永泉，打开让他见识见识！"梅金说。

休息室灯光骤暗，巨大的屏幕出现万顷碧波。一个浑厚的男声解说："这是台湾海峡，我们对岸的兄弟是自家人，自家人的家底我们就不必看了……越过台湾海峡，面对的是我们的南海，越过南海是东南亚、太平洋西岸，太平洋中的冲绳岛、关岛、夏威夷……我们来到了山姆大叔的海岸边……在我们所目及的范围内，利用中微子探测仪，我们可以一览无余所有不动的、在动的、移动隐形的军舰、导弹发射装置、无人飞机、无人飞艇……任何电磁都不能干扰我们，因为我们的中微子探测仪，它是可以穿透一切的。而我们的接收屏幕装置在地下隧道中，这就避免了战争状态下摧毁的可能。这样就可以像在游戏机前玩游戏一样，指挥地面导弹部队和海上的潜舰艇，打击一切来犯的隐形之敌……"

巨大的屏幕上出现天空、海洋、海岛、空港、码头、船只以及导弹、无人飞机和无人飞艇。热烈的掌声响起，大家兴奋得手舞足蹈。

"怎么样，刘教授？"梅金问。

"嗨，永泉命好，整高血压整出个伟哥来。"

"哈哈哈……"

对刘般若的幽默，众人爆发出欢快的笑声。

梅金也被逗得大笑，差点没憋过气来。

"永泉还有更新的想法，他不想钻隧道了，不想再在地洞中工作了，他要上天，到地球外捕捉宇宙中的引力。"

"呵呵，永泉，想象力够大胆，够丰富的。引力波，那是烟涛渺茫信难求……"

刘般若正说着，手机铃响。刘般若看了看，手机屏幕上出现的是葛怀庆形象，他走出休息室。

"老哥，你说我是不是冤大头，我陪了她一整天，她居然对我没有什么好印象，一路上动不动就说起你，一直追问我，为什么你不带她去平潭岛，还说什么是不是你和梅老板有那不清不楚的关系。老哥，看来我是没什么戏了，我也不陪她了，你回来陪吧！"

"喂，喂，你可要顶住，无论如何今天要陪完整，戏你自己要演好、演像。明天再说，明天再说，我这儿有重要的事，梅老板在讲话……"

刘般若走进休息室。

"怎么了？又是莘迪的事？"梅金不由分说问。

"你怎么知道是莘迪的事？"

"看你脸色就知道又是她的事。"

"我的脸有什么异样？"

"什么异样？一脸挂念，一脸无奈，不是女人的事？"

"真神，老板，你好像比中微子探测仪更厉害。"

"当然了，中微子能穿透一切，不受任何阻碍。我都怀疑莘迪是不是中央情报局的。"

"那是你要她的神经代码，你请她来的。"

"我看你才是整高血压整出个伟哥来。看来你最近很需要伟哥！"

"我可不用伟哥。"

"知道你厉害,为什么老搞不到神经代码?莘迪还有什么要求?"

"她说为什么我们不让她来平潭岛。"

"这地方能让她来吗?"

"我看让她来平潭踏踏浪,出出海,不然她老怀疑我们。"刘般若说着,对黄永泉挤挤眼。

"我看来也无妨。平潭岛现在开放,不让她来反而会怀疑。"黄永泉说。

"就听永泉的。这样,海边别墅我不去住了。阿青晚上送我回福州,我要去见见严市长。明天把莘迪送来,就交给你们二位了。无论如何,要让她答应合作,把神经代码搞到!这回是最后的期限,记忆器要立即成功!"

送走梅金后,刘般若和黄永泉来到梅金位于平潭海岚湾的海边别墅。这是一幢设计别致新颖,有着巨大廊柱的地中海式风格的三层建筑,远远看去像一艘帆船。当然,沿着海岚湾,还有许多精致的异国风格的别墅,但都没有这幢奇特吸引人的眼珠。应当说,选择这幢别墅的风帆造型是梅金一锤定音的。

晚餐后,刘般若和黄永泉只穿休闲短裤在别墅一个阳台上喝茶。海风轻拂着两人灰白的头发,呈现着中年男人的沧桑睿智的魅力。

"你和莘迪之间,是不是有些什么纠结?"

"你怎么知道?"

"从梅金老板的口气中知道。"

"她有什么纠结我不知道,我是没有什么纠结的。倒是葛怀庆有纠结,对莘迪表示了爱慕之情,今天在陪她。"

"怀庆是脑袋进水还是吃错了药?"

"呃,你怎么说的跟我一样,我曾经对怀庆说过这句话。"

"看来我们是英雄所见略同。怀庆那德行,追不到莘迪,倒是老兄有这可能。"

"我会吗?"

"对,但是你又不会干这种事。"

"现在看来,最适合她的人选是你……"

刘般若手机响,屏幕出现莘迪形象,刘般若朝黄永泉努了努嘴。

"你怎么把我们抛下了,你是不是跟梅老板去浪漫了……"

"还好有人证明,黄教授在这里……"

刘般若把手机给黄永泉,对他挤了挤眼。

"莘迪·王,你好!"

"好个屁!葛怀庆那个人咸不咸,酸不酸的,陪我一天真没劲,提不起我的兴趣。他以为这就是恋爱,什么年代了,一个老男人自以为是……"

"你们玩了什么地方?"

"别问我了。告诉姓刘的,我也要去平潭岛。"

"他一门心思在你的神经代码上,梅老板逼着他,他纠结着呢?"

"他纠结什么,代码在我手里。"

"这么说,你来平潭,他就能知道代码了。"

"知道代码有个前提,必须找到我奶奶那块石头,你让他帮我找,我也会帮助他。"

"啊,这么说还有条件?"

"当然有。"

"那我们要研究研究。"

"中国什么事都研究研究……你让教授接电话。"

"莘迪,明天阿青会接你来平潭,我和黄教授在这儿等你。"刘般若说,"现在我们在想办法帮助你找田黄石。"

"什么办法？"

"这要看黄教授了。"

"他能有什么办法？"

"你别小看，能量大着呢！"

"真的？"

"真的。"

"这还差不多。"莘迪收线。

"个性十分鲜明的女孩。"

"什么女孩？女人……"

"谁见了都会怦然心动。"

"难怪你……"

"哈哈哈，我这回真动心了。"

"千万别急，我寻思着一个主意。"

"什么主意？"

"让你的中微子探测器帮她找一找那块石头。"

"什么？般若兄，你真会想象！"

"是的，科学要靠想象。有没有这种可能？"

"那是大炮打蚊子。"

"如果你的大炮能打下这么只蚊子，你追求莘迪就有了50％的成功率。"

"呃，真是，让我想想……既然飞机、军舰、隐形的、移动的都能捕捉，那这块田黄石……"

"想象吧，让海风轻拂你，让海浪激荡你，让星光启发你，让她的魅力诱惑你……"

黄永泉干脆躺在躺椅上，瞪着眼仰望星空。

刘般若围着茶几转起圈子。

两位科学家在异想天开。

一个崭新的科学试验设想在酝酿。

5

第二天上午8点，阿青开着"白鸽"，载着莘迪降落在海边别墅的停机坪上。莘迪一下飞机，像小孩似的兴奋地跑向正在等候她的刘般若，像见着了久别的亲人。黄永泉在旁边低声地用福州话说，老刘，看样子这小女子对你情有独钟。刘般若哼哼地支吾着。黄永泉和莘迪、阿青握手寒暄后说，今天我们可以出海一天，游艇上什么都有，我们可以尽情地玩。

"白鲸"号游艇停在离别墅不远处山崖下，是一艘中美合资生产的中型豪华游艇。阿青一上游艇，看见底舱的吧台上摆着红酒和巴玛火腿，就不由分说地饕餮起来，边吃边说早餐没吃饱。莘迪对吃没兴趣，而是上下奔跑着察看游艇，她真的还没享受过这样漂亮精致豪华的游艇，处处流露出惊羡的表情。

阿青吃饱了，走上顶层坐进舵手的座位，莘迪站在他旁边指挥，刘般若、黄永泉靠坐在后面座位上，看着清晨的海面，享受着海风的吹拂。

游艇怒吼着启动了。

游艇刚离岸时风平浪静，渐渐地加速，船头激起的浪花越来越大，越来越猛。莘迪握着拳头，对阿青高喊，快点，加油！阿青点头示意后立即加大油门，游艇吼叫着发疯似的向外海驶去。一阵又一阵巨浪涌来，"哗啦哗啦"扑打船舷的玻璃船窗。莘迪大声地欢叫着。

"莘迪，危险！"黄永泉在后座上喊。

"怕什么，坐游艇就是要找刺激。"

莘迪抓着护栏，挺立起身子，迎风注视着广阔的大海，顿觉心旷神怡。她调皮地朝阿青喊，加速，加速，加油，阿青猛踩油门，游艇便像炮弹出膛一样飞奔向前。一排巨浪从天而降，"哗"地在快艇上空摔成碎片，把莘迪打倒在后排座位上的刘般若和黄永泉之间，两人同时抱住莘迪。巨浪过后，三人像三只落汤鸡湿漉漉地紧抱着，阿青发出幸灾乐祸的尖叫。

"哈哈哈……"

"怎么样，够刺激吧！"

"够刺激，教授，这是我们第一次拥抱吧？"莘迪问刘般若。

"不，是我们三人拥抱。"

三人互相看着对方，湿漉漉的衣裤紧贴身体，露出底下线条分明的肌肉和三角裤，三人尴尬地笑着分开。

"不，我拥抱的是你！"莘迪专注地看着刘般若，把黄永泉冷落一旁。

"还要加速吗？"阿青回头问。

"加！"莘迪回答。

"不能加，危险！"黄永泉摆手。

"胆小鬼……"莘迪剜了黄永泉一眼，径直走到阿青身旁说，"我来开一会儿。"

"你会吗？"阿青问。

"怎么不会，我在美国开过，不过那不是我的游艇，是我朋友家的游艇。"

阿青让莘迪坐上驾驶座，莘迪虽然干练娴熟地操作起来，不过速度慢了许多。

阿青盯着莘迪的湿漉漉的近似透明的身体，朝后座刘般若和黄永泉挤眉弄眼。莘迪毫不在乎，那意思是让你们看吧，让你们看个够！

"怎么样老弟，这洋妞能闹的吧！"

"够能闹的。"

"今后如果能在一起生活，你要有足够的思想准备。"

"就这一会儿，我追求的思想动摇了。"

"为什么？"

"我配得上吗？"

"为什么配不上？"

"我的年龄，我的精力……"

"你的学识、你的品位、你的资产、你的家族，在她面前是具有比葛怀庆强得多的优势。"

"莘迪恰恰不是欣赏这些的人，她要的是情趣，像你这样有情趣的人，刚才她的一举首一投足，我看得出来。"

"你别多心，我是有家有小的人。今天这样安排是为了你。"

"姑且看之……"

莘迪玩了足足将近一个钟头，才过瘾地把游艇开回码头，这时身上的衣裤也被海风吹干了。

回到别墅客房，莘迪洗漱后，就躺在大阳台上的大躺椅上观看海天景色……突然，她想起梅老板送她的那二两价值5万元的"宋聘"普洱茶，恰好房间的茶几上摆着茶具，她就烧开水冲泡品尝起来。她刚端起杯子，吸了一口醇香，就听见了敲门声。

"谁？请进！"

门没锁，被轻轻地推开，刘般若伸头进来，翕动着鼻翼。

"闻什么？"

"我闻到茶香。"

"好灵的鼻子，比小狗还灵。"

"生物教授，鼻子还有不灵的道理？"

"来，快来品尝。喝'宋聘'茶。今天，怕是我这次来中国最新鲜的记忆。"

"说实在，今天我也是第一次这么尽兴。"

"你这几十年教授白当了。"

"是呀，一个月工资抵不上梅老板这一两茶叶。"

"真的这么贵？"

"实际没这么贵，炒作的。云南人卖给香港人，香港人卖给台湾人，香港人发现好茶跑到台湾去，又从台湾买回来，大陆有钱人又从香港回来，炒来炒去，价格不攀升才怪呢！"

"这说明大陆人钱太多了。"

"只能说富豪太多了，美国产生富豪都没大陆这么快。"

"中国革命打倒了过去的富豪，中国改革又产生了新的富豪，但新的富豪与过去的富豪不可同日而语。过去的富豪只能算是小富豪土富豪，就像我爷爷辈那样，现在的富豪是大富豪洋富豪，就像梅老板那样，他们怕是过着天堂般的生活，自己却不觉得吧！"

"虽然在发财致富的方式上，富豪的产生没有多大的区别，但现在的富豪和过去的富豪还是有本质的区别。"

"啊，我倒是第一次这样听说，听听这位生物学家的经济理论。"

"不是理论，是我平时一些想法。首先是催生这些富豪产生的制度不同。新富豪是在社会主义制度下，邓小平提倡让部分人先富起来，以先富带动后富，走共同富裕的道路，在这个背景下产生的。过去的富豪是半封建半殖民社会制度下自发产生的，没有努力消除贫富差别的自觉性，所以蒋介石失去民心，兵败如山倒，让共产党夺取了天下。"

"这几十年中国是消除了不少贫富悬殊，应该说，你的理论和看法与实际情况是相符合的。"

"我没瞎说吧！"

"没有。但你对自己没有达到像梅老板这样的生活眼红嫉妒吗？"

"也眼红也不眼红，也嫉妒也不嫉妒。"

"怎么说？"

"像她这样一个出身，初中都没毕业的乡下女孩子，复旦女生中，随意捡一个都比她强不知多少倍，但是全复旦，包括从校长教授讲师直到学生，没有一个有像她这样的资产，像她这样几年内就暴富起来的。"

"为什么？"

"有专家曾经说过，世界上有气质的人很多很多，但成为佼佼者不多；世界上有智慧的人很多很多，但能把智慧变为财富的人不多。一个成功的人，除了具有普遍性的气质和智慧外，还必须具有特质，这些特质是决定他成功的关键。梅老板就是具备特质的人。"

"那她的特质是什么？"

"她的特质在于志坚思苦，勤奋无比；言出法随，令行禁止；正合奇胜，敢为人先；唯贤是举，聪明豁达。正是这四个特质，决定了梅金这个只有初中学历的乡下女孩子，成为中国百强、世界五百强的企业领导人。"

"看起来你不仅研究梅老板，而且也爱上梅老板了？"

"当然也是爱吧，不过不是那种爱。"

"那种什么爱？"

"男女情欲之爱。"

"啊，你对梅老板不是情欲投资。"

"什么是情欲投资？"

"你真是孤陋寡闻，情欲投资都不懂。"

"我不懂。"

"伦敦经济学院教授凯瑟琳·哈基姆十多年前说的。法国社会学家布迪尼说，成功需要三种个人资本：经济资本（钱），人力资本（你知道什么、智商和受教育水平），社交资本（你认识谁）。但凯瑟琳·哈基姆说，这三种资本解释不了一些人对另外一些人的吸引力，为此她提出情欲资本作为补充。情欲资本指的是美貌、性吸引力、自我表现和社交技巧的融合，使一些人成为更令人感到愉悦的伙伴和同事，对社会的全部成员尤其是异性很有吸引力。这种吸引力不一定是性吸引力，虽然它可以包含性因素，它也不一定是先天的，一个没有社交技巧的漂亮姑娘的情欲资本也许不及一个态度正确的丑姑娘的。"

刘般若想，这个莘迪真是眼光锐利，应当说，当初梅老板答应资助他，后来把他作为合伙人，肯定是看到他有这一情欲资本。她不是时不时地说她喜欢他吗？但是，他并没有在情欲上对梅金产生过渴望。

"嗨，我这辈子最大的遗憾就是没出国留过学，要不然，我那么多东西不懂。早懂，我也早投资了，哈哈哈……"

"真的？你真的没有对梅老板有那种爱？"

"莘迪，你别弄错了，我们现在讨论什么问题呀，怎么讨论到我身上来了？"

"不过随便问问吧，你着什么急，看梅老板对你那德行，不叫人怀疑你们两人之间有一腿吗？"

"啊，莘迪，你还是个姑娘，怎么居然讲起这些事？"

"姑娘？哈哈，你以为我是处女，我30岁了，大龄剩女了，哈哈哈……"

"我刚才过来，就是来找大龄剩女……"

"什么？你想来给我介绍对象？"

"是。"

"谁？"

"我的同学黄永泉。"刘般若指门外。

"他在外面？"

"不在，他在房间。"

"是他叫你来当说客？"

"不，是我安排今天让你们见面。"

"啊，原来你在导演电视剧。"

"不，这是中国式的相亲。"

"相亲？我不相亲。"

"这是一个非常优秀的人，是我们的科技同行，卓有成就，他的研究，未来可能获诺贝尔奖。"

"获诺贝尔奖与婚姻有什么关系？"

"跟你能够般配。"

"般配又有什么必要？"

"婚姻追求的是和谐。"

"你跟你那个妻子不般配，但你们也和谐了。"

刘般若一时无语。

"所以职业、地位、财富对婚姻并不重要。"

"有钱不是什么都行，没钱那是万万不行。"

"这是中国当今的熟语，美国不是这样。"

"莘迪,也许我理解错了。我只是觉得黄永泉无论是哪个方面,都应该是你追求的男人。"

"你理解错了,教授……"莘迪说,"我追求的是情趣。知道吗?是情趣!"

"那对不起了,我先走,你休息,晚上黄永泉请客,你就装作什么都没发生似的。"

"难道你不想对我说点什么?"

刘般若忖了忖说:"金钱有多有少,心灵有宽有窄,金钱多我不羡慕,心灵宽我欣赏……"

望着刘般若伟岸的背影,莘迪一时好像什么都明白了。

6

莘迪手机响,屏幕出现珍妮形象。

"宝贝,到哪里了?"

"哇,你真是,你有几天没给我打电话了?"

"啊,还问我,你有几天没给我打电话了?"

"亲,你在哪里呀?"

"我在福州的平潭岛。"

"什么,跑到平潭岛去?你这次怎么老跑岛屿呀,什么崇明岛、平潭岛……"

"好,好,好,我这两天应接不暇,到上海再说。"

"怎么样,那个老男人搞到手了吗?"

"你用的是什么词呀,搞到手,那是一口深井。"

"一口深井?"

"这你就不懂了，我要当面给你解释。告诉我你什么时候去上海，我要马上见到你。"

"想我了？"

"想死了！"

"我们明天再逗留一天，后天就飞上海。"

"好，我到机场接你，别忘了我叫你带什么来着。"

"忘不了，无非是……"

"打住，不许说。"

"是。"

"浦东机场见，拜拜！"

"拜拜！"

莘迪立即给刘堂燕挂电话。

"宝贝，我后天回上海……"

"怎么，福州的事办好了？"

"没有，早着呢，奶奶还在昏睡，石头还没找到。"

"那你们这几天做什么？"

"做什么？玩呗。昨天上鼓岭，今天到平潭。"

"谁陪你？"

"昨天叫葛怀庆陪，哎，你说奇怪吗？那人居然对我产生爱慕之情。"

"爱慕之情？你被爱慕了吗？"

"我，你看我会被爱慕吗？"

"那今天到平潭，有人表达爱慕之情吗？"

"有，黄永泉，是通过你爸表达的。"

"怎么样？黄叔叔可是不错的。"

"可惜，本小姐没感觉。"

"啊，莘迪，你真难伺候！"

"不过，我搞清楚了，那人对梅老板没有爱慕之情。"

"谁？"

"你爸。"

"那你可以爱慕了？"

"当然，我有撒手锏。"

"什么撒手锏？"

"不告诉你。呃，我朋友珍妮后天就到上海，你安排一下，跟我一起上机场接她。"

"我安排一下，争取。"

"什么争取？一定！"

"一定！"

莘迪又给爷爷打了电话，波士顿已经是深夜了，莘迪想爷爷肯定又在那盆茉莉花前遐想。果然，爷爷没睡，她把两天的情况作了简单介绍，说她后天就要回上海，珍妮也要到上海。爷爷告诉她，诸事要小心，她知道爷爷话中之话，说明白了，她一定会天衣无缝。

"爷爷默许了。"关上手机，莘迪轻轻地念叨了一句，眉飞色舞地走出卧室去找刘般若。

刘般若住处的门响起"咯咯"的清脆敲门声。

刘般若开门，见莘迪穿着白色丝绸睡衣，有点诡异地笑着，两人在门厅的柚木椅上坐下。

"什么事？"

"我想明天回上海。我朋友珍妮后天到上海，我要见她。"

"那么重要？"

"十分重要。我告诉你吧，我的神经代码软件在她身上。"

"什么，你的神经代码软件在她身上？"

"是的。"

"安全吗？"

"安全。我是放在最不安全的地方，但是最安全。"

"此话怎说？"

"她的朋友是中央情报局雇员，这次带她到沿海的原社会主义阵营国家逛，后天到上海，我必须立即去取。"

"哎呀，莘迪，这太危险了，你的朋友可靠吗？"

"当然可靠。"

"哎呀，莘迪，你够可以的。"

"那毛两下，敢到乡下……"

莘迪又蹦出她那句得意的福州话，逗得刘般若忍俊不禁。两人谈话惊动阿青，阿青从隔壁房间走过来。

"谈情说爱也不到后花园，吵死人！"

"跟这段榆木疙瘩能谈什么情爱！"莘迪伸手敲刘般若脑袋。

"可能你整天跟随着不大方便，阿青，你回避回避吧。"刘般若一本正经说。

"是，我回避我回避……"

阿青点头哈腰，逗得两人大笑。

"现在，我要说正经的。"刘般若说。

"你哪天不正经哇！"莘迪说，"赶紧说呀！"

"现在有一个最急需解决的问题，如果这个问题解决了，你奶奶的石头就可能会找到。"

"什么问题?"

"原石的图像。"

"原石的图像?"

"是,就是记忆的图像。"

"那谁能记忆得起来?"

"一个是你奶奶,当然她现在这种状态下是不可能记忆的,一个就是见过原石的葛怀庆。"

"他会去记忆吗?"

"他当然会,他现在是'恋爱中的男人',他会不听他心爱之人的?"

"啊,你是叫我扮演恋爱中的女人,让他做一回歌德老爷子?"

"莘迪,你真是太聪明了。"

"如果有了记忆图,你们就能保证找到石头?"

"保证不敢,但有相当的把握。"

"什么把握?"

"对别人不能讲,对你嘛,经请示梅老板,可以网开一面。"

"又是梅老板!为什么?"

"因为大家没把你当作美国间谍。我们华梅集团最近发明了一件很先进的探测装置,可以试试找找这块石头。前提是必须有这块石头的准确三维图像。"

"说了半天,还是要我的神经代码。"

"说你聪明,就是聪明。但是,说服葛怀庆接受测试是你的任务。"

"包在我身上,必要时我可以投怀送抱!"莘迪做了个摇头晃脑的调皮动作。

"阿青，什么叫美国姑娘？这就是美国姑娘。"

"真当刮目相看。"阿青说。

"我们还要拭目以待！"刘般若说。

"说你狡猾，一点不假！"莘迪戳了一下刘般若脑袋。

十一、心灵图像

1

浦东机场，晴空万里。进港、离港的国际航班频繁地起降。

候机大厅，莘迪和刘堂燕亲密地依偎着，不时抬头看看出口。随着人流涌动，出口处挤满了人，莘迪跑前几步，朝出口处招手。珍妮出现了，杰瑞紧跟其后，莘迪跑上前，珍妮放下手中行李和莘迪紧紧地拥抱。远远地，刘堂燕一眼就看见高大消瘦的杰瑞，一下子脸色大变，又红又白，又羞又恼，她霍地转身，隐入人流。莘迪转身欲向刘堂燕介绍，刘堂燕不见了，莘迪四下里寻找，人群中毫无刘堂燕踪影。

"奇怪。"

"奇怪什么？"珍妮问。

"刘堂燕呢？她刚才还在这里，怎么一转眼就没了？"

莘迪拨手机，手机没有应答。

三人拖着行李走出大厅。

一辆出租车立即开到他们跟前。司机探出头对莘迪说："莘迪小姐，刘小姐说，她公司临时有急事，她先走，来不及告诉你，我送你们到酒店，车钱她已经付了。"

三人上车。

"怎么了，那小妞走了就不高兴？"珍妮问。

"奇怪，说好好的，怎么说走就走，连声招呼也不打。她不是这样的人呀！"莘迪说。

"天下哪样的人没有啊！"杰瑞坐在驾驶副座上插嘴。

"你闭嘴，你懂什么。"珍妮训斥说。

出租车穿越浦东浦西，珍妮和杰瑞陶醉在沿途的景色中。杰瑞无限地感慨，边欣赏边呓语着……

10年后的上海是世界最繁华的城市之一……是世界年轻人最向往的创业和冒险的乐园……是最绿色最环保的宜居家园……她极尽东方风韵，也显露西方品格，她骄奢、尊贵、荣华、时尚……无论你走到哪里，上海总有让你意想不到的、新颖奇特的诱惑……她的物质主义、消费主义让你瞠目结舌……她的道德情操和内涵操守又使你赞叹不已……

"呵，哪来的酸溜溜的文字？"珍妮打断杰瑞说。

"网上抄的，断断续续的，我只记住这些。"

"你还真别说，上海现在的确像你的呓语说的那样。"

"什么叫呓语呀，我这是向往，正经八百的向往。"

"要不你在这里定居得了。"

"我真想在这里定居，不知道中国政府给不给我这个中央情报局雇员绿卡。"

"你改邪归正，中国政府会给你绿卡。"

"什么改邪归正？我又没做坏事，我是混饭吃。"

"那你这次来做什么？坦白就行了。"

"不行,不行,坦白从宽,牢底坐穿!"

"哈哈哈!"三人大笑。

"说实话,杰瑞,你这次带珍妮出来瞎逛,不会没有什么任务吧?"

"任务,没有。有任务也不会告诉你们的。"

"那就是有任务。"

"废话。你怎么安排我?"

"你叫中央情报局安排!我只安排珍妮。"

"对,不管他,他完成他的任务,我们玩我们的。"珍妮说,"今天晚上,我们上星空酒吧,怎么样?"

"啊,你也知道星空酒吧?"

"怎么不懂,听说来中国的老外,没有一个不去的。"

"是的,真得去,见识见识。"

"也带上我吧!"

"你,一边去吧!"

莘迪安排两人住半岛酒店。下榻之后,他们简单地在酒店吃了晚餐,正准备去星空酒吧时,吧台男服务生走过来对杰瑞说,晚8点有一个先生要会见他,叫他务必在房间等。杰瑞耸了耸肩,以为这是任务上的事,只好遵命。莘迪和珍妮巴不得甩掉杰瑞,像两只鸟儿飞出笼子似的跑离酒店。

"叮咚……"8点整,半岛酒店杰瑞住房门铃准时响起。

杰瑞开门,一下子,他全身的血液凝结住了。他不相信,站在他面前的竟是他5年前斯坦福的同学,他的前女友刘堂燕。

"堂燕……"

"没想到吧,5年,没通过一个电话……"刘堂燕关上门,径直朝沙发走去,坐下。

"喝，喝什么……"杰瑞的热情、殷勤如旧。

"你知道我爱喝什么。"

杰瑞开冰箱倒一杯橘子汁，送到刘堂燕跟前。

"让我看一看，5年有什么变化……"刘堂燕抿着橘子汁，娇媚地回眸。

"变了，变得更妩媚，更成熟了。"

"妩媚谈不上，成熟倒是真的。"

"结婚了吗？"

"结婚了怎么样，没结婚又怎么样？"

"别老给我出难题。结婚了，表示祝贺，想见见你的先生。没结婚，我想重新追求你……"

"你不是在追珍妮？"

"珍妮？美国的女孩子把戏多、花样多、变化多……"

"色魔！"

"哎呀，堂燕，我知道你这辈子是恨死我。"

"当然恨死你，我当时是真心爱你，狠心爱你，发誓要跟你厮守一辈子，我把处女之身献给你，可你，没两天就对别人献殷勤了。"

"说实在，那是年轻的美国男孩常做的事，我没想到中国女孩的清纯认真。再说，那时我一个穷学生，也没想到怎么尽自己做丈夫的责任。现在我知道，当丈夫是不容易的。"

"那你现在愿意当丈夫了？"

"没有，没有，你说能娶珍妮那样的女人做妻子吗？整天吃喝玩乐，游手好闲，伸手要钱，没钱就不高兴，我能养得起她吗？再说，在美国，现在找工作不容易，挣钱更难，我们青年人看不到前途希望。嘿，我真想到中国替你们中国人打工，娶中国人当老婆，有好地位，有好收入，有稳定的归宿……"

"你现在不是有一份收入不菲的工作？"

"那是暂时的，给人当狗使，叫你往东，不敢往西，不得越雷池一步，没有自由。"

"没有自由你还干？"

"有什么办法呀？要不然，珍妮这一关我就过不了。"

"我以为你是为了美国的利益，为上帝保佑美国。"

"上帝现在没给美国派好领袖，都是一些鼠目寸光的、昏庸之辈。两党轮流执政，轮个屁，还不是一样的，给美国百姓带来什么？军火商赚了，金融大鳄赚了，石油大亨赚了，华尔街赚了，政治家赚了，百姓有什么？打着美国利益做幌子，骗百姓，还不都是往自己口袋装？"

"我看你这样很不够格当CIA雇员。"

"我当雇员，你以为我为了美国利益？我是为自己生活。"

"喂，如果有一笔生意，你做不做？很简单，能赚很多。"

"真的？你是做什么的？"

"我是搞技术交流的。"

"技术？我既不懂技术，又不掌握技术。"

"这不会为难你。你只需要提供一个信息。"

"什么信息？"

"非常简单。你只要回答我这次来中国执行什么任务。"

"哎哟，我还真说不出来，一路让我走沿海的原来的社会主义国家，带女朋友吃喝玩乐，就行了，他们提供费用。"

"到上海后还去哪里？"

"他们通知我，随时待命。"

"真的？"

"我骗谁都可以，绝不会骗你。堂燕，我真的喜欢你，爱你，要和你过一辈子。我后来接触过许多女孩子，当然也有中国的，谁都不如你。"

"我相信。你也相信我，只要你告诉我这次来中国做什么，我会保证你有一笔收入。"

"你是中国安全部的？"

"不是，我是受一个很有钱的老板的托付，她可是出手不凡的人。"

"我知道，全中国全世界都知道中国上海有很多高科技大鳄。太可惜，我可真是没什么信息可换钱的。"

"你来之后，有人跟你提示过？"

"没有，没有呀……"

"你想想……"

"啊，刚才你来前，服务生给我送来一盒巧克力，说是饭店欢迎我们的礼物。"

"我能看看吗？"

"当然可以。"

杰瑞把放在茶几上的半岛巧克力给刘堂燕看。

这是一盒普通的上海半岛酒店的巧克力。刘堂燕认真仔细地看了看，没出现什么异样。

"你看，有什么怀疑的？"

"暂时没有。以后有什么新情况，你随时告诉我。杰瑞，你要是没什么安排，我请你喝咖啡？"

"不，我要去星空俱乐部，你陪我上星空俱乐部。"

"好……"

星空俱乐部，星空灿烂，射灯交集。蔚蓝星空下的酒吧，青年男女人头攒动，摩肩接踵，在节奏怪异的乐曲中，自由自在地舞动肢体，散发着勾魂夺魄的诱惑。杰瑞一看这景象，立即兴奋了起来，不由分说拖着刘堂燕就进入了舞池，抱着刘堂燕就狂旋了起来。

也许是老友相见，也许是旧情复发，也许是逢场作戏，刘堂燕也放纵地舞动了起来。她紧贴着杰瑞，依偎着他，任他引领，让自己的身体随乐起舞，随风飘扬。仿佛这舞池有强大的气场，使每一个人一到场就不由自主起来。这就是星空酒吧的魅力和吸引力吧！

登月舱的包厢里，也就是刘般若、阿青、阿坤曾经待过的那个包厢，莘迪和珍妮坐在后座上，在享受着绕月飞行的浪漫。

珍妮掏出自己的手机，打开后盖，掀下一片芯片，交给莘迪。

"怎么样？任务完成得好吗？"

"完成得非常好，像个合格的女间谍。"

莘迪小心地把自己的手机的后盖打开，存了进去。

"你的任务完成了吗？"

"没有，就差你带的这个东西了。"

"不，我不是说的这个，我是说你把那个老男人搞定了吗？"

"没有，还是得看你带来的这个东西会不会给我带来运气。"

"难道这是你们交易的条件？"

"谁也没有说过交易，谁也没有说过条件，我们是心照不宣。"

"那还有什么障碍？"

"我猜想他是顾忌那个女老板——梅金。她在他面前太强势了。"

"中国出现这样的女人，真是不可思议。"

"中国现在出现这样的女性比世界上任何国家的都多。我真羡慕她们，遗憾自己没成为这样的女强人。她们许多都是白手起家，大胆、充满创业精神以及勇于打破传统，是她们的特点。她们大多都没有从家庭中继承遗产，她们愿意让公众审视自己的致富过程。她们自豪坦率地讲述自己的故事，每个人的故事都呈现了东西方理念的结合。珍妮，她们是我们学习的榜样。"

"我才不学习呢，学习她们有什么用，她们不是在个人的精神生活中都有这样和那样的不幸和遗憾吗？又不能像我这样自由自在、无所顾忌、天马行空、为所欲为，我才不过她们那样被财富和金钱所拖累的生活。"

"哟，珍妮，你真不简单，有一套自己的生活哲学了。"

"我劝你不要学她们，自己喜欢的就大胆去追，去想，去做。老男人怕老板，你怕她什么，老男人要神经代码，你就给他，交换条件就是，他必须给你。"

"他还有老婆。"

"老婆有什么，你们是婚外恋，又不是拆散人家，另立门庭。"

"看你这口气，像一个世故老女人。"

"听我的没错！"

"听你的，我见机就行动。"

2

华梅脑研究院实验室，各种仪表设备都按莘迪的意见作了重新调整和布置。莘迪坐在自己的电脑前，在调试着神经代码软件。阿坤坐在她身边，认真地观察着。

电动门徐徐开启，刘般若推着轮椅进来，轮椅上坐着被剃光头发，穿着病号条纹衣裤的葛怀庆。他看着闪光的仪表和戴着白帽子穿着白大衣的技术人员，以为自己被推进手术室，有点紧张起来。

莘迪起身离开计算机走到葛怀庆跟前，轻搂他，在他耳边悄声地说："没事，不是动手术，是做记忆试验。记忆，你记起那块田黄原石，你在王奇发家里见过的那块石头，那块使你惊心动魄的石头……"

"我知道。"葛怀庆咽了一口口水说。

"什么惊心动魄，那不过是一块田黄石，怀庆别紧张。"刘般若说。

"有莘迪在，我不紧张，她叫我做什么都行。"

"叫你现在去死你行吗？"

"行，我愿意为她去死，为爱去死！"

"这就是我们当代的'士'，你们看见了没有？"刘般若问男女科技人员。

"看见了，哈哈哈……"大家哄然大笑。

"都什么时候了，你还开玩笑！"莘迪剜了刘般若一眼，走回电脑前，开始工作。

女科技人员给葛怀庆戴上电子盔帽，连接上各种线路，让葛怀庆闭目养神。

"你现在开始回想你在王奇发家见过的田黄石……"莘迪对葛怀庆说。

"我想，我想……"

实验室万籁俱静，真的连一根针掉地上都听得见。

莘迪的电脑屏幕，神经代码软件和春申脑图谱的数据相继出现，默契配合，一张田黄石图像开始在电脑屏幕上出现，但是很模糊。

"你记忆，你尽力记忆……"莘迪说。

"我尽力记忆，我尽力记忆……"葛怀庆说。

田黄石图像依然模糊。

莘迪有些焦躁，不停地看刘般若。

"怀庆，你别紧张，这样，你不要尽力记忆，你记不起来也没关系、这是闹着玩的，逗莘迪开开心，看看她那玩意儿灵不灵……"

"什么我那玩意儿灵不灵？"莘迪愤懑地怒瞋刘般若。

"真的，那么多年了，谁还记得那玩意儿，什么五彩田黄石，也许就是一个骗局，真有五彩吗？"

"真有……"

"再说，神经代码，它真有那么灵吗？人类真能读取自己的思维？"

"你在放屁！"莘迪瞪刘般若。

"莘迪发明的东西肯定行。"葛怀庆说。

莘迪莞尔一笑。

"我相信莘迪能阅读我的心灵，我跟她是心有灵犀一点通……"

"那看你和她是真通还是假通。我看你有点逢场作戏，是假通吧……"刘般若说。

"当然是真通。"

"她现在不是要读你的心灵，她要你的那块田黄原石的记忆……"

"我会奉献给她。我记得，我记得很清楚，它曾使我惊心动魄……不但它绚烂五彩我记得，就是它屁股上的那些点我都记得，那像蝌蚪一样在移动的线条我也记得……"图像渐次开始清晰，最后完全清晰了……

这真是一块五彩斑斓的田黄石，真是一尊栩栩如生的弥勒佛像……

葛怀庆的手在动作，在探寻，在抚摩。莘迪把电脑上的图像作了翻转，渐渐地在弥勒佛像的臀部上，一行像蝌蚪爬行的痕迹出现了。这些痕迹的出现，起先有点模糊，随着葛怀庆的手的不断抚摩，渐次开始清晰，最后完全清晰了。

"这一行蝌蚪的痕迹，在以前曾经看过的，但在北京的那尊假田黄弥勒佛像上没有。"葛怀庆说。

"这里是记忆的重点。"莘迪说，"这是一个十分重要的信号。"

"也许真假就是靠这些痕迹来辨认。"刘般若说，"这会不会是释霖大师所说的蝌蚪文？"

这时，坐在轮椅上的葛怀庆嘴唇翕动，好像在默认什么。

"什么是蝌蚪文？"莘迪问。

"我也是前天才知道的。"

莘迪离开福州那一天，刘般若抽空拜访了葛怀仁和释霖大师。

葛怀仁说，他拜访猛玛大师，第一次看到他雕成的董玉照那尊"弥勒献瑞"，那石头是连江黄，猛玛大师也跟他讲是连江黄。但是猛玛大师对这尊像表现出异乎寻常的兴趣和爱慕，这对于他这样见过世面的工艺大师来说，有点出乎意外。葛怀仁也很喜欢这尊栩栩如生的佛像，提出自己拿一块连江黄石请猛玛大师仿雕一个，猛玛大师自然答应。当他再次到猛玛大师处取像时，才知道猛玛大师出访菲律宾时因心肌梗死去世了。他经猛玛大师夫人允许，取走了那尊连江黄石雕的弥勒佛像。葛怀仁说，猛玛大师在世时曾指着给董玉照雕的那尊"弥勒献瑞"说，怀仁，今后市面上若出现这尊佛像，无论多高的价格，你都要花钱买下来，这是极品，异宝。葛怀仁说，你雕得再好，这也不过是块连江黄。猛玛大师说，说不定不是连江黄呢？葛怀仁说，不是连江黄，人家会拿出来卖？猛玛大师说，贪官污吏，受贿之财他会去变现的，不变现对他们有什么意义呢？说着呵呵地一笑了之。葛怀仁说，依他对猛玛大师的了解和当时情景的分析，猛玛大师绝不会做文人无品的事。但是，这席话说明他对这尊贪官们接受的"雅贿"

珍品，动过心思。

释霖大师和葛怀仁的看法一致。他在葛怀仁处看到这尊"弥勒献瑞"十分喜欢，他要葛怀仁割爱让给他。他说上海静安寺他的挚友、师弟解脱大师，对未来世教主弥勒佛也情有独钟，很早以前就叫他寻觅一尊弥勒佛作为未来协会的象征供品。刘解脱是上海未来协会成员。释霖大师说，他从怀仁那里得到，怕丢失，所以晚上在供堂里布下迷魂香，没想到阿青来造访了。解脱是般若的叔叔，因为佛像，大家走到一起了，说明有缘。依释霖大师分析，猛玛大师绝不会做狸猫换太子的事，不过他对当代的贪官污吏十分反感，他可能在田黄石上做了文章。至于什么文章，释霖大师实在说不出子丑寅卯。当三人再次玩味那尊连江黄弥勒像时，刘般若无意中发现佛像臀部有一行依稀的痕迹，好像一行外文或天书，他摸了摸，随口说了一句这是什么，释霖大师说，好像是蝌蚪文，要说蝌蚪文，全中国怕只有你叔叔知道了，他要不入空门，肯定是当代郭沫若。说者无意，听者有心，刘般若记下了"蝌蚪文"这个词。

"叔叔，现在有谁知道蝌蚪文？"

刘般若一愣，原来一直坐在他和莘迪旁边的一言不发的阿坤突然开口问。他这才发觉阿坤被同意参与测试，他刚才把他忘了。

阿坤坚持调查葛怀仁和释霖大师，他认为田黄原石弥勒佛像一定在两人手里，现在刘般若的分析和预感和他相近，他不能不刮目相看。

"你能记下？"

阿坤指了指太阳穴，没有出声。

3

华梅大厦108层梅金办公室，梅金在电脑前翻看田黄原石的三维动画，那真是一尊栩栩如生的，如同雕琢过的"弥勒献瑞"的珍品。

"休谟认为思想是一系列心灵图像的流动，现在看来能够证实。"梅金自言自语地说。

"嘿，还懂得休谟呢！"坐在她对面的刘般若惊叹。

"你以为我什么都不懂！不过，我是听一位元老说的，我记住了。你看一看，下一步怎么继续。"

"春申脑图谱和神经代码软件结合，发明记忆器，已经初步证实没有问题，我们就按原先制订的方案进行。我想，不出一年，人类第一台记忆器就会应运而生，这是人脑科学技术一个标志性的发明……"

"会不会得诺贝尔奖？"

"这要申报。要得，也是中美两国科学家共得。"

"中美联手，互利共赢，这是本来的事。"

"现在我们当务之急是要帮莘迪找到她奶奶那块田黄原石。"

"啊，想当福尔摩斯，破案？"

"是，有这个想法。这是很蹊跷的事，怎么我们无法解开谜底呢？"

"有这个必要吗？"

"当然有呀！"

"神经代码我们已经搞到手了，还管它什么真田黄、假田黄！"

"什么，老板，你会说这样的话？这是过河拆桥！"

"过河拆桥的事多着呢，我这几十年，有时就是靠过河拆桥把人家甩掉，我前进了，他们失败了，哈哈哈……"

"老板，我为你说这样的话感到羞耻。"

"羞耻，谁羞耻要到最后才能定。"

"你什么意思？"

"我可不许你分心啊！我看你现在行事，从不离莘迪他们家事。什么茉莉奶奶？什么田黄真石？什么弥勒献瑞？现在对我们来说，最重要的是记忆器，中微子探测仪，不是弥勒献瑞！"

"就因为有莘迪这些事，我们才把这三者联系起来。"

"怎么联系？"

"把老葛的记忆图像，输入中微子探测仪，让中微子探测仪搜索田黄原石，从而证明中微子探测仪的灵光……"

"大海捞针！"

"我们可能知道针的位置。"

"在哪儿？"

"可能就是释霖大师那尊佛。"

"那不是连江黄吗？"

"可能被人造了假。"

"真的造成假？"

"是。这是我的判断。这是高人、超人做的。他反感腐败，又不敢自取，就造假，让贪官有朝一日失真，以示愤怒和抗议。"

"老刘，亏你想得出来，有这样的人？"

"猛玛大师可能就是这样的人，不信，我们试试。"

"怎么试？"

"你叫释霖大师把弥勒佛像请来上海，让黄永泉开动中微子探测仪跟踪。最近不是越来越多的隐形飞机布在所谓第一岛链、第二岛链、第三岛链侦察我们？我们也趁此试验一下，像弥勒佛像这么小的隐藏物体的运动能不能观测得到，我想你不会不同意的。"

"这我得考虑考虑。"

"我们在平潭岛的时候请示你，你不是同意了？"

"我现在可以不同意。"

"你不能这样出尔反尔。"

"你激动什么！我还得请示上级领导。"

"上级领导？华梅集团你是最高领导了。"

"这是军事秘密，你知道不知道？"

"但这是华梅集团科技试验项目，你有权做主。"

"我们上面有市领导还有北京领导，再说还有国家利益呢！我们也得讲国家利益。"

"啊，我怎么觉得你也是一副美国人的腔调啊！"

"你和莘迪接触这么多天，美国腔调听惯了，所以我也给你来一点。怎么样，我的腔调不如莘迪的腔调？"

"不是这样的。我认为如果我们的中微子探测仪能探测一块田黄石的移动，那说明我们真正成功了。"

"那是我们华梅集团对国家安全的又一大贡献。"

"你的竞选就更给力了！"

"算了吧，还是准备当修女吧。"

刘般若一愣，但立即恢复常态，觍着脸故作天真地说："那我就去当神父，我们住一个教堂。"

"福州泛船浦……"

"哈哈哈……"

刘堂燕在办公室门口伸了伸头，见两人正哈哈大笑，又缩了回去。梅金立即叫住她："堂燕，进来！"

刘堂燕走进办公室。

"你爸呀,我拿他没办法,谈崩了,他一句话把我逗乐,又让他占上风。怎么样,有事吗?"

"有很重要的事……"刘堂燕说,"早上,杰瑞一定要我陪吃早餐,我去了,杰瑞说,他昨夜在半岛酒店接到一张字条,上面写着崇明岛、平潭岛6个字,杰瑞说这6个字能不能卖钱。我说能,我答应帮华梅集团买下来。"

"对,我同意。"梅金说。

"这说明杰瑞这次的任务是冲我们中微子探测仪来的。"刘般若说,"他透露的对莘迪的神经代码感兴趣看来是迷魂阵。"

"教授,你明白了就好。你是被莘迪迷了魂!释霖大师的石头我看就不要用我们的中微子探测仪了,那简直是大炮打蚊子,叫他把佛像送来,我们敲一敲、看一看不就得了。"

"这是我和永泉在平潭岛策划的。"

"你们策划也要我批准。"

"要不我去一趟福州。"

"做什么?"

"把释霖大师那尊佛请来,顺便再拜访一下猛玛大师夫人。"

"做什么?"

"我有我的想法。"

"再说。"梅金不高兴地走开,"我要请示。"

刘般若语塞,一时说不上话。

刘堂燕手机突然响了。屏幕上出现阿青形象。

"燕子,阿坤出车祸了!"

"在哪儿?"

"在浦东中美合资的脑外科医院前,他开车撞了栏杆。"

"有危险吗?"

"脑袋撞了,现在正在脑外科动手术。"

"没喝酒?"

"没有。"

"我马上到。"刘堂燕收线,头也不回地走出办公室。

梅金、刘般若相看一下,刘般若也跟了出去。梅金拨电话。

凌晨3点,护士推着手术车出来。在手术室外等候的刘般若、刘堂燕、阿青迎上前。阿坤满头缠满纱布,只露两只眼睛,他一言不发。美国脑外科医生史密斯穿着白大褂随后出来。刘般若在学术会议上认识史密斯,上前询问。

"啊,刘教授,他是你的什么人?"

刘般若尴尬地一时不知怎么回答。刘堂燕说:"他是我的男朋友,刘教授是我的父亲。"

"啊,准女婿,准女婿……没关系的,没关系的……"

"没关系为什么要脑手术?"

"啊,刘教授,这是你一贯的学术风格,一追到底。我告诉你,我怕他脑部冲撞会有淤血,开刀做了清除,没关系的,没关系。"

"这……"

"早点休息,早安。"

史密斯走进另一间手术室。

早上6点,刘般若和刘堂燕神情倦怠地从浦东中美合资的脑外科医院出来,刘堂燕看前面匆匆走路的身影愣怔住了。那人无意间回眸一看,刘堂燕不由地脱口喊道:"杰瑞!"

杰瑞突兀地停步转身："堂燕……"

"你怎么在这儿？"

"我，我，我来拜访一个美国朋友……"

"拜访，这是拜访的时候？"

"他临时上手术台，我们只能下半夜聊，整整一个晚上我们都没睡。"杰瑞无法掩饰他的慌张。

"爸爸，这就是我给你讲过的杰瑞。他最近和珍妮到上海玩。"

"你好，杰瑞先生，我听堂燕讲过你和她的故事。"

"非常抱歉，非常抱歉，其实，我是打心眼里爱着堂燕，可是我失去了机会。"

"杰瑞先生，机会还有的，我们存在着合作的机会，就看你愿意不愿意。"

"我不明白您的意思，刘先生，可不可以叫您未来的岳父大人？"

"就看你的表现。"

"哈哈哈……"三人放声大笑。

史密斯站在医院大楼上一个窗口前，看着楼下空地上三人身姿，凝思。

4

傍晚，刘般若和莘迪沿着半岛酒店黄浦江边绿地散步，火红的晚霞把云天高楼染得血红。

"真是夕阳无限好，只是近黄昏。"刘般若注目江天感叹。

"这几天你好像很纠结，很郁闷。八成是因为田黄石的事吧。"

"连着发生了这些事，摸不着头绪，这是怎么了？"

"什么怎么了？"

"杰瑞供出他的行动目的，梅老板不同意启用中微子探测仪，阿坤无端出车祸脑袋挨了一刀，眼看就要证明田黄石真伪又遭到搁置，莘迪，真对不起。"

"我觉得没什么对不起的，我这次回国本来就没有要求你们帮助我找回我奶奶的田黄原石，这是节外生枝的事。"

"但是我们把这件事和你的神经代码联系了起来，你说我们能没有责任吗？"

"你们已经为我做了很多了，现在该是我感谢你们了。我已经把最近发生的事详细地和我爷爷作了讨论，他答应无条件地把神经代码的秘密全盘告诉你们。"

"莘迪，要那样我们受之有愧。"

"怎么说？"

"因为我们已经窃取了你们的全部秘密。"

"你以为我不知道？你们的电脑里肯定有窃取的装置。还有，阿坤可能记住了我的全部程序。"

"阿坤的事你都有预感？"

"告诉你，我设计了自毁程序，第一次记住我们的软件是正确无误的，第二次使用我们软件时马上自毁。"

"真的？"

"真的。不信你调出你电脑中的神经代码程序，你让阿坤拷贝一下神经代码程序。"

"哇噻，莘迪，这么说，我们弄了半天，到头来是竹篮打水一场空？"

"这就是，科技实力的差距，也可以说是中美两国之间科技实力的差距。"

"我真没想到。"

"所以不能沾沾自喜，做井底之蛙。要放眼看世界。也许这就是我们刘教授的差距，也是你们梅老板的差距。"

刘般若沉默不语，神情沮丧。

"怎么样，大教授，被一个美国的女孩子弄昏了脑瓜？"

"有点，有点，那我们还是徒有春申脑图谱？"

"春申脑图谱世界一流，但是没有神经代码，要想发明记忆器，你哭去吧！嘻嘻嘻……"

刘般若搔首弄姿掩饰着自己的尴尬。莘迪打开手机后盖，取出一个灰色小片片，在刘般若眼前一晃。

"石墨稀纳米盘，中国有吗？"

刘般若憨笑着，想抢，莘迪早有提防，把手背到背后。

"今晚要请客！"

"走！最好的上海菜，最好的中国葡萄酒……"

刘般若拉着莘迪的手，两人像小孩子似的向半岛酒店餐厅奔跑。

那一晚，他们太兴奋了，太张扬了，太放肆了。他们不知点了多少菜，喝了多少酒，餐厅里的人无不频频回眸注目，挤眉弄眼，比比画画，指指点点。男女服务生看着两人形骸毕露，一直小心殷勤伺候，生怕发生什么不测。最后，餐厅只剩不多几个人时，服务生对他们小声说，先生、小姐，你们要不要休息了？莘迪说，休息，当然要休息，到石库门家里休息。刘般若说，不，石库门那是什么家，那是破房子，休息就要在半岛酒店休息。服务生对莘迪说，小姐，你好像是住店的。莘迪打着酒嗝，掏出房卡，服务生招手，过来了几个男服务生，把两人扶出餐厅，架进电梯，上楼进房开灯倒水，把两人在沙发上安顿好，轻轻退出关上门。

刘般若打着饱嗝，想吐，他刚一转身，身子不由自主地滑溜到地毯上。莘迪听见落地声响，从沙发上爬下来，爬到刘般若身旁，想扶他起来，怎么也拽不动，她只好伏在刘般若的胸膛上，倾听着他心脏的狂跳声。

刘般若搂住莘迪，喃喃地叫着，我没事，我要水，丽芳，我要喝水。

莘迪爬到茶几前，倒了一杯冷水让刘般若喝下去。刘般若稍微清醒了点，但他实在看不清伏在他胸前的是林丽芳还是莘迪，他只是不由自主地把这个女人搂住。

门铃"叮咚"地响，刘般若欲起身，莘迪不让他动窝，她捧住刘般若的脸，热吻像雨点般落下。

1515房间门外，剃了光头的葛怀庆，按着门铃贴耳倾听。房间里传出呻吟。葛怀庆听了一会儿，自觉无趣地离开。

后半夜，地毯上刘般若的手机响，刘般若一看，屏幕上出现梅金形象。

"教授，睡了吧？"

"早就睡了。"

刘般若这才发现自己睡在地毯上，床头桌下地灯亮着，赤裸的莘迪像一条蛇似的缠绕着自己。

"在家里吧？"

"还能在哪儿。"

"告诉你，你又赢了。"

"怎么说？"

"北京领导同意开动中微子探测仪测试田黄原石。"

"不是说没必要吗？"

"领导说很有必要。"

"不怕杰瑞他们发现？"

"有意让他们发现，让山姆大叔知道，省得他们老吃不下饭，睡不着觉。让他们不要老是错误地估计我们。"

"真高明。"

"还有，神经代码是美籍华人科学家发现的，但毕竟是美国的专利，也不要阻止他们盗取了。"

"什么叫盗取？"

"啊，忘了告诉你，阿坤是美国中央情报局雇员，跟杰瑞一样。阿坤脑子里装了生物记忆芯片，难怪他的记性那么好。还是你厉害，你对这个未来的女婿总是不看好的。"

"这……我真没想到。"

"我也没想到。我现在在北京，我兴奋得睡不着，就给你打电话了。你明天起就准备测试吧，平潭岛、崇明岛一起开动。还有，莘迪是好孩子，有中国心，我过去对她有偏见，你代我问她好，回去后，我要送她那张高仿真《清明上河图》。"

刘般若、莘迪两人赤身裸体地在地毯上热烈拥抱。

5

第二天一早，刘般若给黄永泉打了电话，传达了梅金的指示。黄永泉说昨晚梅金已给他打电话了，一切正着手准备，请他放心。刘般若离开半岛酒店立即到虹桥机场，坐最早的航班到福州，找到董玉照。中午12点，两人敲猛玛大师家门，猛玛夫人开门迎接。猛玛夫人也是三坊七巷贵裔之后，先前认识刘般若，两人一见如故，谈起"弥勒献瑞"的事。猛玛夫人说，猛玛先生对董玉照送来的石头惊喜过，但并不快乐，苦苦思索了几天几夜。他雕成之后好像给这尊佛像作了装饰，这在过去的雕刻中从来未见过，但她是音乐教师，对寿山石雕是门外汉，也不曾多问。后来，猛玛先生在菲律宾心肌梗死过世，她就把他生前放置好的写有名字的雕品还给各位，太多的细节她是不知道的。

刘般若十分感谢猛玛夫人的介绍，他提出能否翻阅猛玛先生的一些书信来往和笔记文稿等，猛玛夫人欣然同意。刘般若示意董玉照认真翻阅，董玉照自然懂得刘般若的意思，就认真地与刘般若翻阅了起来，翻阅了一个中午，没有什么收获。董玉照在最后翻阅董宝庆、黄继琳编著的《寿山石投资》时，发现第84页"何谓假田黄"一节下夹有一页纸，上有"退黄秘方"4字，下列几种化学药品。董玉照拿给刘般若看，刘般若一看大惊失色，大喜过望，但他不露声色，征求猛玛夫人同意后，把"退黄秘方"抄下带走。出门后，刘般若对董玉照说："老弟，你的不白之冤可能会得到平反了。"下午刘般若就乘飞机回上海了。

崇明岛海边山上，梅金的西班牙式别墅沐浴在初升朝阳的金光中，仿佛是一座金色的城堡。一列豪华车队从别墅开出，沿海边盘山公路向山腰进发。小车中，坐着我们曾经见过的华梅集团元老院的几位元老，他们正兴高采烈地交谈着。最后一辆车上，坐着梅金、刘般若和黄永泉。梅金坐在驾驶副座上，回头问刘般若："今天没请莘迪，她会不会不高兴？"

"我想不会，这毕竟是我们的秘密。"

"我最近越来越喜欢莘迪了，好像瞒着她做事于心不忍。"

"今天的试验跟她又没有关系。"

"怎么没关系？没有她的神经代码，能搞到葛怀庆的记忆？没有这个记忆图像，你能搞今天的试验？是不是，黄教授？"

"是的。"黄永泉回答，"只是捕捉这么小的移动物体今天是头一次。现在，凡是我们掌握了三维图像的任何隐形秘密武器只要一动，探测仪马上就能捕捉到，所以美国在太平洋的所有部署，都在做调整。但是，捕捉一块田黄石的移动，我们可是头一次。"

"要不什么叫科学试验？以后我们还要捕捉智能苍蝇、蚊子，我是听北京首长说的。所以我们这些试验可是引人注意的。"梅金说。

"人家都伸长鼻子，想嗅到我们的行踪。"黄永泉说。

"北京领导说，让他们嗅吧，告诉他们，什么包围中国、几个岛链，休想。一个小小的华梅就够他们折腾的。"梅金说。

车队依次通过一个小检查站，进入山腰上一个山洞，地下秘密实验室入口。

山洞内，一个宽大的会议室，灯光明亮。元老们陆续在会议桌旁坐下，墙上巨大的屏幕上出现福州火车站的巨大的和谐号动车车头。

梅金、刘般若、黄永泉进会议室坐好。黄永泉示意测试开始。屏幕上出现倒计时读秒数，动车鸣笛，缓缓地驶离站台。动车内，依窗坐着释霖大师和葛怀仁，他们面前放着黄色绸缎包裹的大盒子。动车穿城过市，跨桥过河，汽笛轰鸣，越野飞奔……

"寻找田黄石……"黄永泉发出指令。

屏幕上先出现模糊点，进而出现石块形象，渐次明晰。一块金色石块在移动，慢慢地石头上色彩鲜明，脉络清晰，显现一尊栩栩如生的"弥勒献瑞"雕像。

"找到了！成功了！"黄永泉大喊一声，会议室里响起热烈掌声。

6

当夜，莘迪带着那尊真正的田黄石雕刻的"弥勒献瑞"乘"白鸽"飞回福州。阿青、葛怀庆陪着她。

"奶奶，奶奶……"天亮时，莘迪兴奋地抱着"弥勒献瑞"石雕，跑进协和医院特护室，朝着茉莉奶奶耳朵喊，"奶奶，你那块石头找到了，雕成了弥勒佛，也是我爷爷喜欢的佛爷，你看，你摸摸……"

茉莉奶奶抖抖索索地伸出手，并没有先看，而是先摸，前后左右摸着弥勒佛像。她摸得很投入，很细腻，最后，她的双手停在弥勒佛像后背那一溜蝌蚪痕迹上，不断地摸，不断地念叨，不断地回忆，突然她霍地坐了起来，睁开眼举起石头，大声喊："哥哥，找到了，找到了，你送我的石头找到了，哈哈哈……"

茉莉奶奶的突然举动，把莘迪、阿青、葛怀庆和医护人员惊吓住了。医生护士们忙说："躺下，躺下，不能激动！"

"哥哥，情哥哥，你在哪里，你在哪里啊，你快回来，我想死你了……"茉莉奶奶抱着"弥勒献瑞"悲恸欲绝，泣不成声。

莘迪已经拨通了爷爷的电话，手机屏幕上出现了王家栋头像。莘迪把手机拿给茉莉奶奶看："奶奶，你看，这是谁？"

茉莉奶奶擦着昏花的眼睛观看。

"这是谁，这不是我的情哥哥是谁？他就是骨头烧成灰我也认得他，栋哥哥……"

"茉莉，我是王家栋……我想你，我想你，我一辈子都在想你……"

"栋哥哥，我是茉莉……我也想你，我也想你，我日日夜夜都在想你，你能回来吗？"

"我能回来，我马上就回来，我叫莘迪接你到上海。70多年前，我曾经对你说过，我们要在上海这个世界大都会举行婚礼，我要兑现这个承诺。你就在上海等我，我们要在上海举行婚礼。"

"啊，主啊，我要结婚了，我要结婚了，我要在上海结婚了……"

阿青、葛怀庆感慨唏嘘。

"石活了，石活了……"突然，茉莉奶奶指着"弥勒献瑞"惊叫起来。

莘迪、阿青、葛怀庆围到床前，茉莉奶奶指着田黄石说："弥勒会笑，弥勒会笑……啊……他肚子放光，放光……三坊七巷街道……南后街……衣锦坊……我们的家……王家人……依公、依玛、姨太太、义女、丫头……少爷，家栋少爷……啊，我等你等了一辈子……"

"幻觉……"葛怀庆说。

"心灵感应……"阿青说。

"奶奶……"莘迪抱住奶奶深情地恸哭起来。

十二、尾声

1

那一天，福州至上海的动车到达已是晚上，刘般若派车把释霖大师和葛怀仁接到静安寺。当晚，梅金、刘般若、黄永泉、葛怀庆、莘迪、阿青都赶到静安寺，大家聚集在刘解脱大师的方丈室，详细观看那尊"弥勒献瑞"佛像。

葛怀庆对这尊连江黄的佛像认真地进行了甄别鉴定，果然如刘般若分析的一样，这是一尊由真田黄石涂上一种特殊的染料变为假田黄石——连江黄的佛像，原石并没有多加雕刻，只是在一些线条上作了处理，基本上保持石头的原模样，只是外面的颜色的通透性和温润性改变了，一般的人是看不出来的，专业人士如果没有仔细推敲也看不出来。因为，人们，首先是专业人士认为，这种大的真正田黄石是绝世珍品，现在应当在世界上绝迹了，就是有，也是假的，所以真做成假，比假做成真更蒙蔽人。

刘解脱大师对田黄石背后，即弥勒佛像尾股处一行蝌蚪状痕迹作了仔细分析，他拿出一些古籍的经典作了对照，肯定了那是一种蝌蚪文，他试着作了解释，释文是5个字：佛归佛世界。众人听了，唏嘘感叹，肃然静默。天啊,这是天书还是箴言?莘迪当即拨通她爷爷的电话,问爷爷知道石头背后的蝌蚪文是什么意思。爷爷回答,他和他的父亲、他的爷爷都不识蝌蚪文,如果识得蝌蚪文,且是"佛归佛世界",当时也不会送给茉莉作为定情之物,一定会把它献给寺庙永存。说得也有道理。莘迪爷爷说,蝌蚪文尚存,且天然原石状似弥勒,不需要多加雕琢,如果需要雕琢,那就不会保存此文了,这也是天意。

葛怀庆拿出早就买好的化工原料,按"退黄秘方"调配了消退染料药品,当场对田黄石进行浸泡褪色,果然,一尊真田黄石弥勒佛鲜亮地出现在方丈室的花梨木桌上。葛怀庆命小沙弥关灯,自己拿出一支手电筒,对着"弥勒献瑞"探照,只见那石色如蛋黄,又似凝固的蜂蜜,通灵澄澈,萝卜丝纹隐现,润泽无比。刘解脱口中念念有词:"人间诸色它俱有,人间所无它也有。或妍如萱草,或倩比春柑,白者皆濯濯冰雪,澄澈人心腑,望之如郊原春色,桃李葱茏……"众人无不啧啧称道。

"这是田黄冻石,是田黄中最上品,产于中坂,十分稀罕,历史上列为贡品。"葛怀庆说,"任何人,哪怕没有文化底蕴的人,一看见这石,无不被它吸引,它是天地精华,日月甘露,它有它自然的魅力,我第一次看见时,差点疯狂……"

"哈哈哈……"众人大笑。

"现在还疯狂吗?"梅金问。

"现在,现在为一个人疯狂。"葛怀庆说。

"哈哈哈……"众人又是一阵哄堂大笑。

哄笑过后,所有的人都对着田黄冻石凝思。大家猜不透为什么猛玛大师要弄真成假,而自己又不谋求攫取,最后又以桃换李,来个调包?大家把目光聚集在刘般若身上,意思要他发表意见,刘般若说他也把握不准,大师在此，请解脱大师详解。

刘解脱沉默了一阵，又说了 11 个字："这是高人，这是真人，这是谜。"

"这是高人，这是真人，这是谜……大师，你能不能说得再详细些？"莘迪问。

刘解脱瞪了她一眼说："只可意会，不可言传，阿弥陀佛……"

大家轻笑着把目光聚集在莘迪身上，莘迪毫不在乎地摊手耸肩。这时她的手机铃声响，她趁机避开众人走出方丈室接电话。

"宝贝，在哪里？"

"亲，在崇明岛。"

"怎么跑海岛去了？"

"这次杰瑞去的多是沿海岛屿，后天我们可能还要去福建的平潭岛，要是你没回来多好呀，我们还可以在平潭岛见面。听说，现在那里可开放了，什么玩意儿都有。"

"也不是网上传的那里，我去过，跟夏威夷差不多。呃，告诉你，我奶奶的田黄石找到了，今天真正地找到了。"

"啊，那太神奇了。"

"当然神奇，华梅集团有一种仪器能远程探测，并且还能确定……"

"什么，莘迪，"杰瑞突然插话，"真的有那种神奇仪器？我正是在找这种神奇的东西。"

"去、去、去，关你什么事？我跟珍妮说话……珍妮，我可能要去福州，我要见我奶奶，到时，我们在福州或者平潭相见。"

"亲，太好了，我们福州见、平潭见。"

当晚，刘解脱大师在静安寺设素宴宴请众人，席间众人话题集中在为什么刘般若会认为猛玛大师会以真作假上。

刘般若说，他自开始就不认为葛怀庆、葛怀仁兄弟俩会是田黄原石的盗窃者，因为他对他们太了解了。但是，阿青和阿坤一直把怀疑点放在他们俩身上，说田黄石在葛怀庆心上，在葛怀仁身上。因为夜行飞客动了阿坤电脑，这是一个给人以太多联想的信号。

葛怀仁说，夜行飞客造访贵裔会的确是为了那块田黄石，我们以为你们会带来北京那块石，我们认为也许北京那块石是真原石，想证实一下，而这块我们手里的石，我们一直以为就是原先拿给猛玛大师雕的连江黄，所以从没有怀疑过是被造假过的真田黄石。

葛怀庆说，按说他认真辨认可能会认出田黄真石，但他一直没有仔细考究过，只是一眼带过，对它没有引起兴趣和注意，毕竟是司空见惯的连江黄。还因被猛玛大师用黄色渲染，没了透明光泽，所以不会引发注意。葛怀庆介绍，田黄石湿润细腻、瑰丽无比，天生有皇家专用的橘黄色，被明清皇族宠爱并视为珍宝。清代，田黄石常被当作贡品献入皇宫，被雕刻成御用的玺印及艺术摆件。风气所至，民间也推崇起收藏田黄石的风尚，许多达官显贵、文人雅士竞相收集田黄石，以至于至今腐败行贿也以送田黄石为其中之一。

"得了葛大师，你别显摆了，你这些话不知对我说了多少遍了。"莘迪说得众人开心大笑，"倒是刘教授，你至今还没说明你为什么怀疑真田黄石还在，而且是在怀疑葛怀仁和释霖大师？"

刘般若说："怀疑田黄石真石还在归功葛怀庆先生，他认为，如果是一个真正的行家，他手上有一块真正的田黄冻石，他绝不会动刀雕刻，动手破坏。对不可再生资源中的珍品，保存它就是人生责任、艺术真谛。我相信了葛怀庆的分析，就有了第三种设想。我和黄永泉教授接触后，知道了他的探测仪器的奥妙，就和他商量利用他的仪器探测真田黄石。我们做了实验，把探测方向瞄准猫耳山，没探测出，瞄准雪峰寺，结果发现了目标，初步确定葛怀仁先生把田黄真石转给了释霖大师，这就应了当初阿青和阿坤的怀疑，所以他们两人的判断是正确的，也就有了阿青、阿坤夜访雪峰寺的一出戏。"

"哈哈哈……"

众人哄笑中，目光都在搜寻一个人。

"阿坤呢？"大家不约而同地问。

"阿坤另有事，今天来不了。"梅金说，"原来你们这班临时凑起来的班底，居然还演出一集破案的电视剧。"

"梅老板，这些事若不是你要我们发明记忆器和探测仪，还真不会出现。"刘般若说。

"这么说，导演还是我了，你们充其量不过是几个主要演员罢了。"梅金得意地说。

"当然、当然……"众人奉迎着。

"解脱大师，现在'弥勒献瑞'物归原主，我们就不能赠送给你的未来协会了。"释霖大师抱拳致歉。

"这尊佛的主人是我奶奶。"莘迪说。

"对，那你明天就送回去，让阿青送你，让你奶奶高兴高兴。"梅金说。

"我恨不得现在就走！"莘迪说。

"阿青，晚上飞怎么样？"梅金问。

"没问题，净空条件更好！"阿青说。

"好，就走，我理解年轻人的冲动。莘迪，阿青，一路小心！"梅金说。

"梅老板，你真理解我，理解我们……"

十二、尾声

"我们都是中国人，都有中国心……"

莘迪回福州，前章已讲，恕不赘述。

2

这是一场奇特的婚礼，由华梅集团主办，刘般若具体策划。婚礼分为两个部分，一部分是宗教仪式，一部分是世俗仪式，宗教仪式在上海最大的哥特式风格徐家汇天主教堂举行，世俗仪式在徐家汇西餐厅举行。

名气响亮的徐家汇大教堂，是来到上海不能错过的景点。因为，它的美丽让人心动。早在1851年，来自法国耶稣会的传教士，在徐光启家族生活的地方盖了一座小教堂，随着信徒的增加，1906年重新改建，成了今日我们所见的样貌。王家栋从小信天主教，他在上海上学时，每周日必到徐家汇大教堂望弥撒，这里是他的心灵家园。大教堂典雅又庄严，整座建筑由内而外，每个细节均经精雕细琢，因而享有"远东第一天主堂"的盛名。彩色玻璃的玫瑰花窗，石柱的精致雕像，教人看得沉醉；而双塔尖顶上的十字架指向苍穹，正中央的白色耶稣塑像张开双臂，则昭告着神爱世人的精神。年轻时的王家栋就遐想着牵着美丽的茉莉踏上那神圣殿堂的幸福。

在大教堂举行了简短的宗教仪式后，婚礼的世俗仪式就移到徐家汇西餐厅，这是远东第一西餐厅，金碧辉煌，炫如皇宫。世俗婚礼邀请的来宾也是上海所有婚礼从未有过的规格，除了华梅集团的元老、福州三坊七巷的贵裔、上海高校科技人员，还有相当部分是王家栋的学生或是听过王家栋报告、讲座的科技人员。上海市政府、福州市政府、浦东新区政府派代表参加外，还有各国驻上海领事馆的科技情报人员、外国驻沪机构人员、中外合资企业代表，其中包括浦东中美合资脑外科医院史密斯先生。

更奇特的是，婚宴还邀请了大教堂的神职人员和静安寺的住持和方丈，世界上两大宗教的人士在婚宴上相见握手，是世界奇观，足以表明，在21世纪20年代后世界开始和谐融合，说明和谐应是未来世界的主题。梅金说服了刘解脱出席做王家栋和茉莉的证婚人。当然，刘解脱的出场费是高昂无比的，王家栋和茉莉商量后，根据蝌蚪文"佛归佛世界"原意，决定把田黄冻石的"弥勒献瑞"赠送给上海静安寺作为镇寺之宝，对他们俩来说，弥勒是佛教圣像，佛归佛世界吧！王家栋和茉莉的决定惊动了上海的宗教界和收藏界。

婚礼的主持人是刘般若，这也是梅金确定的。因为这桩事的前前后后刘般若全过程参与，他对这桩事的了解最全面、最完整。他的主持的确技高一筹，势压群媒。他是那么从容不迫，不愠不火，那么风趣幽默，不庸不俗。莘迪从没见过这样优秀的节目主持人，连美国最佳的脱口秀节目主持人也只能望其项背。

莘迪陶醉了。

莘迪认为刘般若的才能不只是当一个教授，一个项目的主持人，一个系统工程的协调人，他可以当联合国秘书长。她十分满足地欣赏着刘般若主持的风采，她随着他的一举一动拍掌、呐喊、欢笑、拿纸巾擦眼泪。

今晚，最幸福的人是那一对坐在轮椅上的新婚老爷爷和老奶奶，他们的笑容如幸福的花儿，他们的目光如碧波荡漾的湖水，他们的双手紧紧缠绕在一起，他们的双脚轻轻拍着节拍如在唱快乐的歌曲。

王家栋为自己的婚礼开出的中西合璧的菜单，雷倒了全上海餐饮界：樱桃山药泥、海椰花旗参炖乳鸽、清酒阿拉斯加五蟹腿汇黄油、黄咖喱太平洋真鳕鱼、火鸡白菜锅贴饺、菜盏猪肉松、荷叶榄角豆腐、阿拉斯加黄盖鲽鱼、浓香咖啡火鸡球、开心果紫薯酥杏仁、樱桃泡芙配新吉士橙汁、茉莉花旗参茶。

葛怀庆举着酒杯，走到梅金身旁。

"梅老板，我从没见过这样的婚礼，你策划得太好了。"

"啊，我想还是刘教授主持得好。"

"他呀，他是整桩事最大的受益者。"

"这话怎么说？"

"你看，他取得神经代码，发明了记忆器，又利用田黄石，测试了中微子探测仪……"

"这是理所当然的。"

"理所当然之外，他又取得一个一般人都不知道的胜利。"

"什么胜利？"

"他俘获了一个美人的心。"

"何以见得？"

"你不知道？那一天晚上，他在莘迪的1515房间待了一整夜。"

"哪一天？"

"好像是你同意做试验的前一天。"

"啊——你有什么证据？"

"我那晚跟踪了他们一晚上，从他们在半岛酒店喝醉了酒，直到他们进房间，后来我又敲了他们的门，听见了那种声音……"

"你别说了！"梅金喝止，"你为什么这样做？"

"我，我在追求莘迪，我花了那么多心血，可是，到头来竹篮打水一场空，原来，莘迪一门心思在他身上。"

"活该！"梅金站起来，愤然退出婚宴。

深夜，华梅大厦108层梅金办公室，灯光通明。梅金焦躁地来回踱步，惴惴不安。她不时拨打手机，呼叫刘般若，但对方一直处于关机状态。梅金依次拨打电话。

"丽芳，我是梅金，教授呢……没回，他没说上哪儿？我知道了……"

"堂燕，你爸呢？我有急事找他……什么，没跟你在一起……阿坤的事上面怎么说？"

"上面说，他窃取的是美国人自己的秘密，至于中微子探测仪他仅仅知道试验的地点，没有窃取到机密，不予追究刑事责任，现在正配合调查。"

"你呢？你怎么办？"

"我对他从来没动过心。不瞒你，我在美国时对杰瑞动过心，我的初次就是给了他，可是，天公就是不作美。"

"天公瞎了眼！"梅金勃然怒骂。

"老板，你怎么了？"

"我没怎么，我正常！杰瑞和珍妮呢？"

"他们去平潭了。"

"真去了？探出什么？"

"估计杰瑞带着什么仪器。中微子探测仪太杰出了，太卓越了。"

"那记忆器呢？记忆器也很突出，只是，它的发明者怎么不地道？"

"你说的是我爸吗？"

"不是他是谁？太让我失望了。"

刘堂燕一时无语。

"堂燕，你是好同志……"梅金苦涩地说。

阿青走进办公室，梅金"啪"地关上手机。

"老板，刘教授爱去的几个地方我都找了，都不在。"

"我知道，我们现在找不到他。"

"也许还有一个地方能找到。"

"什么地方?"

"半岛，1515。"

"扯淡，不能干那种事！走，你开上'麒麟'，载我在上海夜空飞几圈。"

"是！"

"麒麟"在上海夜空飞驶，夜上海宛若海市蜃楼，在闪烁飘移。

"阿青，你说人这情感怎么这样奇怪？你喜欢他，他不喜欢你，你不喜欢他，他喜欢你。"

"这是多巴胺分泌的原因。"

"怎么说？"

"我们爬虫类脑核有一部分不受理智控制。正是在这个区域里，ApEn细胞制造了大量的多巴胺——一种天然的兴奋剂，并将它传输到大脑的各个区域。这就是爱情的源头，作为奖赏分配的一部分，正是它给人强烈的动机和渴望，给人旺盛的能量，也给人特殊的专注力，让人去追逐爱情。"

"那是不是有的人对有的人就不分泌多巴胺呢?"

"爱情系统除了多巴胺外，还包括去甲肾上腺素和血清素。"

"你是听谁说的?"

"我是听刘教授说的。"

"他拿我的钱去研究他的爱。"

"不是的，刘教授说是美国人类学教授海伦·费雪研究的，[①] 他也是道听途说的……"

"去，去，去，道听途说，他分明用在自己身上。"

"老板，人各有志，不能勉强。"

---

① 资料引自《三联生活周刊》2011年第7期陈赛《匹配》一文。

"我有办法惩罚他。"

3

这几天,刘般若一直陪着王家栋教授在上海各大学和研究所作学术交流,茉莉奶奶则由莘迪日夜陪护。

通过交流接触,王家栋教授和刘般若已成了相见恨晚的科技挚友。王家栋钦佩刘般若的博学多才,刘般若钦佩王家栋的深邃透彻,在人类脑研究方面,他们有许多相同超前的见解和设想,他们达成默契,今后要在若干个前沿方面引领世界人类脑研究的新潮流。

当夜深人静,人去车稀,伺候好爷爷和奶奶上榻入睡后,莘迪总是去电叫刘般若来半岛酒店房间相会。他们现在沉溺在如同少男少女初恋的火热的旋涡中而不能自拔。刘般若起先还有点顾忌,后来逐渐地丧失了理智。他自知自己走在一条泥泞的路上,但他还是要走,而旁边就是一条水泥路,他却无法跨上去。一个奔六的教授,这么聪明、这么智慧的人,在做着少年维特般的春梦,真叫人忍俊不禁。

下午,刘般若接到梅金一个电话,说脑研究院告到她这儿来了,说他这几天脑研究院的什么事都不管,多重要的会都不参加,理由是陪着王家栋教授进行学术交流,分身无术,脑研究院的人只好叫她通知,今晚有个重要的会非他参加不可。刘般若推说今晚王教授还有安排,梅金说,你别把老人家折腾死了,今晚再有安排,大家等你,你安排完了再开会!碍于梅金的愠怒,刘般若勉强答应参加。

晚8点,当刘般若走进实验室时,看见小会议桌旁坐着梅金、阿青、葛怀庆和三个年轻的男科技人员,三个年轻人刘般若都不认识。他觉得蹊跷,这分明不是院务会议。他刚要坐下,梅金指了指她旁边一张试验用轮椅让他坐下。那张轮椅就是葛怀庆在回忆田黄石时坐过的。

"你们搞什么名堂？"刘般若看了看轮椅坐下。

"我们刚才在讨论，在阅读记忆时，采用逆反心理的问法对一般人是有作用的，对一些特殊的人是否有作用？"阿青说。

"什么特殊的人？"刘般若问。

"比如，像您这样科研项目的主持人。"葛怀庆说。

"你们想做我的实验？"刘般若说。

"对了。"梅金说，"记忆器是成功了，但是它还没对特殊人群做过实验。葛怀庆的记忆是很一般很正常的记忆，他不是记忆他在犯罪，而是记忆他曾经见过的一件东西，这个东西不是他贪腐的对象，这是显而易见的。如果我们碰到一个有贪污、腐化劣迹，又很狡猾的人，那记忆器，它是否灵呢？"

"我这几天跟王家栋教授深入探讨这个问题，记忆的问题是外界物质在脑神经上的映象，这符合辩证唯物主义认识论，再狡猾的人也躲不过的。"刘般若掷地有声地说。

"那好，今晚我们就要拿你做试验。"梅金说。

"我？好呀，我是这个项目主持人，专利发明人，我有反试验的功能，你们没讨论过？"刘般若问。

"刚才，我们就是在讨论这个问题。"阿青说。

"有结果吗？"刘般若问。

"有结果。"葛怀庆指着一个年轻工程师，"小杜，你说说。"

"我不认识他们。"刘般若说。

"啊，我忘了介绍，他们三人刚入院不久，小杜，小张，小齐。"梅金介绍，"他们分别来自清华、北大、科大。"

"没有复旦的?"

"没有。"

"不好意思，刘教授，我久仰您的大名，我是慕名投奔而来的。我认为，在触发记忆上，逆反心理原则是普遍适用的，但是，对您这样的人，不能简单化，不是用你记得还是不记得这样简单的形式逻辑办法所能奏效的，对您这样的人，要用辩证逻辑办法，要用崇高和卑下这对范畴来诱导……"小杜说。

"崇高和卑下?"刘般若自言自语重复。

"您是一个崇高的人，但崇高的人有时也会有卑下的情感，或者我们不用卑下，那比较难听，我们就说是基本的情感，比如情欲，情欲一般并不是卑下的，就如我们每天要吃东西，我们就不能说我们卑下，古文早就说过'食色，性也'，道理是一样的。"小张说。

"刘教授，卑下对每一个人都存在。"小齐说，"比如我们今晚应邀参加试验就是一种卑下情感在作怪。今晚院里给我们的任务是替你做记忆试验，把您作为一个腐败对象做试验。我们觉得这是匪夷所思的，但是我们还是接受了，因为今晚的加班费是每人一辆上海牌轿车，梅金老总私人出钱的。我们刚参加工作，拥有一辆车比拥有一幢房子对我们更实用，所以我们都接受这个加班了。"小齐说。

"可能今晚我们会面对一些记忆的图像，这些不过是一些性接触的图像，但对我们这些年轻的男性说，这一点也不稀奇，毕竟就是有也不会像我们所看过的西方一些录像带那些下作，那肯定是当代谦谦君子的无数机械动作重复而已，并且没有声音。因为现在神经代码还没有包括声音的解释，所以莘迪一再强调神经代码并不成熟是有理由的。我觉得今后我们的工作是进一步破译神经代码的声音代码，让神经代码在我们华梅人的手中得到完善。"小杜说。

全场静默。人们似乎还想继续欣赏这三大名校学生的演讲。

刘般若看着三个年轻的朝气蓬勃的工程技术人员露出无限的敬慕，无比的自豪，无私的爱戴。刘般若庄重地举起双手，在空中缓慢地拍掌，"啪啪"的掌声在实验室回荡。

众人面面相觑。刘般若一板一眼地对梅金说："我服了……我自己做过试验……只有一些图像，无数次的机械动作重复，如此而已……听不见声音，听不见欢乐或痛苦的呻吟，这是我们记忆器的毛病……但是，再狡猾的贪官，在它面前都会原形毕露……梅老板，你成功了！"

"记忆器对内反腐，探测仪对外抗敌，当然成功了，我们华梅人对国家、对民族有贡献了，我们民族伟大复兴的梦想一定会实现！"梅金兴奋地推椅站起来，"教授，我看今晚这试验不用做了吧？"

"不用做了，腐化分子已经不打自招了。"刘般若苦涩地说。

"啊，那我们的加班费还有没有？"三个年轻人幽默地问。

"有，梅老板要赖账，我发，每人一辆宝马！"刘般若说。

"哇噻！"三个年轻人喊起来。

"对，让腐化分子发，让腐化分子感到腐化的成本是高昂的……"梅金说。

"报应！"葛怀庆又恨又嫉又高兴地说。

梅金和众人放声大笑。欢乐的笑声长久地在实验室回荡。

4

刘般若走出华梅大厦，已是深夜1点了，他掏出手机看，上面有好几个莘迪的电话，刚才手机调整为振动状态，当着梅金的面，他不敢贸然拿出手机看，他知道这子夜的电话一定是莘迪的。

"莘迪，对不起，刚才在院里开会，这几天一直在陪你爷爷，院里的事都没有处理。"

"我知道你是故意不接的。"

"这不是回了吗？"

"这是那个梅老板不在的时候你回的。"

"真服了你，你的判断完全正确。"

"你不会狡辩，你会承认别人的正确，你对人诚恳，我越发喜欢你，真的，教授，我爱你……"

"你变得像初恋的少女……"

"难道我们不是在初恋之中？"

"快别说了，我好羞愧。"

"我不会纠缠你，你放心。我爷爷刚才决定要回福州。"

"啊，那要好好地安排安排。"

"不用，福州市科协已派代表来拜访我爷爷，他们会作全程安排。教授，谢谢你了，谢谢你给我的爱。"

"我也谢谢你，谢谢你给了我这几天发生的一切。"

"呵呵，吻你……"

"吻你……"

刘般若快步走向停在不远处的那辆卡迪拉克，他知道，几天后这辆向集团借来的卡迪拉克将要还给集团办公室，那上面留有莘迪的体味，那是一种高贵的香水和外国人特有的体味，那是刘般若终生难忘的味道。

刘般若坐上驾驶座给葛怀庆拨电话："小子，是你告的密吧！"

"是的，是我告的密。我吃醋，我不平衡，我不甘愿！你根本没有资格做这样的事，参与这样的竞争。"

"对不起……"刘般若语塞。他真的没有资格参加这个游戏。

"你对不起林丽芳，对不起刘堂燕，对不起梅老板，对不起我，也对不起永泉……"

刘般若打开前灯，猛踩油门，让卡迪拉克在世纪大道上飞驰。高楼大厦、明灭灯火、白杨梧桐、花丛盆景，飞速地从车窗上掠过，快节奏的摇滚乐扑面而来，刘般若兴奋了起来。

世纪大道西起东方明珠电视塔，东达浦东世纪公园，全长约5公里，路宽100米，是横贯浦东新区的最重要的景观大道。独特的设计风格出自法国夏氏·德方斯公司，它兼具法式浪漫情调和东方文化的含蓄优美。路两旁同时开辟8块不同主题的植物园，聚集上百种中国原生的植物种类。整个世纪大道绿化带的灌木、乔木，总数达2万棵之多，是上海最为壮观的林荫之道。

占地140.3公顷的世纪公园就在路边。它是上海最大的生态型城市公园，是刘般若最流连的地方。最近忙于神经代码，忙于接待莘迪，他已有好长时间没来过。公园采纳英国LUC公司规划方案，以大面积的草坪、树林、湖泊为主体，结合东西方艺术的自然呈现，园内设置了7个景区，包含乡土田园区、观景区、湖滨区、疏林草坪区、鸟类保护区、国际花园区和小型高尔夫球场。此外，还有露天音乐剧场、会展广场、儿童游乐园、垂钓池、人工造景等。那强烈的叫人心动足痒的摇滚乐就是从那露天音乐剧场传来。这里是全上海、全中国乃至世界东方最大的街舞表演集中地，全世界出名的街舞表演队和表演高手都在这里演出过。

刘般若在世纪公园停车处停了车，快步如飞地跑向露天音乐剧场。今天没有专题表演，只是散舞，业余街舞爱好者和着节拍边唱边喊，自由飞舞。那歌词是：

> 道高一尺，魔高一丈，
> 世界游戏，历来如此；
> 现实的就是合理的，
> 合理的就是现实的；
> 道高一尺，魔高一丈，
> 你来我往，彼此彼此……

刘般若并不明白歌词的意义，只是脚痒痒地跟着节拍起舞。他是舞林高手，曾在电视舞林大赛上露过面。他先是自由漫舞，接着快速跟进，开始和年轻人一样翻、跳、旋、滚，连接做了几个惊险动作，引起全场舞者注意，博得围观男女拍掌。

刘般若越舞越来劲，越舞越尽兴，竟不知自己如何收场。

突然有一个年轻人惊叫起来："刘老师——刘老师——"

刘般若收住架势，停止了舞步。那个高挑的青年人跑到他跟前，上气不接地说："刘老师，你跳得太好了，全场人都在注意你，你真了不起！"

"啊——"刘般若这才知道自己刚才失态了，"谢谢你，我可能失态了……真的，没你提醒，我还真不知道今晚如何收场，谢谢，谢谢你。"

刘般若朝年轻人摆着手，退出舞场。他满身大汗、气喘吁吁。他听见背后有人用上海话议论他。

"啊，复旦的教师呀，这么老了还跳得格好呀！"

"人家说，清华固化了，北大媚俗了，科大老气横秋，唯有复旦还有点青春活力。"

"这个教师看样子还能谈一场恋爱。"

"哈哈哈……呵呵呵……"

刘般若回到浦西汕头路家里时,天将黎明。林丽芳在轮椅上等他,看来,她又是一夜没睡。林丽芳看看刘般若浑身汗渍的样子,嬉笑地问:"刚从床上下来?"

"不幸没有猜中。"

"跟她在一起?"

刘般若摇头。

"被人请去跳舞了?"

"自己去的,有一段时间没跳舞了吧。"

"舞步没忘记?"

"怎么会忘?跟骑自行车似的,忘不了!"

"今天怎么了,突然想起跳舞了?"

"路过世纪公园,乐声弄得人脚痒痒,那歌词真奇怪,什么道高一尺,魔高一丈,什么现实的就是合理的,合理的就是现实的,什么世界游戏,历来如此,你说什么意思?"

"我怎么知道?快去洗澡!"

刘般若走进浴室冲澡。强大的温水流像女人的纤手抚摸他全身,他的阳具赤精奔突起来。他抚摸着,心里好像突然开窍,那首街舞歌唱的不就是那样的情境?

"阿坤怎么处理了?"林丽芳在外面问。

"什么怎么处理?没有处理,只是配合调查。"

"这回恐怕要吹。"

"吹是肯定的。我向来不看好阿坤,这也是天意。"

"莘迪呢？你向来看好她？"

"什么意思？我看好她干什么？"

"干什么？她不是把神经代码给了你？"

"对呀，她是把神经代码给了我们，我们华梅集团。"

"没你她会给吗？"

"这话从何说起？"

"你牺牲了自己的色相。"

刘般若一愣，心想，女人真厉害。

"你吃醋了？"

"我吃什么醋？偶尔浪漫，也是人之常情，她不影响我的家庭就行。"

"你就那么自信？"

"我当然自信，我有这样的教授丈夫，还有这样明理的女儿，我还不自信？再说，她充其量不过是求嗣，我早就希望有人给你生个男孩，好延续你的刘家香火。"

刘般若全身激灵了一下，感动的热血在全身奔流。"还好是逢场作戏……这个家不能失去！"刘般若默默地说。

5

王家栋、莘迪回到福州，受到福州市政府、市科协、科技界人士热烈欢迎。王家栋难却盛情，接连作了好几场学术报告。他虽然坐在轮椅上，但精力十分充沛，加之找到几十年前的初恋情人，又沉浸在新婚甜蜜之中，愈加精神焕发。经王家栋指认，茉莉奶奶举证，福州市政府把三坊七巷衣锦坊的 A6 地块归还王家栋。王家栋决定在 A6 地块上建一幢和过去一样的小民居，和茉莉奶奶共度晚年。

10年后，梅金以浦东新区人民代表资格，参加上海市人民代表大会，角逐竞选上海市市长。虽然她的华梅集团发明的记忆器、中微子探测仪，对国家的反腐倡廉、国防建设起了重大的支持作用，做出了特别贡献，但由于她的学识学历以及施政辩论演说输给对手，功亏一篑地落选了，她感到很失落很失意。特别是当她得知，莘迪在回国的日子里，怀上刘般若的孩子，她感到自己尤为失败。以她的辉煌事业和亿万的财富，居然笼络不住一个教授的心，她觉得自己十分无用，同时也觉得再在社会上显露张扬已经没什么意义了。她想起刘解脱大师曾经的预言，就把自己拥有的华梅集团50％的股份献给上海市慈善总会，作为专项基金资助社会弱势群体。她把那幅欲送给莘迪却未送出的高仿真《清明上河图》寄赠给莘迪后，就辞去华梅集团的一切职务，回到老家岭上村那座小教堂，接茉莉奶奶的班，当起了教堂修女，后来又周游世界去了。

　　刘般若依然当他的复旦大学终身教授，华梅集团顾问，华梅脑研究院首席科学家。只是，他心中始终抹不去对梅金的愧疚，虽然他并没有什么对不起她，但他始终觉得愧疚，也许此生无法弥补了，只等来生吧！

　　一年后，莘迪给刘堂燕发来几帧一个男婴的照片，说是她的弟弟，叫她为她的弟弟取名，但不许姓刘，只能姓她的姓。刘堂燕啼笑皆非，像吃了毛毛虫，苦涩难言。她找了父亲，给他看那个男婴照片，男婴十分壮实，完全是一副刘般若伟岸憨厚的样子。刘般若搔了搔灰白的头发，说："做个亲子鉴定吧！"

　　"别鉴定了，取个名得了！"刘堂燕说。

　　"就叫登月。"刘般若沉默了片刻说。

　　"登月？"刘堂燕惊叫起来，"什么意思？"

　　"我想起白居易的《长恨歌》，理科学生中能全文背诵《长恨歌》的人恐怕没几个吧，我是其中一个。虽然我不是唐明皇，莘迪不是杨贵妃，但那种在天愿作比翼鸟，在地愿作连理枝的情感还是有的。"

"荒谬！"刘堂燕瞪了刘般若一眼离开了。她的婚姻一直不顺利，虽然她现在还保持着和杰瑞的联系，但她始终是纠结不愉快的。她想，也许莘迪选择的人生道路是对的。她把父亲给孩子起名"登月"告诉了莘迪。

"真是不可思议，居然叫'登月'？"

"科技时代吧。"

"对，'哲学已死，唯有科技'，就叫登月，就叫登月。"

27年后，也就是2049年，中华人民共和国成立100周年之际，王登月作为美国的科技人员，登上月球基地从事星外生命的探索研究。80多岁的刘般若和50多岁的莘迪相约，乘坐中国商业太空飞船飞往月球，在月宫酒店与王登月团聚。刘般若和莘迪回忆起27年前莘迪回国的日子，恍如梦境一般。

面对浩瀚宇宙，来自地球的不同国籍、不同民族、不同肤色的人都有一种共同的感受：人类在地球上不断争霸、不断掠夺、不断纷争、不断算计是多么卑微猥琐。我们同住地球村，应该是兄弟、姐妹、爱人、情人，敦亲睦邻，友爱永恒。

2012年11月定稿

图书在版编目(CIP)数据

坊巷谍影/黄国敏著.—福州:海峡文艺出版社,2022.7
("望海潮"原创长篇系列)
ISBN 978-7-5550-3050-8

Ⅰ.①坊… Ⅱ.①黄… Ⅲ.①长篇小说－中国－当代 Ⅳ.①I247.5

中国版本图书馆 CIP 数据核字(2022)第 115889 号

坊巷谍影

黄国敏 著	
出 版 人	林滨
责任编辑	朱墨山　陈婧
出版发行	海峡文艺出版社
经　　销	福建新华发行(集团)有限责任公司
社　　址	福州市东水路 76 号 14 层
发 行 部	0591－87536797
印　　刷	福建建本文化产业股份有限公司
厂　　址	福州市仓山区十字亭路 4 号燎原村厂房 2 号楼
开　　本	720 毫米×1010 毫米　1/16
字　　数	260 千字
印　　张	19.25
版　　次	2022 年 7 月第 1 版
印　　次	2022 年 7 月第 1 次印刷
书　　号	ISBN 978-7-5550-3050-8
定　　价	79.00 元

如发现印装质量问题,请寄承印厂调换